法然上人 赤気の果てに

誕生の地に吹く朱色の風

瀬川久志 著

大学教育出版

推薦文

瀬川久志先生は、東海学園大学が経営学部の一学部からスタートした、その最初から就任していただいた先生です。長らく地域経済学の研究で実績を積まれ、近年は風力発電と環境問題という視点で全国の風力発電所をくまなく回られました。フィールドワークを重視し実際に現地で考える、ということを大切にされてきた研究者で、博士の学位も「環境マネジメント」で取得されました。

先生が昨年出された『母』という書物も、今回の法然上人の少青年期の著書にも共通していることがあります。それは、若き法然上人の母への思慕と、母御論です。これは学園の校是「共生き」そのものと言えます。すでに十冊以上の著書や小説を出しておられますが、その優しさのある文章力には驚嘆の念を抱きます。

本書は法然上人の若き時代に光を当てた書ということができます。というのは母、秦氏についての論旨に注目していただきたい。岡山県津山市出身の先生が文献資料はいうまでもなく、精通された地理と現地主義という先生の研究方法を存分に発揮された著書です。誕生寺や那岐山菩提寺には何回足を運ばれたことでしょうか。『法然上人絵伝』（勅伝、国宝、知恩院蔵）の空白部分や、「母のもとに帰ることはなかった」などとする浄土宗史への疑問など貴重な論考であると思います。表題に「朱」という字を使われました。秦氏の錦織のまっ赤な朱色が先生の脳裏にあったか、あるいは三国連太郎の『白い道』の白に対抗された色かと私は秘かに考えています。

東海学園大学　学監

同共生文化研究所　所長　田中祥雄

二〇一八年　四月二六日

はじめに

筆者は、これまで、以下の内容の仏教社会（福祉）事業の研究（下記論文等1～4）を行ってきたが、「法然上人生誕の地美作国に関する研究」（下記著作6）において、法然の幼少・青年期における、同地社会経済・政治構造と上人の情緒形成の原型を探り、そのことが、いかに上人の専修念仏・平等往生へつながっていったかに関して研究を行った。本書は、その続編であり法然上人の伝記『法然上人行状絵図』が、色彩感覚を取り入れた文学作品でもあるという解釈から、文芸のスタイルで書き下ろした研究成果である。色彩表現を文芸等と結びつける研究は、下記英文論文（Study note）において、試みている。

以上のように、本書は『法然上人生誕の地美作国に関する研究』を踏まえ、さらに、平成二八年度に、本学の共生文化研究所において行った、勢至丸が辿ったであろう、現誕生寺から菩提寺への道、勢至丸一四歳で京へ上った美作街道と、高橋良和によって発見され『浄土』に掲載された「佐用の腰掛け石」の実地の調査、さらに、菩提寺の北に聳《そび》える霊山那岐山に関する研究を踏まえ、書き下ろしたものである。研究において美作国・法然上人の出自等に関する古文書、学術研究、地域の郷土史研究から類推される、法然上人の幼少・青年期における実像は、旧著で述べたように、霧の中に浮かんでは消える、いわば虚像であるかもしれない。今後の研究のために、あえて冒険を冒して本書を上程するものである。

本書において取り上げた、法然上人の幼少・青年期における情緒形成で後年に及んだ具体的要因は、次のような内容であると考えた。すなわち、法然上人幼少・青年期における、美作国の経済・政治・社会構造・地縁・血縁関係（共同体）が、法然上人の情緒形成、思想の端緒形成に果たした縁因の抽出を行い次の項目について類推を行った。

ア　観覚上人の下での指導――母・秦氏亡き後、叔母が嫁いだ菅原家の下での庇護――
イ　母の出自・錦織集落の産業構造
ウ　美作国・国府の支配下にある勝間田郡衙
エ　菩提寺周辺・勝田郡の産業―馬桑《まぐわ》について―
オ　背景にある日本創建の地　霊山・那岐山と情緒形成――母なるものから受けた関係性の形成と自立
カ　法然の道――菩提寺への道・京への道（上人の腰掛石）・自立と共同体への紐帯――
キ　専修念仏への道（共生と関係性の形成）

本書「法然上人誕生の地に吹く朱色の風」のフィクションとしての、したがってまた色彩表現を取り入れた内容の着眼点は、次のイ~ホである。

イ　「行状絵図」における色彩表現――奇瑞・和歌・夢・炎
ロ　五つの朱色――煩悩の炎（明石定明による夜襲の炎）・西方の浄土の朱・蹈鞴《たたら》製鉄の残滓《ざんさい》（公害）・赤気の朱・念仏への情熱の炎
ハ　萌黄色（高級絹織物）との対比
ニ　革新思想との連携
ホ　律令体制崩壊期の特殊過渡期的葛藤

本書は、筆者の東海学園大学における、「ともいき」の精神を踏まえた教育実践の書としての意味も持つものであり、田中学監から「法然上人のともいきと本学の教学理念」なる推薦文をいただき掲載した。文芸書のスタイルをとった理由の一つは、本文でもたびたび引用したように三国連太郎の『白い道』に触発されたことと、『法然上人絵伝』（現代語訳）が、どちらかというと文芸書の体裁を持っていること、学術書の体裁にこだわると表現しきれない空隙を埋めるために、経済史的な考察を踏まえて、推論を最大限に引き出すためである。法然上人に学ぶことの意味は、それ自体で完結するものではなく、上人の思想を現代に生かすことである。現代は末法の世である。私たちは、末法の世の経世済民の学を考究し実践しなければならない。法然が憂えた時代は、現代に生きる私たちにとっても再現すべきそれである。宇宙物理学のなかで最も成功していると言われる超弦理論をアナロジーとして、時空移動の手段に使ったのはその対比を鮮明にするためである。とはいえ、戦後の混乱期を経て一時期を席巻した新左翼運動と法然上人の思想の革新性を対比する方法を使ったのは、筆者自身の経験を踏まえた個人的なものである。

かかる表現方法は、法然上人にとって不遜なことかもしれない。本文中、主要なアクターである仲村輝彦の授業風景が描かれているが、その意図の可否は読者諸兄の判断を待ちたい。ディテクティブの要素を取り入れたことについては「あとがき」で記したい。また法然の時代の会話描写は、できるだけ古文の体裁を使った。とはいえ、古語に不案内な筆者が作った会話体が、平安後期のそれからは、正確さにおいて程遠いものであることをお断りしたい。古文特有の名詞等について筆者が理解しうる限りで、本文中に＊を付して、巻末に語彙の説明をつけておいた。

1　拙稿「岡山県美作地域・自修会による仏教福祉事業に関する研究」『東海学園大学研究紀要　社会科学研究編（一九）』二〇一四年三月
2　拙著『地域福祉の源流を築いた仏教者たち』（ＫＤＰ出版）二〇一四年一月
3　拙稿「明治・大正・昭和の初期に仏教を中心として取り組まれた社会福祉事業に関する歴史的研究（上）―共生理念との関連で―」（三宅章介と共著）、『共生文化研究』（創刊号）二〇一六年三月
4　拙稿「明治・大正・昭和の初期に仏教を中心として取り組まれた社会福祉事業に関する歴史的研究（下）―共生理念との関連で―」（三宅章介と共著）、『共生文化研究（1）』、二〇一七年三月

5 The Middle Ages and Modern Windmills as Landscape in Literature — a trial study to integrate social science's environmental issues with color systems, music and pictures (movies) — 『東海学園大学研究紀要：社会科学研究編（22）』二〇一七年三月、研究ノート

6 『法然上人生誕の地美作国に関する研究』ＫＤＰ出版、二〇一七年六月

謝　辞

本書を纏めるにあたり、実に多くの方々からお世話になったことについてふれておかなくてはならない。まず、東海学園大学元学長・現理事長の袖山榮真先生からは、仏教社会事業の成果をまとめた『青空が輝くとき』（後掲参考文献9）に対し、親切なる書評をお送りいただいた。大正から昭和にかけての美作仏教自修会による福祉の取り組みを題材にした書物であるが、先生の「ともいき財団」の責任者としての取り組みからご教示いただいたことが、背中を押していただくことになり、本書に繋がった。袖山先生とは、田中学監や三宅教授とともに、何度も美作地方の調査に出かけ、その都度有益な助言をいただいた。東海学園大学学監の田中祥雄先生にも、袖山先生と並んで、筆者に不案内な浄土教学上のアドバイスをいただき、本書の行間に生かされている。本書の冒頭の推薦文は、筆者のたってのお願いに快く書き下ろしていただいたものである。感謝したい。東海学園大学共生文化研究所は、本学の開学時から設置されてはいたのであるが、三年前の二〇一五年度から、本格的に研究活動を開始した。本研究所の元所長、神谷正義先生には美作実地調査に何度も同行いただき、二〇一七年度には、二回にわたり法然上人が歩いたであろう道をともに行脚した。神谷先生からいただいたアドバイスがなければ、本書は到底書くことはできなかった。

東海学園大学経営学部名誉教授三宅章介先生にも、特別な謝辞を述べなければならない。三宅先生は、キャリア教育の専門家であり、当該分野で博士の学位を取得されている。本書は、中等・高等教育の在り方にも拙劣ながら言及している。都合一〇数回に及ぶ三宅先生との実地調査・踏査とアドバイスがなければ、また本書は成立していない。順番が後になり失礼ではあるが、誕生寺漆間徳然住職からは、同寺所蔵の資料に基づき、法然の出自や父母のことについて有益かつ斬新なご意見をいただいた。脚注に明記すべきところではあるが、表現は筆者の責任になることと判断し、あえて住職の意見は明記しなかった失礼の段はお詫びしたい。また、本書文中でも取り上げた、菩提寺の麓にある「馬桑」の地名に関して、その植物としての薬用の効能について、スポーツ健康科学部の糸魚川政孝教授から、専門的観点から貴重な資料の提供をいただいた。本書で、薬学上の知見から、法然上人の時代の地域産業の一端に迫ることができたのは、糸魚川教授の協力に負うものである。

本書の成立は、仏教社会事業の調査研究を含めると、足掛け七年にわたり実に三〇数回に及ぶ現地調査・踏査によって可能となった。本書に限定すると、奈義町観光協会、奈義町立図書館、佐用町教育委員会、同観光協会、佐用町立図書館、同観光協会、津山市教育委員会のスタッフの皆さん、またお一人ずつ名前は挙げないが郷土史家の皆さんからいただいた資料やアドバイスが、本書の至るところに生かされている。その一つひとつの出典を明記していない点もお許し願いたい。本書は、奥付にも記したように、二〇一七年度の本学助成金による出版である。出版にあたり御尽力いただいた、学部長の古賀智敏教授及び総務課スタッフに対しても謝辞を述べたい。また二〇一七年度の「共生文化研究所」の年末の研究会では、研究員の皆さんから、貴重なアドバイスをいただいた。記して謝意を述べたい。

平成三〇年四月一〇日

法然上人 赤気の果てに

―誕生の地に吹く朱色の風―

目次

推薦文 …… i
はじめに …… ii
謝　辞 …… vi
序章——法然房源空 …… 3
初冬の美作道　4
時代の端境期　6
法然房源空　7
記憶の欠片　8
第一章——峠越え …… 11
佐用の腰掛け石　12
関門海峡の海流　14
霊山那岐山と菩提寺　17
棚田の白い布切れ　20
棚田の検証　22
五つの朱色　24

魂の救済　26
朱色の夕焼け　28
追憶の授業〈一〉　末世の時代の経済学　29
追憶の授業〈二〉　経済の扉を開く　31
ハイパースペース　33
神奈川県警　36
時空の亀裂　41
悪魔の化身・乞食聖　44
時空移動　45
白拍子《しらびょうし》　48
源空のもてなし　50

第二章——勝田郡衙……55

夕月という女　56
官設市場　57
捜査会議　60
阿只女という女　63
馬桑川　65
電磁インパルスからの脱出　67

日本の伝統色　69
追憶の授業〈三〉　チャップリンのモダンタイムス　73
追憶の授業〈四〉　労働の搾取　75
追憶の経済学〈五〉『資本論』が分析した古典的な資本市場　78

第三章――漆間《うるま》家の再建……81
蛇塚の菩提寺　82
漆間家の再興　84
追憶の授業〈六〉　資本主義と社会主義　87
二編の論文　89
緑のUSBメモリ　92
復讐の炎　94
夜襲事件の引き金　95
夕月の願い　97
古曾女の墓標　99

第四章――論文の解読……103
湯玉の真佐子　104
引き裂かれた真実　106

女の影を追え　107
追憶の授業〈七〉　仏教界の創造的破壊　110
捜査概要　114
那岐山麓殺人事件　115
シャトー・カノン　118
天蚕《てんさん》と高級絹織物　119
五つの朱色　121
第五章——第二の殺人事件……125
労働とは何ぞや　126
赤の心理効果　128
女性専用マンション　131
曉海聡教授の過去　132
女記者たちの活躍　136
馬桑を探せ　140
居酒屋・萌黄　143
霊山那岐　146
時国の死と寺尾准教授　148
法然のシンボルカラー　149

ボトムアップ思考　153
母の残した遺産　157
赤気を呼ぶ篠笛　160
製鉄を巡る利権（地方豪族の経済的利権）　162
貴布弥《きふね》神社と稼山遺跡　165
美咲町金堀　166
働くものは皆平等往生　167
第六章――盗用論文……171
膠着空間　172
追憶の授業〈八〉ともいきの経済　173
悪夢の日記帳　176
時空のカーテン　181
革労協内ゲバ事件　182
曉海教授の動揺　188
超弦時空のカーテン　194
最先端時空移動シミュレーター　196
梅の花の源空と夕月　199
源空の再起　202

源空うろたえる　204
末法の世の兆候・赤気　207
追憶の授業〈九〉　商品　208

第七章――萌黄の女の死……213
再び萌黄の女　214
事件の急展開　215
追憶の経済学〈一〇〉　剰余価値の源泉　220
追憶の授業〈一一〉　自由競争から独占資本主義へそして国家独占へ　223

終章――再び腰掛け石へ……227
源空の旅立ち　228
キャンパスのカフェ　231
追憶の授業〈一二〉　国家独占資本主義　232
追憶の授業〈一三〉　国家の形態でのブルジョワ社会の総括　234
馬桑の故郷　237
決死の逃走　239
別れの腰掛石　242
那岐山にて　243

事故現場に吹く緑の風 247
あとがき……249
古語解説……251
参考文献・論文・資料……252
追憶の授業・参考文献……253

法然上人 赤気の果てに

―誕生の地に吹く朱色の風―

序章——法然房源空

初冬の美作道

法然房源空という男は、人生四〇の峠を越えた、迷える修行僧であった。師匠から勧められた教義に関する書を読めど、意味解釈の真髄を知らず、いまだ悟りの境地に至ったという自覚を得ず、いわんや、その手がかりさえも掴めないでいた。湿気の多い房に篭ってばかりいては健康にも悪い。初冬の湿った風が、行く道に積もった枯葉を、かさかさと舞い上がらせ、行く手を阻んでいた。秋から冬へと向う季節の移り変わりがもたらす荒涼たる景色は、源空の乾いた心の景色そのものであった。何もかも投げ出したくなる、いっそのこと、このひび割れた大地で、この身が朽ち果てるのを待とうかとさえ思うほどであった。足取りは重かった。京から川を下り海路で播磨の港に着き、陸路をはるばるやってきたのだった。播磨国府で美作国へ入る許可をもらい、佐用の郡衙の馬小屋で一夜を過ごし、道中の食料を調達して、師匠の書状によって、わずかばかりの路銀と乾物を支給された。これだけのものがあれば、勝間田郡まではあと一息、日の暮れるうちには、着くことができるだろう。

「我は、何のためにこれまで生きてきけん。もう、四〇歳を過ぐといへど、何一つ分かりてはあらず」

源空は、冷たくなった手のひらをこすり合わせながら、自問自答した。編隊を組んで、源空の進む方角へ飛ぶ雁の群れが、源空の目には、無性に憎く映った。唐松の林が、ひゅるる、ひゅるると風を受けて鳴っている。源空の思考の回路は停まり、ただ進む方角へ足を向けることだけが、その場の目的だった。美作国へ入ること、そして懐かしい親類縁者らに会うことによって得られる喜びは、その先に横たわっている儚い夢であり、うつろな心を満たしてくれる僅かばかりの希望であった。ただ足を動かさなければ、その夢がかなわない。

「この身が果つる前に、せめて一度のみ会ひたし」

源空は、うつろな胸の中につぶやいた。普段、鬱蒼《うっそう》とした樹木に囲まれた房に閉じこもり、経典との格闘に明け暮れた生活を支える足はひ弱く、途中何度も血豆をつぶし、それがまたつぶれ、両足の親指の先は、大きなたんこぶになっていた。これまで何度も通った道とはいえ、既成の教義に飽き足らず、それらを否定するに至ったわが脳裏と身は、阿鼻地獄への道を転落するとの、同僚たちの批判が身にしみた。この道は、まさに阿鼻地獄へ続く道とさえ思われた。

阿鼻地獄は八大地獄の一つで、無間地獄ともいう。想像するだに恐ろしい最悪の地獄で、父を殺すなどの五逆罪で、正しい教えを非難攻撃する罪を犯した人間の赴く地獄とされ、絶え間なく苦痛を受け、それを逃れることができないとされる。源空はわが身の罪悪によって、阿鼻地獄への道を歩んでいるのだと思った。今日も、佐用の郡衙を出る直前、激しい胃の痛みに見舞われ、やっとの思いで、郡衙を後にしたのだった。これから先の道中、またいつ痛みが襲ってくるか分からない。

「仏よ、なんぢに情けといふものがあらば、どうぞ我を救ひ給え」

源空は、道端の枯れ草につぶやいた。

この季節になっては、行きかう人の影さえない。みな、めぐり来る冬を乗り切るための準備に余念がなかった。いな、鳥や獣さえ深い眠りにつこうとしている。佐用の郡衙を出てから半時も立っただろうか、太陽が行く手の方向、つまり美作国の空へ傾き始めていた。峠を越せば美作国へ入る。

「西へ向って家路を急ぐ雁よ。我の生くる知恵を授けてくれずや」

源空の言葉は、むなしく北風にかき消された。源空は、自分が生まれてきたことをすら呪っていた。

時代の端境期

法然上人、つまり法然房源空が美作の地に生まれたのは一一三三年、七九歳の生涯を閉じたのが一二一二年のことであった。その七九年の生涯は、まさに怒涛の波が時代を洗うそれであり、中央にあっては、武士が台頭し、平家の全盛時代から壇ノ浦に海の藻屑と散った時代を含んでいる。源空がわが道に光明あれと葛藤を続けていた平安時代は、歴史教科書によれば、三つの時期区分に分けて説明される。前期は、天皇家と藤原氏の競合共存の時代で、中国とつき合いがあった時代である。源空とも縁のある、後の世になって学問の神様で知られる菅原道真の左遷まで（七九四〜九〇一年）の時代。中期は藤原氏が政治を独占し、また、地方武士が台頭してくる時代で、後三条天皇即位まで（九〇一〜一〇六八年）である。しかし、この時期には、源空―歴史書『作陽誌』に記されるところでは、幼名を空爾という―は、まだ生まれていない。後期は、院政が行われ、天皇家と結びついた武士が中央の政治にかかわりを持った時代で、平家滅亡まで（一〇六八年〜一一八五年）。平家の滅亡は、源空が五二歳の時であった。

本書にも登場する美作菅家党の先祖・菅原道真（八四五〜九〇三年）は、日本の平安時代の貴族で、学者、詩人、政治家として有名である。宇多天皇に重用されて、寛平の治を支えた一人であり、醍醐朝では、右大臣にまで昇った。しかし、左大臣の藤原時平に讒《ざん》訴され、大宰府へ左遷されて現地で没した。死後、天変地異が多発したことから、朝廷に祟りをなしたとされ、天満天神として信仰の対象となる。

「海ならず 湛へる水の 底までに 清き心は 月ぞ照らさむ」（新古今和歌集）は、大宰府へ左遷の途上、備前国児島郡八浜で詠まれた歌で有名。「東風吹かば にほひおこせよ 梅の花 主なしとて 春な忘れそ」（『拾遺和歌集』）と詠んだ歌も有名である。菅原家と美作国との縁は、拙著『法然上人生誕の地　美作国に関する研究』一七頁に説明した。

道真の末裔と、法然の母の妹が婚姻関係にあったことを、読者は御存知であろうか。

法然房源空

法然上人は、一一四五（天養二）年、一三歳の時——年齢に関しては本書ではいわゆる「数え」を用いる——比叡山延暦寺に登り源光に師事した。源光は、源空に対し自分で教えることを教え終わり、一一四七（久安三）年、源空一五歳で今度は皇円の下で得度し、一八歳で皇円のもとを辞し、比叡山黒谷別所に移り、叡空を師として修行した。叡空からもたいそう評価され、一八歳で法然房という房号を、源光と叡空から一字ずつとって源空という名前を授かった。したがって、法然の僧としての正式な名は「法然房源空」である。本書では、法然上人が法然房源空と呼ばれるようになった、数えの一八歳からを源空と呼び、それまでの幼・少年時代を『作陽誌』に見える空嬭の女偏を取った空爾《くうじ》という幼名で用いる。『作陽誌（中巻）』には法然上人の出自が述べられており、口語文に直すと次のようになる。

「空は長承葵丑歳稲岡北庄栃社邑に産る。栃社は地名にして一に曰く、空嬭の母は古曾女を名とする。栃と刀自とは倭訓相通ず、刀自は女嫗の通称なるが故に栃社という。もって山号となすは本に酬ゆゆえんなり。未だいずれが是なるかを知らざるなり」（四二四‐五頁）。

法然上人の経歴については、巻末参考文献「22 源空聖人私日記」に詳しい。また同「21 井川定慶『法然上人伝全集　法然上人絵伝の研究』」には、全生涯を通じた上人の年表が作られているので参照するとよい。源空は、幼いころ父親から聞かされた、美作国の東部に勢力を張った藤原家の祖先・道真のことを思い出した。彼の母親の古曾女《こそめ》の妹・阿只女《あだめ》は、この菅原家に嫁いだのであった。阿只女の夫は菅原尚忠《なおただ》といった。美作国の押領使として官位を得た菅原実兼《さねかね》の子が尚忠であった。押領使とは、日本の律令制下の令外官の一つで、警察・軍事的官職をいうとされる。それは、八世紀の防人《さきもり》の記述にはじめて見られるといわれ、国司や郡司の中でも武芸に長けた者が兼任し、現代でいう地方警察のような、一国内の治安の維持にあたった職であった。東海道・東山道などの、道という広範囲に渡っての軍事を担当した者もあったが、源空の父の時国や美作の国の菅原家は、地域に密着した警察任務であったと思われる。

源空は、後の時代に菅家党と称されるようになった、経済基盤に恵まれた菅原家の尚忠の庇護を受けて成長したのであった。なぜならば、空爾が学問のためにのぼった菩提寺周辺は、藤原家の経済的支配地であり、何よりも、空爾の母親の古曾女の妹が嫁いだ、有力武士団であったからである。しかしながら、この地侍の経済基盤の詳細は、同じ美作国の西部に属する、空爾の父親及び母親の経済基盤に比べて詳細は不明のままである。

記憶の欠片

仲村輝彦は、東京の大学から割愛請求が来たのを機に、思い切って職場を東京に変えることにした。それまでの職場が特に気に入らないとか、給料やその他の条件がよくないとか、そういうことではなかったけれど、やはり、彼が学問を志し、研鑽を重ねて、その入り口を潜りぬけた東京は、彼にとっての学問の故郷であった。そこで育んだ問題意識と研究テーマに関する解明の糸口は、自慢できるものではなかったが、東京という政治行政・経済の集積の中にあった。このまま地方の大学で過ごし、そこに骨を埋めるつもりはなかった。

大学院を二九歳で修了――正確には単位取得退学という――し、地方の大学で終身雇用の職を得て、すでに三〇年を超える歳月が経過していた。これからの研究のすすめ方に関して、再考するのは当然のことであり、請われて転籍することを良縁と考え、懐かしい東京へ戻ってきた。

居所も大学時代を過ごした世田谷区を選んで、やがてまた帰郷することもあろうかと、売りに出しやすいマンションを購入して、旧居は妻が学習塾をしながら守るというので任せることにして、必要最低限の家財道具だけを持ち込んで、新しい生活を始めた。家族とは単身赴任、二重生活を余儀なくされたが、週末と休暇には、旧居へ帰るので、妻は「亭主元気で留守がいい」などと言って、「女子会」を結構楽しんでいるようだった。

一方、仲村輝彦の幼なじみの真佐子――といっても、知り合ったのは、仲村が大学生で真佐子が中学二年生の時、その後、訳あって二人は離ればなれになり、つい最近、偶然にも山陰の海岸で再会した――は、真佐子の息子夫婦に待望の男の子の孫が生まれ、一人歩きできるまで成長したことから、胸の隙間に仲村のことが浮かんでは消えして、落ち着かない毎日を送っていたところ、「東京の大学へ替わります。落ち着いたら連絡します」とだけ記した絵葉書を受け取り、くすぶっていた胸の中の綿に火がついてしまった。しかし、特別な感情やつき合いがあるわけではなく、言ってみれば、同じ同郷の「同窓生」であるから、気楽に行ったり来たりしていたのであった。

絵葉書にあった大学の住所宛に、封書で手紙を送った。

「何があったか知りませんが、あなた、私から逃げるつもりね。許しませんからね」

と挑発的な言葉を記した。その後、仲村からショートメールが来た。

「仕事の都合です。でも、東京に一度遊びにいらっしゃい」

という文言に、

「明日にでも行くわ。首を洗って待ってらっしゃい」

と返した。

真佐子は、二十歳過ぎのとき、勤め先の会社が企画したバス旅行で山間を通行中、何者かの仕業で、バスが中国山地の峠に差し掛かったところを爆破され、深い谷底へ転落、地獄絵巻の中で、体中にやけどを負い、九死に一生を得たものの、それまでの記憶をすべて失ってしまった。仲村と付き合っていた頃の記憶は、無残にも、赤い炎とともにかき消されてしまった。

　運命のなせる仕業か、はたまた超人的な何かによって、仲村と山陰の海岸で偶然巡りあい、仲村を自分にとって何か、かけがえのない存在だと感じたのは、脳の奥深くに壊れないまま残存していた「記憶」の欠片であった。そのとき、仲村が声をかけなかったら、真佐子は仲村のそばを通り過ぎていたに違いない。

　この再会は、広い大海原の中に失ったコンタクトレンズを見つけるのに似ていた。真佐子は、バス事故以前に何があったのか、なぜバス爆破事件に巻き込まれたのか、仲村が探し出して教えてくれることを信じて、再び付き合いを始めた。バス事件は、仲村にとって、真佐子と別れたあとの出来事であったので、当時の捜査記録と担当の刑事の記憶以外に頼るものがなかった。真佐子の周囲は、夫を病気で亡くした心の空白を満たすお遊びだと決め付けて、猛烈に反対した。とは言っても、島根県警の捜査では、当時の過激派が仕組んだ事件には間違いはなかったから、このいったん時効になった事件を、仲村とともに追いかける決心をしたのだった。真佐子には、かけがえのない青春時代の記憶を失ったまま人生を終えることは、絶対にできないことだった。自分の青春時代のひとこまを知っている仲村に、すべてを託そうと決心した。そして、最近、横浜で起きた殺人事件を通じて、バス爆破事件の全容解明に、薄日が射すまでになってきた。この最近の殺人事件を担当した、神奈川県警の夏光一郎警部が、迷宮入りしたバス爆破事件の解明に協力を惜しまないと約束してくれた。真佐子は、孫を膝の上であやしながら、横浜で起きた殺人事件の初公判の新聞記事を思い出していた。

「この事件と過去のバス爆破事件は、どこかで繋がっているに違いないわ」

真佐子は、孫の頬を撫でながらつぶやいた。孫が、愛らしい笑いで答えた。

第一章——峠越え

佐用の腰掛け石

「源空様、待ちたまへ。お物語があり。とばかり待ちたまへ」

源空の後方から、何人かの住人の声がして、彼に迫ってきた。振り返ると、地元の民と思われるものどもが、数人小走りで追いかけてくるのを認めた。粗末な麻の衣服を身につけている。その群れの中に、源空に見覚えのある者が何人か混じっていた。

「源空様、お伝えしたきが候ふ。しばし、待ちたまへ」

と言って、源空の背後から近づいてきた。どうやら怪しいものではなさそうだ。顔見知りの男を認めると、

「おお、そなたはいつぞやの。かの時は、大変お世話になりき」

源空は、息を切らせながら近づいてくる人の群れに答えた。そして、道の野辺にある、懐かしい石に腰を下ろした。この石は平らな石で、休憩をするには、格好の場所にあり、この先がちょうど美作国に入る最後の峠になっているので、源空は美作国に入るときには、いつもこの石で休息するのだった。偶々《たまたま》居合わせた人を相手に、また求めに応じて法話をするのだった。土地の者どもは、それを知っていて、追いかけて来たに違いない。源空が好んで休憩した場所は、いつの日か、法然上人の腰掛石と呼ばれるようになり、今に伝えられている。「地域の住民に法話をした場所」「たびたび生まれ故郷の美作へ帰っていた」などと記録されている。

「源空様、屋敷へお寄り下さらずとは、お人が悪しかし」

「それには、なかなか気を使はすることになって、申し訳なしと思い、失礼しき」

源空は、竹筒に入った水を口に含んで言った。口々に源空の近況を窺う者あり、また、地元の今年の稲の作柄、野

菜や五穀の収穫のことを話し、源空の天気の読みがあたっていたことに感謝した。

「なんぢ様が指示されしとおり、今年は日照りが続くを予想して、庄を上げて利水に取り組みしおかげに、野菜や五穀を枯らさざりてすみき」

と、長の者が胸の前に手を合わせた。源空は陰陽道《おんみょうどう》の心得があった。基本的なことは、九歳から一四歳までを菩提寺の坊で修行をしていたときに、旅の途中で坊に寝泊りする聖たちから教わったものだった。空爾は、見る物聞く物すべてを、たちまちのうちに理解し習得した。

源空は目を細めて、後方に控えている不具の者に目をやった。彼女は何年か前、源空がこの道を通りかかったときに、高熱の病気に侵されており、土地の者に請われるまま、薬草を施し、その他の治療を試みるもむなしく、両目から光を失ってしまった。しかし彼女は、身命を惜しまず必死に看病をしてくれた源空のことを、今もその瞳の中に留めていた。

「源空様」

と言って、三〇過ぎの痩せぎすの体を引きずって源空の前へ進んだ。女の背後には、まっ黒な顔をした男子が、六、七歳であろうか、指を口にくわえて隠れていた。

「おお懐かし。今も元気にいるか。そなたのことを案じてはありしが、ついぞ書もしたためず、失礼をしにき」

と言って、源空は女の手を取った。

「源空様、京へ戻るついでには、必ず立ち寄りたまへ。我が覚えし、舞を舞って、見てたまへたしと存ず」

と、女は頬に涙して懇願した。源空は胸中複雑な思いに、顔を小さく縦に振ったが、女は、

「きっとなりよ。我もみんなも待ちたればね」

と、源空の手を強く握り締めた。

「源空様」

と、長格の老人が言った。

「先ほど美作国へ向った地侍が申すには、源空様があとより美作国へ向うのに、これを渡しなされ、そして、郡衙にて待ちたてまつりたると伝えよ、といふなりき」

そして、一握りの包みを源空に差し出した。包みは乾燥した竹の皮に包まれていた。地侍は、おそらく美作菅原家の侍で、菅原家の配下の者であろうと推察した。源空が美作国へ向かっているという情報を、佐用の郡衙で聞き及び、食料を託けたのであろう。菅原家は美作国の押領使を任ぜられていたから、山陽道の支路に当たる美作街道では顔がきく。美作街道は後の世になって出雲街道と呼ばれるようになり、播磨国姫路を始点として、出雲国の松江に至る街道であった。

西の空で、陽の暮れるのを待っている木々の梢の小鳥たちが、旅人を案じていっせいに鳴いた。源空は暇を告げた。村の者どもは、曲がり道に源空の姿が見えなくなるまで見送り続けた。源空の影が、先ほどからするとやや長くなっていた。源空は見送る者と、これから会うことになるであろう帰りを待つ者との狭間で、方向感覚を失っていた。

関門海峡の海流

真佐子は親友を下関に訪ねた。名を河野といい、下関市の社会福祉協議会で、ケースワーカーとして働いていた。源平壇ノ浦の合戦を記念して整備された公園のベンチで待ち合わせた。血みどろの死闘が繰り広げられた所とは、どうしても思えないような、剥き抜けるような青空と、穏やかな瀬戸内海の海峡が、平安時代の終末の歴史の一こまを覆い隠していた。しかし、今日の真佐子には、この歴史の怒涛の中へと引き込まれていくような、何か得体の知れない不安を感じていた。

「また、時空の旅かしら」

真佐子はつぶやいた。

「真佐子、あなた、また変な病気が出てきたのね。再三忠告したのに、まったく聞く耳を持たないんだから」

河野は、青空に浮かぶ鷗を仰ぎながら言った。

「そんな、変な間柄じゃないわ」

真佐子は、肩にかけたショルダーバッグを膝に置いて言った。

「旦那の三回忌が過ぎたからといって、こんな狭い地域社会よ、あなた有名になりすぎて、周囲の私たちが、どれだけ恥ずかしい思いをしているか分かっているの？」

河野は、真佐子を咎めるように言った。

「そんなやましいことはしていません。あの人、病後の経過がすごく順調で、もうひと踏ん張り研究がしたいと、東京の大学へ替わったらしいの」

真佐子は、うつむき加減で答えた。

「やっぱりそうだったの。悪い予感がしたわ。反対しても言うことを聞くようなあなたじゃないから、自由にすればいいけど、でも、あなた週刊誌沙汰になるようなことはしないでね」

河野は皮肉たっぷりに言った。

「この前報告した横浜の殺人事件の犯人、私がバス事故で記憶を失う前に、母を訪ねて私が大阪へ出ていたときの過激派の一人が関与していて、神奈川県警の夏警部と協力して、あの人、犯人逮捕に協力してくれたの。確か飛田と行田といったかしら。当時、ある読書会に、私や私の離婚した母と新しい夫、私の幼馴染の春日居玲子さんなどがメンバーだったの」

「ええ、知っているわ。新聞で読んだわ」

「横浜の殺人事件は、旧過激派の仲間割れの殺人事件だったのだけれど、犯人の飛田と行田の背後に、私が記憶を失ったバス爆破事件に繋がる第三者がいるのではないかと、夏警部からあの人に連絡が入ったというのよ」

真佐子は、メモ帳のノートを見ながら言った。

「バス爆破事件の犯人の特定に繋がる情報なの？」

河野は、真佐子を問い詰めるように聞いた。

「いえ、そこまでは」

「ほら御覧なさい。あなた、あの人、仲村さんって言ったかしら。はるばる東京まで会いに行く理由を、創作をしているのではないかしら。また、あの空間移動とやらのＳＦ小説つきの。あなた、本当に頭が変になったんじゃないの？」

「違うわ。あなたには信じてもらえないかもしれないけど、本当に過去へ時空移動するのよ。夢を見ているようで、どう言ったらよいか分からないのだけど、はっきり記憶に残っているのよ」

「まあ、そういうことにしてあげますけど、何度も言うように、警察や週刊誌沙汰になるようなことだけは絶対やめてね。息子さん夫婦と、生まれたばかりの子どもが、嘆くことになることだけはやめて頂戴。それを守ってくれるなら、好きなようにするといいわ」

河野は、処置なしといった表情で言った。

霊山那岐山と菩提寺

　岡山県奈義町。県北の緑豊かな田園地帯で、横尾歌舞伎や町営の美術館、那岐登山、自衛隊日本原駐屯地などで有名な、緑の豊富な落ち着いた町である。行政上の地名は奈義、山は「那岐」と書くが、この違いは歴史的なそれである。『日本地名大辞典33岡山県』（角川書店）によれば、町名は那岐山に由来するとあり、また『勝田郡誌』によれば、豊田、豊並、北吉野の三村合併による新町の誕生時に、小中学生から新町名を募集した結果、最も多かった「奈義」に決定した。すでに、大正一四年に奈義公民学校という名称が使われていたこと、その他公共施設にも「奈義」の字が冠せられていたこと、また北の鳥取県の智頭町（因幡国）に那岐という地名があるので、これと区別するためであったのであろう。那岐山を登山道で鳥取県側へ越えるとそこが那岐であり、JR因美線の那岐駅、那岐神社など那岐を冠した施設がある。筆者は、高校生の時、那岐山を鳥取県側に超え、那岐へ降りたことがある。登山の目的は、古事記に出てくる伊耶那岐、伊耶那美命の石碑を見るためだった。石碑といっても、実際は、露出した大きな岩に文字が刻んであるのだが、そんなに険しい道ではなく、軽い運動靴で越境することができる。奈義町観光協会で聞き取り調査を行ったが、古来より人の行き来はあったと推察される。

　ところで、『日本地名大辞典33岡山県』（八一五頁）には、町名が『続日本記《しょくにほんぎ》』に載る「霊山那岐山」に由来するとある。『日本辞典』にも同様の記述がある。また、柳田国夫の『山の人生』岩波文庫、一〇六頁）には、「明治の末頃にも、作州那岐山の麓、日本原の広戸の滝を中心として、処々に山姫が出没するという評判が高かった……」と書かれている。『続日本記』は、平安時代初期に現れた史記であるので、空爾が菩提寺へ上ったときには、「奈義」と書く地名はなかったが、すでに「那岐」と呼ばれた山が存在していたことになる。霊山那岐山の岡山県側の中腹に位置する菩提寺は、まさに、修験道《しゅげんどう》たちが集う霊的な場所であった。

もう少しルーツを辿ってみると、次のようになる。那岐山の北麓の那岐神社に伊邪那岐命（那岐大明神）が祭られている。『古事記』の冒頭「伊邪那岐命と伊邪那美命　1国土の修理固成」（『古事記』岩波文庫、二〇頁）に、伊邪那岐命が登場する。那岐山の名前が、伊邪那岐神に由来して付けられたと考えることには、歴史の霧の中に存するとはいえ、合理的な理由がある。古事記が書かれたのは七一二年、『続日本記』が七九七年、法然が生まれる三〇〇年以上前のことではあるが、那岐山は、古く『古事記』の時代にさかのぼり、『続日本記』に伝えられた日本創生の霊山であった。

このことは、因幡国の側の資料『智頭町誌（下巻）』（四〇五頁）によっても、窺い知ることができる。すなわち、那岐神社は、古くから因幡、美作にまたがる「聖なる山、信仰の山として山岳崇拝の対象」で、那岐山上（頂）に両祭神が鎮座していたが、天徳年中（九五七〜九六一年）頃に、JR因美線那岐駅の現在地に遷御したという、とされている。また、ほぼ同時期に、高貴山極楽寺には一二の僧坊があり、修験道の行道として興隆していた（四〇八頁）ことから、この一帯は、法然の時代にも、修験道による山岳信仰の拠点として機能していた、まさに、その地へ遊学したことの特別な意味を知ることができるのである。

父親の死によって後ろ盾をなくした空爾が、やむなく菩提寺へ匿《かくま》われた、あるいは学問・出家のために預けられた、とされている以上の意味を持つものであった。人は、いつの時代にも、かかる「宿命」を背負って生きていくものである。空爾とて、その例外ではなかった。

父母のみならず、最初に空爾を教育した叔父の観覚上人も、かかる霊山の意味を空爾によく教えていたはずであり、若い空爾は、その歴史的意味を背負って勉学にいそしんだのであった。そして、推測ではあるが、必ずしも出自に恵まれた経歴の持ち主でなかった空爾が、比叡山で力をつける礎石になったのが、この霊山那岐山の出身であったことではないだろうか。話を本筋に戻そう。

那岐山は、五五八〇万年前の新生代に、一度噴火を起こしたとされている。この那岐山系に水源を発する小河川の氾濫原で構成される、豊かな火山性の「黒ぼこ」土壌を抱く農業地帯でもある奈義町は、浄土宗の開祖者、法然上人が九歳のとき、父親が地域の利権を巡る諍《いさか》いが昂じて、京からの天下りものの明石定明という土豪に襲われて、一家離散したのを機に、母親の古曾女が薦める出家の道を選んで修行した菩提寺がある。

菩提寺は、七世紀に役小角《えんのおづぬ》が修行の行場として開き、その後、奈良時代に、行基が全国行脚の途中ここに立ち寄り、十一面観音を刻んで中堂に安置したと言われている。奈良時代には、七堂伽藍三十六坊を誇る、山岳仏教の拠点として栄えたといわれており、今も長い参道の左右や境内には、それとわかる平坦な地があって、往時の繁栄の跡を偲ぶことができる。また、江戸時代の後期には、火災により鐘楼を残して焼失し、明治の初めには無壇家無禄の廃寺となったが、その後、地元の人々によって明治一四年に再興され、現在は美作地方の浄土宗諸寺院により維持されている。

町内を東西に国道五三号線が走っており、菩提寺の麓の地点で北上し、中国山地の黒尾峠を越えて鳥取県（因幡の国）へ達する。法然上人が幼少の頃入山した菩提寺は、標高一二五五メートルの那岐山の中腹にあり、徒歩で登ることができる。菩提寺には、寄付によって再建・改修された本堂と、法然上人――本書では空爾という名前になっている――が、麓の阿弥陀堂から杖代わりにして持ってきた大いちょうの枝が、挿し木で根付いたとされる銀杏の巨木があり、秋には、見事な黄色の巨樹の姿態が、訪れるものの目を楽しませてくれる。毎年夏の休日には、大いちょうがライトアップされるイベントが開催され、二〇一七年にはフォーク歌手の高石ともやが往年の歌声を披露した。境内周辺は、「浄土宗ともいき財団」によって再整備が完了している。

このイベントの取材に来ていた、県南の備前新聞社の社員二人は、カメラとバッグを抱えて、レンタカーを運転して林道を下っていた。

「すごい人でしたね。去年よりも多かったでしょうか」

運転している、やはり女性記者に言った。

「もうすっかり定着したみたいですね。本堂が修築され、あちこち手を入れて整備されて、来やすくなったからでしょう。トイレも綺麗になって水洗になったし」

と、音楽好きの記者は感想を言った。助手席の記者は野田といったが、

「法然上人も、あの世でご成仏されて本望でしょう」

と、殊勝なことをいった。

「九〇〇年も前のことなのに、菩提寺へ参拝すると、つい昨日のように感じられて」

と、運転している記者の本井伝は、しみじみと言った。本井伝は、これから向う津山市の生まれで、今夜の宿泊は、津山市内のホテルに予約してあった。つづら折の坂道を下っていくと、国道との合流地点にあと少しというところに「山の道の駅」というレストランがある。まだ営業をやっているようで、駐車場には何台かの車が止めてあり、人の姿もあった。本井伝は、

「ちょっとコーヒーを飲んでいきましょうか」

と言って、ハンドルを左に切った。これからホテルに入っても、まだ寝るまではかなり時間がある。それに、少し

空腹感を覚えていた。山の駅の下には、綺麗に整備された棚田があり、国道の方へ、薄い黄色の稲の絨緞《じゅうたん》が、まるで帯のように伸びていた。山の駅の照明で、黄色い稲の穂が薄っすらと浮かび上がっていた。本井伝は、その中に、白い布切れのようなものがあるのが見えたが、別に気に留めた様子でもなかった。コーヒーとサンドイッチを注文して野田が言った。

「今度の企画、大変ですね」

「ええ、法然上人と現代。私たちには、手に負えないわ」

「仏教関係者や研究者、郷土史家などを取材するのはいいけど、何を言っているかさっぱり分からない。この前の大学の先生、話していることがちんぷんかんぷんだったわ。専修念仏とか女人往生とか」

野田が、ため息とも愚痴ともつかぬような口調で言った。三〇分ほどお喋りをして、

「さあ行きましょうか。取材をまとめなくちゃ」

と言って、先輩格の本井伝が伝票を掴んでレジへ進んだ。空には、煌々とした月が輝いていた。鈴虫だろうか、虫が可愛らしい鳴き声を立てていた。本井伝は、さっき白い布切れがあった場所をもう一度見た。布切れと思ったものが、今度は、何か丸みを帯びた生き物の体のように見えて奇妙に思った。

「あれ、なんだろう、あれ」

本井伝は、野田の注意を棚田のほうへ向けた。野田は、まさかとは思ったが、新聞記者の勘は、それが人間の体であることを察知した。本井伝も同様だった。白い布切れが、わずかに動いた。

「人だわ。生きている。酔っ払いかしら。まさか」

体格のいい野田は、本井伝の手を取って石段を降りて、恐る恐るあぜ道を進んだ。胸の鼓動が波打ってきた。これまで、殺人や事故現場に、何度となく足を運んで取材をしたが、第一発見者になったことは一度もなかった。二人

は、新聞記者の魂に導かれて、はっきり目視できる位置にまで進んだ。ここで、白い布切れが、男性のシャツであることをはっきりと認めた。まだ、息があるように思えた。

「しっかりしてください。どうしたのですか?」

気丈な本井伝が声をかけた。男性は、稲の中に顔を突っ込むようにして、うつ伏せになっていた。二人のほうに足が伸びている。まだ息があった。男性は、

「助けてくれ。やられた」

と、うめき声を上げたが、ほとんど聞き取れない、虫の息のようであった。

「すぐ救急車を呼びます。頑張ってください」

本井伝は、携帯を引っ張り出し、一一九番通報した。併せて、警察へも連絡した。そして、遺留品がないかどうか探した。三〇分後、那岐山の麓のこの麗しい棚田は、騒然とした雰囲気に包まれた。

棚田の検証

最初に到着したのは、奈義町を管轄区域とする美作警察署であった。奈義町の南に位置している。大いちょうのイベントにも、数人の警官が来ていたので、警察署の警部が、さっそく現場検証に当たった。現場の保存をしたうえで、被害者を救急車で病院へ運んだ。日本原病院が、ちょうど緊急手術に応じられるところから、とりあえず運び込んだ。警部一人を張り付かせ、瀬長警部は部下とともに、現場検証に当たった。

「あなたが第一発見者ですね?」

瀬長警部は、長身の体躯を前かがみにして、備前新聞社の本井伝に聞いた。

「発見した時の様子を教えてください。不審な人物を見たとか、物音を聞いたとか」

本井伝は答えた。すぐに記事にできるという計算もあって、丹念に記憶をたどって答えた。

「菩提寺のイベントの取材が終わって、コーヒーを飲もうと、ここに寄ったのですが、駐車場に車を止めて、月明かりに照らされた綺麗な棚田を見ていると、被害者のシャツのようなものを認めたのですが、その時はやり過ごして、帰る時にもう一度見ると、位置が少し変わっていて、変だと思って近づいてみると、人だと分かったのです。辺りに、人の気配はありませんでした。被害者、まだ被害者と決まったわけではありませんね、男性の位置は、一メートルぐらい動いていました。それで、まだ息があると思い、大急ぎ連絡しました。最初に見たのが八時半くらい、レストランを出たのが九時二〇分くらいでした。車は六台ありましたが、私たちが出たときは五台でした。一台が、先にレストランを出たのだと思います」

本井伝は的確に答えた。駐車場は暗い。防犯カメラは、設置されてはいるが、利用者の姿を、鮮明には捕らえていないだろう。部下の警部が、レストランの従業員と客に事情聴取をして、瀬長警部に報告に来た。

「一人の女性客が先に出たそうですが、中年の女性とだけしか記憶がないようです。客が一〇名いますが、イベントの話に夢中で、帰った女性のことも、周りの情況も、何も分からないということでした。防犯カメラは、明日検証します」

「分かった。引き続き現場検証に当たってくれ」

瀬長警部は指示をした。

「あなた方は、これからどうなさいますか?」

瀬長警部は、二人の女性記者に聞いた。

「明日、仏教関係者の取材予定があるので、今日は、津山市のホテルに泊まり、明日はレンタカーであちこち回る予定です」

と、本井伝が名刺を警部に渡して答えた。

「ほう、社会部の記者さんですね」

瀬長警部は、軽い微笑を浮べて言った。

「文化部と兼業です。中小企業なので」

と、笑顔を返した。

「とんだ事件に巻き込まれましたね。今日は、これでお引き取りください」

と言って、瀬長警部は、現場検証の指揮に戻った。

「田んぼの持ち主には、あとから了承を得る。徹底して探せ」

警部は檄を飛ばした。被害者のものと思われるリュックサックが見つかったほかは、何も出てこなかった。事故か、殺人か。事故にしては、場所が不自然だ。検証の続きは明日ということにして、念のため、近隣の警察に不審者のチェック依頼をして、現場を後にした。

五つの朱色

「残念ながら、死亡されました。死亡時刻は二一時五〇分です。死因は、外傷がないので、病気や毒物など何らかの原因が考えられますが、司法解剖に回した上で特定されます」

担当医師は答えた。

「ポケットなどに入っていたものはこれだけです」

と言って、担当の医師はビニール袋に入った、三つの遺留品を示した。リュックサックの中身は、下着や歯ブラシなど、ありきたりの旅行用品だった。領収書やメモ書きのようなものもあった。本人の物と思われる名刺入れがあった。寺尾恵一（法仁大学准教授）と印刷されていた。自宅は横浜市だった。瀬長警部はこの大学の名は知らなかった。彼が大学を卒業してから、ずいぶん大学が増えた。横浜市にある大学だった。瀬長警部は、さっそく部下に寺尾の自宅に電話をかけさせた。家族に身元確認に来てもらうことにした。

「何か喋りませんでしたか？」

警部は聞いた。

「ええ、警部さん。『しゅいろ』がどうのこうのと」

「どうのこうのとは？」

警部が、形相を変えて聞いた。

「ええ、はっきり聞き取れなかったのですが、『しゅいろがいつつ…』と言ったように聞こえました。その後、息が絶え、死亡を確認しました」

「しゅいろというと、色合いの朱色だね」

「それは断定できませんが、しゅいろと聞こえたように思います」

「ありがとう。ほかに何か気づいたことはありますか？」

「救命に必死で、ありません」

瀬長警部は、津山市中央病院で司法解剖をしてもらうことにし、結果が出てから捜査会議を開くことにした。

法然房源空は、村人に別れを告げて、西の美作国へ至る峠を目指した。なだらかな坂道を登り、休み休みしては、懐かしい親族の者たちの顔を思い浮かべながら進んで行った。勝間田の郡衙には、叔父の菅原尚忠がいることだろう。郡衙は、古代律令制度の下で、郡の官人である郡司が政務を行った役所のことである。現代行政機構の、市役所か町村役場を思い浮かべるとよいと思う。郡司が政務にあたった正殿や脇殿のほか、租税を保管する正倉、宿泊施設などがあった。また後で出てくる、国司の所在する国府から、間接的な支配が行われ、郡司は、在地の有力豪族であることが多いとされる。

尚忠は、源空の父親が亡き後、彼の後見人として、影になり日向になりして援助を惜しまなかった。それというのも、母の古僧女が亡くなった後は、父親の漆間時国の一族は胡散霧消《うさんむしょう》してしまい、時国と古僧女の関係が通いの通婚であったから、おのずと古僧女の出自の錦織《にしこり》の部とは疎遠になり、漆間の残党とも関係は希薄になっていた。錦織の部は、朝鮮半島からの渡来民族である秦氏の職能集団によって構成され、古代から中世に至るまで、日本の産業や文化をリードした、いわばベンチャー集団であった。源空は、母方の殖産興業者としての血筋を半分引いていた。しかし、源空にとって、父は父であり、母は母であった。父母の愛情に感謝し、遺志に添えるように努力しなければならなかった。

父母が、わが子空爾に対して、在郷の武士の道を捨て、出家して、仏教の道を進むよう強く希望していたことを、母古僧女の弟の観覚得業から、菩提寺で何度も聞かされ、菩提寺をあとにして京へのぼり、これまで、一心不乱に学問の道を歩んできたのだった。しかし、源空にとって、わが人生に課せられたこの使命は、彼が幼少のときに経験した、あの凄惨な夜襲事件の記憶とともに、おのれの人生を束縛し、夜な夜な夢の中で苦しめ続ける呪縛でもあった。源空は、この呪縛から逃れるために、千日回峰行《せんにちかいほうぎょう》で自らの体を傷つけ、出家修行僧としての掟を破って罪悪の罪を重ねた。この罪によって、仏から断罪され、自ら無間地獄へ落ちることさえ望んだ。千日回峰行では、いつも自害するための短刀を内懐に忍ばせていた。千日回峰行は、滋賀県と京都府にまたがる比叡山山内で、七年間に亘って行われる天台宗の回峰行の一つである。

しかし、こうして足掻《あが》けば足掻くほど、罪意識は深まり、迷いの娑婆《しゃば》で彷徨える人となった。しかし、希望はないではなかった。死ぬことはいつでもできる、だが、もう少し頑張ってみよう、安楽な死を選択するよりも、もっと耐え難い拷問を受けよう。そのことが、亡き父母への供養ではないか。源空は、教義の教えにない、あらぬ方向へ道を進んでいた。

源空は、師匠から勧められた『往生要集』を懐に、西へ向ったのだった。西方へ極楽浄土があるとし、念仏専念によって、他力で極楽往生ができるとする仏教の教えに一縷《る》の望みを託して、はや指折り数える年月がたっていた。

「自分を救済できない念仏で、一体誰を救済できるというのか」

源空は、自問自答した。

西の空が一面薄曇りの様相を呈し、源空が菩提寺の山から見上げたあの冬を呼ぶ雲と風、北気《きたけ》が湿った風を運んできた。この地方では、北気は冬を呼ぶ風として今に伝えられている。

とそのとき、源空は、北気が枯れ枝をひゅうと音を立てて過ぎ去る音に紛れて、枯れ草を分けるように進んでくる、何者かの気配を感じた。武士の子として育てられた、研ぎ澄まされた感覚は、今も健在であった。彼が行脚に使う杖は、銀杏の木を削って作った護身用の武器でもあった。この杖の一振りで、源空は相手を倒すのみならず、死に至らしめることもできる。敵対する僧兵の襲撃から、何度もこの杖で身を守ったことがある。僧兵は、日本の古代後期から中世、近世初頭にかけて存在した僧の姿をした武者で、武蔵房弁慶が有名である。源空が生きた平安時代末期には、強大な武力集団となり、興福寺、延暦寺、東大寺などの寺院を拠点として、寺院同士の勢力争いを繰り返した。源空の杖で一撃を食らった僧兵の生死は定かではない。源空は身構えた。西の空に稲妻が光った。

朱色の夕焼け

仲村輝彦は、新しい大学で数か月がたち、授業をはじめ仕事に慣れてきた。若い頃、東京にいたとはいえ、東京とその周辺は、当時とは様相を一変させており、たびたび東京に来ているから知っているとはいえ、こうして実際に生活をしてみると、鉄道や道路それに商業施設など、特に学生のころ拠点にしていた新宿の周辺は、巨大なビル群に囲まれていて、昔の面影すらない。まったくの驚きであった。隔世の感とは、まさにこのことを言う。

仲村が住んでいた世田谷区の京王線沿線もしかりで、住んでいたアパートも大家さんの家もなかった。所在を尋ねてはみたが、誰も知らないと言った。それもそのはず、あれから四〇年以上の歳月が経過していた。当時の思い出に浸るのが目的ではないが、学生時代にいた場所から近い位置にある一人用のマンションを購入し、当時と同じ電車を使って、都心の大学へ通った。所要時間は五〇分くらいだった。

西教大学の教員用のサロンで、仲村はある名誉教授を紹介された。受け取った名刺には「名誉教授　柴山健太郎」と印刷されていた。住所は岡山県高梁市となっていた。仲村の出身地の岡山県津山市と近かったので話がはずみ、三〇分ほど話し込んだが、同僚の教授と話していたところへ、彼の知り合いの柴山が、月一度の集中講義で大学へ来ていたことから、たまたま紹介されただけのことであった。専門は、教育学とのことであった。昨年西教大学を定年退職し、非常勤で教える傍ら、ライフワークの研究テーマを追っていると話した。精悍なマスクに口ひげを蓄えた、威厳のあふれる容貌であった。無駄な肉はなく、とても定年したとは感じられない若さだった。仲村は、午後の授業を終え、体脂肪とコレステロール減らしのために始めた剣道の道場へ行き、軽い汗を流して帰宅した。千葉周作が開祖の北辰一刀流の道場で、初心者なので初級のクラスに入れてもらった。健康維持が目的で、何の他意もなかった。それでも、やがて中級へ進めるというところまで来ていた。一風呂浴びて、郵便受けに入っていた手紙を開いた。

「週末、東京へ生きますから、羽田まで迎えに来てください」と結ばれていた。仲村は、西に面したベランダのカーテンを開けた。富士山の方角に、朱色に染まった夕焼けが広がっていた。学生のころ、真佐子から受け取った手紙を読み、大きなため息をついて眺めた夕焼けも、ちょうどこんなふうだった。時代が移ろい、街の形が変わり、人身に変化が生じても、自然は変わらない。仲村は真佐子のことなら何でも、たとえ些細なことでも思い出したい、そのことが真佐子の記憶の復元のきっかけになればと思い、この地に居を構え、学生に授業をしながら記憶の欠片を探るために、あえて東京に移ったのだった。

翌日は授業だった。桜が散り、葉桜に変わろうとする大学の周辺が懐かしかった。大学院の修士課程を過ごしたのが、この大学だった。仲村は、この大学の経済学部の、二年次の経済政策という科目を担当することになった。

追憶の授業〈一〉　末世の時代の経済学

それでは皆さん、早速経済学の授業を始めます。授業計画はシラバスに書いてあるので、それに従って進めていくことになります。先週は履修登録期間なので、授業の本題には入りませんでしたが、今日から、内容に入ります。教科書に沿って進めていきますから、予習と復習を欠かさないようにしてください。経済学の標準的なテキストは、一般に古典派経済学やケインズ経済学を踏まえて、最近の新古典派の経済学も視野に入れて、「進化経済学」「複雑系経済学」「ゲーム理論」など、複雑な経済現象に対し、分析手法の数量化と動態化が進んでいます。二〇一七年のノーベル経済学賞は、リチャード・セイラーという人に授与されましたが、彼は行動経済学という分野です。本年度の授業は、私に少し考えるところがあって、このような最近の経済学の流れにも目配りしながら、原理的には最も有効な『資本論』を基礎にした、マルクス主義経済学を学びます。資本主義の行き詰まりを打開するだけでなく、新しい次元の資本主義を作ることを予言してみたいというのが大きな狙いです。末法思想という仏教用語を聞いたことがあるでしょう。いま、そういう時代を迎えていると言えるかもしれません。

まず経済学の巨匠を挙げるとすれば、アダム・スミスの『諸国民の富』、これはレッセ・フェール（自由放任）を基本原理とした経済学で古典派経済学と称せられます。これに対し、時代は少し後になりますが、K・マルクスの『資本論』があり、この資本論に基づく経済学を半年間で学ぶことにしました。資本論は社会主義や共産主義とイメージされ、閉塞感が付きまとうかもしれませんが、現代の資本主義を解明するツールとして今も有効であると考えます。そしてマルクスの時代からさらに後代へ下りますが、一九三〇年代の世界恐慌に対処する理論として、ケインズの『雇用・利子および貨幣に関する一般理論』が現れます。こうして広い意味での福祉国家を標榜する経済学が登場します。私たちの学生のころは、先ほどのマル経に対し、こちらが近経と言われ、経済学部の流派を二分していました。私はこの大学で学びましたが、マル経が強い大学でした。さらに第二次世界大戦後は、戦前から引き継いでいろいろな流派が現れますが、ミルトン・フリードマンの「政府からの自由」や「選択の自由」に代表される、新自由主義経済学が時代を席巻《せっけん》します。

いま世界は混迷を深め、貧困や環境破壊、テロ、人権抑圧、中東戦争、米朝危機など解決を迫られている問題が噴出、まさに末法（末世）の世の現象を呈しています（本書では、私が平安時代にワープして、法然上人にこの末法の世のことを聞かれ、説明をするシーンがありますから注目してください）。経済学という呼び方は、日本ではもともと中国から伝来した「経世済民の学」、すなわち「世を憂い民を救うの学」、法然の「専修念仏」思想に合致するところがありますから、注意深く読んでください。「ともいきの経済学」といってもいいかと思います。そのために、最も根源的に解明できる分析ツールである資本論をベースにして、経済をわかりやすく解説します。いまテレビで、もとＮＨＫ解説員の池上彰さんが時事問題を易しく解説していますが、そんなイメージです。

『資本論』は、ドイツ古典哲学の集大成とされるヘーゲルの弁証法を批判的に継承し、それまでの経済学の批判的再構成を通じて、資本主義的生産様式、剰余価値の生成過程、資本の運動諸法則を明らかにした傑作です。彼の経済学体系は、マルクス経済学（マル経）と呼ばれ、二〇世紀以降の国際政治や思想に大きな影響を与えました。マルクス経済学は、資本主義社会における労働者の搾取の源泉を明らかにし、労働者による生産と国家の管理を、社会主義によって実現する理論であったので、第一次大戦以降、ソ連（現ロシア：ロシア革命）、東ヨーロッパ諸国、中国（第二次世界大戦後の中国文化大革命）、キューバ、北ベトナムなどに社会主義国を誕生させた、その礎《いしずえ》となる理論でした。

追憶の授業〈二〉　経済の扉を開く

しかし、生産の国家管理と計画経済を中心とする社会主義の経済体制は、生産の非効率（国営工場）、国家官僚の腐敗、人民や労働者の弾圧（人権抑圧・天安門事件）などによって、市場原理（計画的市場経済・ベトナムではドイモイ）を取り入れざるを得なくなり、純粋な社会主義はなくなり、マルクス経済学も大学の教壇から姿を消したようです。中国の市場経済は国家資本主義といわれることがありますが、それは正確ではありません。北朝鮮の市場経済も、国有（営）企業をベースとした計画的市場経済です。一九八九年ベルリンの壁崩壊事件によって、社会主義の東ドイツと資本主義の西ドイツの統一が実現しましたが、これによって、社会主義の資本主義化（正確に言うと市場経済化）が決定的になりました。

『資本論』のアイデア（方法論）を分かりやすく説明すると、資本主義社会全体の混沌（カオス）とした現象を分析し、総合化するということにあると言えます。商品、貨幣、資本概念を中心に、カオス世界（複雑な経済）を分析し、資本主義社会の全体像を概念的に再構成する（弁証法的方法）ものです。「具体的なもの（人口・商品）から始めて、カオス世界へすすみ、結果、単純な原理を見つけ、そこから、あともどりの旅をし、最後に再び人口・商品にまで到達する。それはカオス世界の商品ではなく、豊かな概念に包まれた商品となる」（マルクス『経済学批判序説』から分かりやすく）と言ってよいでしょう。今日はここまでとします。

このように授業を進めるわけですが、実は私には、今から四〇年近く前に、島根県と広島県の境で起きたバス爆破事件と、つい最近横浜駅裏通りで起きた殺人事件の捜査で、警察と関わっていて、こうして授業で昔のことを思い出しながら、事件解明の手がかりを得たいという思いがあります。授業と事件を混同するのはよくないことですが、マル経が一方の近経（近代経済学）と大学の授業を二分していた時代の状況と、この二つの事件、そして法然研究が実は密接に関連しているのです。この点は追ってお話しますから、楽しみにしていてください。

授業を終えて研究室に向う仲村を一人の男子学生が、追いかけてきて、

「先生、風変わりなと言っては失礼ですが、レトロスペクティブな授業になりそうですね」

と言って、笑っている、

「退屈な授業になりそうだよ。それに就活の役にはたたないし」

と言葉を返すと、

「法然上人とか、末法思想、それにバス爆破事件にも関係があるということですから、興味津々です。レトロなものに意味があるんです。目先のことを追いかける授業が多くて」

と、その長身の学生は言った。単位をくださいというアピールにも見えたが、それは、その場のことで終わった。

ハイパースペース

夏光一郎警部は、神奈川県警捜査一課の古参警部で、東京湾を望む一課の部屋で、「横浜駅裏通り内ゲバ殺人事件」の裁判経過報告書を読んでいた。それは、昭和四〇年代の、全共闘運動の残党による、仲間割れに端を発した襲撃死亡事件だった。真佐子が、四〇年近く前に会社のバス旅行中、バス爆破事件で記憶を失う前、大阪の岸和田で母とともに所属していた読書会のメンバーによる仲間割れが原因だった。しかしそれだけで、殺人に及ぶだろうか。動機が不十分なのだ。夏警部は、事件が解決したものの、どこかに引っかかるものを感じていた。

横浜駅の裏通りで暴行され、殺害されたのは、当時、真佐子につきまとっていた、京都の東陽大学の大学生で、長末芳郎という男だった。犯人の飛田と行田はあっさりと自白し、スピード結審した。逮捕の決め手になったのは、仲村と真佐子の協力で、新左翼の読書会の主催者で、中心人物だった春日居玲子から入手した、読書会の会報と会員録だった。ガリ版刷りのそれらの書類に、飛田、行田、長末、それに真佐子、真佐子の母と再婚した新しい父の名前があった。この名簿の存在によって、人物の特定が可能になった。夏光一郎警部は、安堵して大きなため息をついた。

「死刑は当然だな。でも、この二人は、きっとあのバス爆破事件にも関係しているに違いない」

夏警部は、娘の、やはり神奈川県警の捜査一課にいる新米刑事、夏蜜柑に言った。蜜柑は、この四月に、派出所勤務から県警の刑事になったばかりで、教育係は、取りあえず父親の警部が行うことになった。蜜柑は、将来はインターポールへ出向するのが夢だった。

「そろそろ、仲村さんと真佐子さんに連絡したらどうなの？」

と、刑事にしては優柔不断な父親の警部に、焚きつけるような口調で言った。

「そうだな、ぼちぼち」

夏警部は、タバコをやめたばかりで、手持ち無沙汰な手で、頭を掻きながら言った。

「さあ、善は急げ」

と言って、蜜柑は固定電話を父親に差し出して、スマホの電話番号を見せた。夏は電話を受け取って、仲村の携帯電話の番号を押した。

「ご無沙汰しています、警部。お元気ですか？」

仲村のはずんだ声が返ってきた。

「刑事が元気がないでは、世の中が回りませんから。実は、あの裁判が結審したので、犯人たちとバス爆破事件との関連を、任意で事情聴取します。二人から、当時のことを聞き出したいと思いますが」

夏警部は仲村をリードした。

「警部さん、ちょうどタイミングがよかったです。真佐子さんが、週末に東京に来ると言っています。県警へ伺います」

仲村も、そろそろ腰を上げなければと決断した。

山口空港から羽田へ向う飛行機の中で、真佐子は、

「狭い地域社会の恥さらしになるようなことはしないでね」

という、河野のいやみのある言葉を思い出していた。真佐子には、バス爆破事件以前の記憶がない。仲村と再会して以来、少しずつ記憶を取り戻しているようにも思えたが、

「あなたと二人で、鳥取県の青谷海岸を散歩したんです」

と教えられて、それを記憶と勘違いしているに過ぎなかった。いったん失われた記憶は、決して帰って来ることはない。それでもよかった。こうして蘇った記憶を手繰《たぐ》りながら、いつかは、失われた青春時代を取り戻せると、真佐子は信じていた。でも、その結果、恐ろしい青春時代の記憶が蘇る可能性もあった。仲村は、それを心配しているようだった。

「私の過去が、どんなに恐ろしい過去であっても、私は構わない。私、絶対に逃げたりしませんから」

真佐子は、きっぱりと仲村に告げた。

「どんなに辛い過去であっても。それと、あなたが僕を遠ざけた、いや、僕とあなたが引き離された理由が分かってもですか。それが、どんな理由であってもですか？」

仲村は念を押した。

「私が、あなたを遠ざけたというのは絶対嘘。あなたが私を捨てたんだわ。私は、そんな軽い人間じゃない」

と言って、真佐子は譲らなかった。真佐子は、バス爆破事件の真相が分かれば、仲村との、事件に数年先立つ、愛の破局の経緯《いきさつ》も分かると信じていた。

「そんなことが分かってどうなるの。時間を昔に戻してどうなるっていうんね」

と、姉の景子から叱られた。今では、無味乾燥となってしまった過去の青春や愛の体験を知ってみても、どうにもならないことは、自分でも分かっている。過去の真実を知って、燃え盛るような愛が蘇ってくることはない。でも、それでもよかった。真佐子は、山口空港で羽田行きの飛行機を待つ間から、妙な胸騒ぎを覚えていた。時空の移動など

ありえないと、思ってはみるものの、それは、仲村と再会して、たびたび起こる時空移動の前兆と、突然現れる虹色の空間をすり抜けて、過去へランディングする奇妙な旅だ。

仲村は、ハイパースペースとか、超弦空間とか言っているが、よく分からない奇妙な経験をするのだ。仲村は、素粒子力学や天体物理をかじっているようだ。地球人よりもはるかに進んだ、宇宙の構造の解明と科学技術を持った何者かに、操られているとしか考えられない空間移動。今度も、過去の空間移動がそうであったように、バス爆破事件の解明につながることが期待される旅の予感が、真佐子の胸をよぎった。空間移動が近づいて来ると胸騒ぎがして、頭痛が襲ってくる。空間移動を経験するたびに、頭痛は軽くなって来る。そんなことを考えていると、機体は大きく旋回して、滑走路に吸いつくように着陸した。真佐子は、人ごみの中に懐かしい仲村の姿を見つけた。

「あなた、変な胸騒ぎがするわ」

真佐子は、神奈川県警へ向う、仲村の車の助手席で言った。しかし、仲村は、空間移動のことは気にしていないようすだ。

神奈川県警

神奈川県警では、蜜柑が自販機のコーヒーを四人分、テーブルの上に置いた。

「あなた方の協力で事件は解決し、結審しました。どうもありがとうございました」

夏警部は、軽く頭を下げた。

「バス爆破事件と、あの犯人の二人との関係ですが、事件が別なので立ち入って追求はできなかったのですが、飛田と行田は、真佐子さんが属していた新左翼系のグループの読書会とは別の過激派組織があり、それに関係があったことが分かっています。革命的労働者国際同盟、革労同という組織で、最も過激なグループのひとつとされていました。読書会は、革労同のアンテナショップ、つまり、オルグの隠れ蓑になっていた可能性があります」

オルグというのは、organize（組織化する）の略で、左派系の組織を作ったり拡大したりすることを言った。新左翼党派が、拠点校となっている大学に、「○○問題研究会」といった偽装サークルを作り勧誘した。ゼミに、活動家が送り込まれることもあった。真佐子が入っていた読書会は、労働者が溢れる地域に作られた勧誘組織であった。

「長末芳郎が、真佐子さんにしつこくつきまとっていたのは、この組織への勧誘が目的だったのではないかと考えています。革労同は、ご存知でしたか？」

「革労同。あまり表面に出ることはなかったと思いましたが、ええ、記憶があります」

仲村が、真佐子に代わって答えた。

「その革労同のなかに、真佐子さんが大阪から帰って来て働いていた松江で、活動していたある活動家がいたと、飛田と行田が供述しているのです。当時、新左翼のなかには、自分の生まれ故郷に戻って活動する者がいたようですが、その活動家も帰郷活動家の一人ではなかったかと考えられます」

真佐子は、自分を地獄の谷底に突き落とした、あの事件の犯人に一歩近づいたことを直感して、胸がどきどきして来た。

「それで、その活動家の名前は？」

「残念ながら忘れたと言っています。どうでしょう、明日にでも、彼等の拘置所に行ってみませんか。彼らは、判決が出てすっかり観念しています。控訴もしないようです」

「ええ、警部さん、ぜひ連れて行ってください」

真佐子は目を輝かせた。

「今日は、ゆっくりお休みください。明日、私は、重要な会議があるので、こちらの刑事に案内させます」

と言って、警部は娘の蜜柑を紹介した。

「真佐子さん、今日は、横浜にホテルを取っておきました。東京は騒々しいし、帰りの羽田へは、横浜の方が高速利用で便利ですから」

仲村は、気を利かしたつもりで言ったが、

「あら、どうしてあなたの自宅の近くじゃいけないんですか？　何か都合の悪いことでもあるんですか？　邪魔なんですか？　それに来た早々、なぜ帰ることを言うんですか？」

と、すごい剣幕で、助手席でまくし立てられてしまった。

「それは真佐子さん。せっかくだから、あの中華街を案内させていただいて。ミナトミライの夜景を楽しんでもらって」

と、慣れない地名の説明に舌をかみながら、やっと機嫌を直してもらった。真佐子は、中華街で、時空ワープの胸騒ぎがすることを仲村に告げた。

「あるかもしれませんね。明日、拘置所で謎の人物のことを聞いてからですね」

「そうね。超弦空間の旅の再開ね。今晩、準備しなくちゃ」

真佐子は、綺麗な標準語で答えた。仲村は、中国地方の田舎育ちで、大阪の岸和田に母を訪ねて行った数か月を除いて、一度も都会に出た事のない真佐子が、綺麗な東京言葉を話すのを不思議に思っていた。

「案外、また平安時代かもしれませんよ」

「この前、源平の合戦だったから、またそうかも。でも戦いは嫌だわ。もっとロマンチックなところがいいわ。太平洋戦争へワープした時はうんざりしたわ」

「真佐子さん。勘違いしないでください。われわれの過去と関係あるところへ、いつも行くんですよ。グルメ旅行とは違うんですすよ。それに命がけ」

「だから、綺麗な花の咲き乱れる草原とか。夕日の綺麗な海とか、できれば、ギリシャとか外国がいいわ」

アルコールに強い真佐子の口が饒舌になってきた。


翌日、拘置所では、残念ながら期待したほどのことは喋ってもらえなかった。しかし、飛田が次のようなことを思い出した。

「とにかく、学者肌というか理論家で、当時、われわれが読まなければ左翼とはいえないと言われていた本は、すべて読んでいました。マルクスやエンゲルスはいうに及ばず、トロツキー、カウツキー、レーニン、毛沢東、チェ・ゲバラ、あらゆる革命書に通じていました。アジア的生産様式にも通じていました。敵対する日共関係の本もそれで、お説拝聴と彼のアパートに通ったものでした。周りに女気はなかったですね。頑固一徹な机上革命家といった感じでした。痩せていて小柄な体つきでした。出身地は、岡山県か鳥取県か、よくその辺のことを話題にしていましたから」

これを聞いていた行田が、思い出して言った。

「そう言えば、その机上革命家を、東京で見かけたという話を、一度聞いたことがある。女と連れ添って、渋谷だか新宿だか、楽しそうに歩いていたって、聞いたことがある。確かあいつだった。でも、もう亡くなっていますから、手がかりにはならない」

「その、あいつから聞いた話はいつのことですか?」

真佐子が聞いた。

「そうだね。私が大学を出て数年、昭和五〇年頃じゃなかったかな」

二人は、死刑囚と看守に礼を言って拘置所を出た。蜜柑は、終始聞き役に回っていた。

「パパから、あなた方に協力するように命令されています」

蜜柑刑事は二人に言った。蜜柑は親しいものには、自分の父親を「パパ」と言う。

「パパって？」

真佐子は、きょとんとした顔をした。

「ごめんなさい。あのぼんやりした警部さん、私の父親なんです」

「そうなんですか。ちっとも知りませんでした。失礼しました」

「私、将来、インターポールで働きたいと思っています。世界の巨悪と闘うんです」

と言って、笑った。

「そうなんですか、闘いましょうね」

「さっきの二人の供述のこと、私、調べておきますから」

蜜柑は、名刺を差し出した。

「蜜柑って、可愛い名前ね。夏蜜柑。私、真佐子っていいます。よろしくね」

「パパったら、名前でいろいろ迷って、適当な名前をつけたらしいんです。パパが静岡にいる時に生まれたので、あれこれ考えるのが面倒くさいって蜜柑にしたらしいの」

二人は意気投合している。

「あなた、名刺を渡しなさいよ」

真佐子は、刑事みたいな顔つきで仲村に言った。

時空の亀裂

仲村と真佐子は、そのまま高速を使って羽田へ向った。朝、ホテルを出る時、軽い頭痛がして、いよいよかと覚悟していたが、痛みがやや強くなった。仲村も同じだった。空港は、いつもの賑わいを見せていた。宇部山口空港行きは一九時一〇分発、一時間半で山口に着く。飛行機に乗る前に、時空移動が起こらなければ、二人は別々の場所から空間移動する。これまでにも、たびたびそんなことがあった。

「必ず同じ場所へ移動しますから、安心してください」

仲村は、レストランで夕食を取りながら言った。

「私一人じゃやって行けないわ。きっと来てね。ずるしちゃダメですよ」

真佐子は、食後の紅茶をすすりながら言った。

「あなたが記憶を取り戻すまで、決して逃げたりはしません。でも不思議ですね。バス爆破事件の手がかりが得られたと思ったら、時空の兆候が現れる。どうも宇宙人に操られているような気がして。僕の友人に、理論物理をやっている奴がいて、東京に来て早々に、居酒屋で聞いてみたんです」

「何を？」

「ええ、超弦理論では別の並行宇宙があるというじゃないか。もし、ビッグバンに必要なエネルギーを起こせる知的生命体がいて、空間を自由に操作できるってことあるかと、聞いてみたんです」

「それで、なんておっしゃったの？」

「また、売れないＳＦを書くのかって」

「早く言ってよ」

「超弦理論が、並行宇宙を証明したわけじゃないよ。どうせ怪しい本を読んだんだろうが、最新宇宙論は、確かに並行宇宙を予言している。最新の量子力学は、われわれの宇宙だけがたった一つの宇宙じゃない、われわれの宇宙とは、構造が異なった、無数の宇宙があっても不思議じゃないと考えている」

「じゃあ、別の宇宙へのタイムトラベルはできるのか？」

と、聞くと、

「残念ながら、時間の超越はできないことになっている」

「なぜだ」

「時空は一体だろう。時間だけのつまみ食いはできない。アインシュタインの相対論は知ってるか？」

「ああ、ぼんやりと」

「最新宇宙論は、仏教的宇宙観に近いんだ。須弥山《しゅみせん》や三千大千世界だよ。それに輪廻転生。昔の人は、相対論なしに、宇宙論では、けっこういい線いってた。多重多層構造のこの世と、無限に繰り返される生命。西方に極楽浄土があると考えたのも、太陽のはるか彼方に宇宙をつかさどる阿弥陀仏がおわします、すなわちアインシュタインの神、創造神だと考えれば説明がつく。仏教では量り知れない光を持つ者、量り知れない寿命を持つものだ。おっと脱線したか。何が聞きたいんだ」

「われわれの宇宙に、われわれの大型素粒子加速器をはるかに凌駕するエネルギーを操ることのできる知的生命体がいて、お前の言う並行宇宙のしくみも解明し尽くしている宇宙人がいたとして、私を並行宇宙の地球の歴史の過去へ送り届けることはできるか？」

「おいおい、またその話か。でも、お前ずいぶん勉強したんだな。この前よりは筋が通ってるって。こういうわけです、真佐子さん」

仲村は、一部始終を教えた。

「ずいぶん込み入った話ね。で、結論は？」

「理論的には可能だって。でも、お前たちの時空移動が事実だとしたら、気をつけたほうがいいぞって」

「なぜ気をつけるの」

「お前らは、宇宙人に観察されてるって。お前ら、空間移動をいいことに、何をしてるのか知らんが、宇宙人さんの研究論文にまとめられて、惑星系住民の生態学的考察なんて、発表されてるかもだよ。しかも写真つきでって言うんです」

「失礼しちゃうわ」

「そうですね。でも広い宇宙、信じられないようなことがあっても不思議じゃないですね」

仲村は、車の運転でビールが飲めないので、真佐子と同じ紅茶を飲んでいた。

「安心したわ。頭が変になったんじゃないかって心配だったけど、頭のいい宇宙人さんの研究対象なら、むしろ光栄だわ。私たち、選ばれた存在だもの。それより、お呼びが来ませんね」

「どこでお呼びが来るか。真佐子さん心してください。どこへ移動するかわからないので、準備のしようがありませんけど」

仲村は、真佐子を見送って、首都高速を自宅へ向かって走った。高速は世田谷区に入った辺りで、急に空模様が怪しくなってきた。西の空で、ものすごい雷鳴が轟いている。ワイパーの回転を速くした。突然、目の前のビルの屋上に、激しい閃光が走った。大地が裂けんばかりの地鳴りが響いた。前を走っていた大型トラックが炎上した。仲村はダメかと一瞬思った。仲村は、これまでの経験にない、大きな光の泡と渦に飲み込まれていった。

悪魔の化身・乞食聖

唐松の林の中から、三人の聖らしき男たちが現れた。頭を丸め、僧衣らしきものを身に纏《まと》い、それぞれ手に棒切れをもっている。明らかに物取りと見える。聖とは聞こえがいいが、呵責のない年貢の取り立てと、飢饉に耐え切れなくなり、食い扶ちを減らすため、赤子を間引き、役に立たなくなった年寄りを山に捨て、それでも食っていけないものどもが、頭を丸め、聖にわが身を似せて、生活の糧を物乞いし、京に登り何とか生き延びんとする者が、この時代多数出た。源空の坊にも流れ流れて、息絶え絶えでやって来る聖はあとを絶たず、源空は複雑な思いで彼等を看取った。

「汝たちはされば誰なり。我は、法然房源空と言ふ。それを知ってのことか」

源空は、毅然として言った。

「我らは、汝の持ち物が必要なり。汝は、裕福なる修行僧と見る。我らには、我らの救済を必要とする、大勢の輩がありいる。黙りて、持ち物のすべてを差し出せ。さもなくば、空を舞ふ大鷲の餌にならむ」

と、首領格の聖が怒鳴った。源空の荷物には、師匠の観覚上人に宛てた大事な書状や通行許可証はじめ、なけなしの路銀、それに命よりも大事な「往生要集」、薬などが入っている。

「そはせられざる相談なり。卑しくも、聖に身を立てるものにあるまじき行いなり」

と、源空は一蹴した。

「汝のごとき、囲はれて贅沢なる生活をしたる茶坊主に、何が分かると言ふ。いで、出せ。この先の郡衙に得し物を、ひとつさながら出せ。さもなくば、げに、飢ゑし獣の餌にしてやるぞ」

聖が凶悪な牙を剝《む》いた。おそらくこの近くに、このような聖が集う別所があるのであろう。別所とは、仏教寺院の本拠地を離れた所に営まれた宗教施設で、聖とよばれる僧侶が、寺院周辺などに集まって修行するために、庵や仏堂を設けた場所のことを言う。比叡山や醍醐寺、高野山ほか全国に所在し、現在もその地名が残っている。本所（荘園）と別に立てられた新しい郷（集落）や新田とされるものもあったとされる。

源空は、佐用郡のことはよく知らなかった。郡衙では、平家の影響力が増すにつれて、その繁栄のおこぼれに与ろうとして、羽振りを利かす地侍が雇う、ならず者の聖が増えていることに注意するようにと、固く言われてはいたが、まさか、さっそく遭遇するとは思わなかった。

「そは、いかでせられず。ここを立ち去れ、さもなくば阿鼻地獄へと落ちむ」

源空は、聖の太刀の一振を巧にかわしたが、坂下へ移動した聖から上下に挟み撃ちされる格好になってしまった。

相手は三人。形勢は明らかに不利だ。反対側の谷を背に、じりじりと追い詰められていった。

時空移動

西の空に広がっていた暗雲は、いつしか大粒の雨を地面に叩き付け、稲妻が雷鳴に変わっていた。相次ぐ飢饉、流行病、盗賊の横行、政変、人身の荒廃と、末法の世相はまさに深刻な状況になっていた。一一五六（保元元）年、源空三三歳の時に、鳥羽法皇崩御、保元の乱により後白河天皇方が勝利、一一五九（平治元）年には平治の乱、一一六七（仁安二）年には、平清盛が太政大臣となり、平氏政権が誕生し栄華を極めるも、一一七七（安元三）年には鹿ケ谷の陰謀、一一七九（治承三）年には、平清盛、後白河法皇を鳥羽殿に幽閉した。

美作国と播磨の国の境で危機を迎えている源空には、まだこの事変の情報は届いていない。平家の独裁と驕《おご》りは、やがて政権の崩壊へと向い、一一八五年の壇ノ浦の戦いによって、歴史の片隅へと埋もれるのである。源空の動揺は、この政権交代期の社会の動揺と共鳴するものがあり、源空の新境地を求める心の旅は、中世封建体制の新体制への移行のプロセスでもあったと思われる。価値観の根底的な変革が、求められていたと言えよう。

源空は、崖へと追い詰められ、草鞋《わらじ》の踵から小石が深い谷底に落ちていった。物取りが目的ならば、標的を谷底に落とすことはない。源空は反撃に出た。まず、坂下にいる聖の利き腕に杖で一撃を入れ、上の二人と対峙した。しかし、一方の聖に不意を突かれ、右の肩に激しい痛みを感じた。

真佐子にも異変が生じていた。機は順調に山口空港を目指していたが、機のレーダーに、巨大な局地天雲と乱気流が映った。

「突破しましょう」

副操縦士が機長に提言した。

「そうだな。客にシートベルトと、万一に備えて、酸素マスク着用を促してくれ。心配するな、よくあることだ」

機長は、乗員に指示した。真佐子の不安は急上昇した。頭の中に閃光が走った。機は、乱気流に煽られながらも、徐々に高度を落としていった。真佐子の窓の外に、激しい稲妻がいくつも走った。機が激しく振動した。真佐子の席の窓から見える左エンジンが火を吹いた。異状に気づいた機長は、酸素マスクのボタンを押した。乗員が対応を開始

した。真佐子は、

「神様」と叫んだ。「私たち、大事な仕事があるんです。これから平安時代へ行って、事件の捜査をするんです。着陸させてください」

機長は、懸命に機の態勢を保った。滑走路の照明が見え、いくつものサーチライトが上空を輪を描いて照らしている。非常用の車両が、緊急着陸に備えている。エンジンが、再び大きな火を吹いた。機内は混乱の極に達した。機が固い滑走路の上で大きくバウンドして左に傾いた。真佐子は覚悟した。機全体が爆発したかのように、虹のような光りの渦に突入した。


仲村は、状況が一瞬掴めなかった。しかし、空間移動の予感は的中した。一人の僧が、三人の盗賊と思われる男に取り囲まれている。劣勢の僧は、腕を押えて血を流している。助けなければならないのは弱い方だ。

「弱い者いじめは、卑怯じゃないか」

と、言ってみたが、言葉が通じていないようだ。剣道の腕前はだいぶ上達はしたが、試してみるにはいい機会だった。他流試合は禁じられていたが、そんなことは言っていられない。旅の僧が無頼漢に殺されてしまう。仲村は分けの分からないまま、傷ついた盗賊の棒切れを取り上げ、僧を背にして構えた。盗賊が何か喚《わめ》いたようだったが、意味不明に聞こえる。一人の手首を叩き戦意をくじくと、残りの一人が棒切れを捨てて地面に臥した。剣の腕がたつと見たのか、仲村の服装に驚いたのか、何か恐ろしいものでも見たかのように、地面に頭をこすり付けて許しを請うているように見えた。どうも、時代はかなり昔のように見える。古文が通じるかと思い、いい加減な古文で話してみた。

「汝等は、旅人を襲ふ悪人と見しが、命があたらし*くば、さっそく立ち去れ」

意味が通じたのか、盗賊は走って佐用の集落の方へ、一目散に駆け出していった。

白拍子《しらびょうし》

「旅のお方。どなたかは存ぜざるが、げにありがたく候ふ。おかげに命拾いをしき。お怪我は候はずや」

と、僧は言った。発音と音の抑揚が現代語と全然違うが、分からないではない。

「腕より血が出でたり。治療しなくては」

と、言ってみた。通じているようだ。ハンカチを取り出して二の腕の上辺りをきつく縛った。背後で、

「あら、あなたすばらしかったわ。剣術の心得があるなんて知らなかったわ」

突然大きな声がしたものだから、仲村と僧はびっくりした。

「我は輝彦と言ふ。この女人は真佐子と言ふ。旅の芸人なり」

と、とっさに場を取り繕った。スカートに蝶の図柄の入った白いロングワンピースを身に着けている。芸人とでも言わなければ、信用してもらえないばかりか、怪しまれる。まるで、静御前《しずかごぜん》も驚く白拍子といったいでたちだ。しかし、僧はあまり驚いている様子はなかった。静御前は、平安時代末期から鎌倉時代初期の女性で白拍子であった。『吾妻鏡』によれば、源空晩年の頃ではあるが、源平合戦後、兄の源頼朝と対立した義経が京を落ちて九州へ向かう際に静御前が同行したが、義経の船団が嵐に遭難して岸へ戻されたので、京へ戻った。途中で従者に持ち物を奪われ山中をさまよっていた時に、山僧に捕らえられ京の北条時政に引き渡され、鎌倉に送られた。静御前は頼朝から鶴岡八幡宮社前で白拍子の舞を舞うよう命じられ、

「倭文《しず》の布を織る麻糸をまるく巻いた苧《お》だまきから糸が繰り出されるように、たえず繰り返し、昔を今にする方法があったら、吉野山の峰の白雪を踏み分けて姿を隠していったあの人（義経）のあとが恋しい」

と、義経を慕う歌を謡ったとされる。源空に静御前は通じないので、芸人といったのだが、これが真佐子の機嫌を損ねてしまった。

「法然房源空といふ修行僧なり。これより美作国の勝間田へ向かふが、なんぢ方はいずこへ行くや」

と言って、荷物を拾い上げげて歩き出した。

「法然上人」

真佐子は、びっくりして、仲村に耳打ちした。

「それより真佐子さん。やはり同じ場所へ来ましたね。宇宙人の観察が始まっています。気をつけましょうね」

仲村は、胸の鼓動が収まるのを待って言った。

「平安時代に縁があるわね。この前は、源平の戦いだったから、ここは平安の末期ね。法然様の歳はいくつなのかしら」

真佐子は声を潜めていった。

「法然様だったら、美作の誕生寺の生まれで、確か一一〇〇年代じゃないでしょうか。一二世紀の中頃。場所は分かりませんが、勝間田へ向うと言っていますから、今、岡山県と兵庫県の境、兵庫県側にいるんでしょうね」

と、仲村も小声で言った。

「何で私が芸人なのよ。お姫様じゃいけないの?」

と、真佐子は口を尖らせた。時空の旅も慣れてきた。源空は、二人の話を聞いているが、様子が解せぬようだ。咳払いをしている。峠を越えてかなり歩いたが、さっきまでの暗雲は晴れて、いよいよ太陽が西の山の端に隠れてきた。木々の様子から、季節は冬に向っていることが分かった。長袖のシャツ一枚は寒い。行く手に、数人武士らしい人影を認めた。

「おお、汝たちは、菅原の手のものなりな。今着いたゆえ、安心してくだされ」

源空は、左手を高く上げた。菅原家の家臣たちは、妙な格好をしている二人を、驚きと警戒心をもって見つめた。

「この二人は、我が先ほど盗賊に襲はれしときに、助けてくれし人たちなり。この人たちがあらざりせば、我は、今頃いかがなりたりしか分からず。この人たちに、寝るかたと食事をしたためてやりたまへ」

と言って、源空は、仲村と真佐子を郡衙の離れへと案内した。

源空のもてなし

郡衙は小高い丘の上にあった。二人は従うことにした（郡衙は勝田郡の中心地で、勝間田・平遺跡から、さまざまなものが発掘されており、詳細は前著『法然上人生誕の地　美作国に関する研究』に記したが、本書では、これに基づいて物語を展開している）。

「真佐子さん。バスの爆破事件と法然上人がどう関係しているのでしょうか？」

仲村は、緊張感から解放されて言った。

「分からないわ。でも、これから少しずつ、手がかりに繋がっていくのではないですか？」

真佐子は、濡れ縁の向こうの山の景色を見ながら言った。小鳥が盛んに鳴いているが、近くの山で、残った木の実を啄《つい》ばんでいるのだろう。それにしても、周りの景色は紅葉の赤と黄色、常緑樹の緑一色。頭の上に、覆いかぶさるように広がる夕焼け雲と、補色関係にあって目に美しい。二人は、法然上人が美作へ帰郷する現場に、居合わせることとなった。これから何が起きるのだろうと考えて、仲村は心細くなってきた。使いの者が運んできたお茶をすすりながら、仲村はため息をついた。部屋は、茶室のようなつくりだった。そこへ、源空が、お盆のようなものに、食べ物が盛ってある木の入れ物を持って部屋に入ってきた。

「先ほどは、窮地を救ひてたまへて、げに感謝したり。貧乏武士ゆえ、何もなきが、今宵はゆっくりしたまへ。さるほどに、お二人は夫婦なりや」

と、源空は二人を見比べるようにして聞いた。真佐子は、平安時代への急な移動に困惑している様子だが、源空の質問の意味が分かったらしく、

「はい、はい」

と、大きく肯いている。妙に警戒されても困るので、仲村もうなずいた。源空は、少し微笑を浮かべて口を開いた。警戒心が解けたようだ。

「なんぢ方は、ただの旅人にはありまい。なんぢの剣のさばきといひ、お召し物といひ、いづら異国のあてなる方に違いなし。京には見かけざる装束より、いずこの国からきたのか、お教えたまへられれば幸いなり」

と、源空は、柿のような果物をすすめながら言った。「あてなる」とは、清少納言の『枕草子』の「あてなるもの。うす色にしらかさねの汗衫《あせさん》。かりのこ。削り氷にあまづら*入れて、あたらしき金鋺に入れたる。水晶の数珠」の段にあるように、「上品な」を意味する。

「末世の世より来たり」

と、仲村は気分をよくして言ってみた。これが効いたのか、源空は、にわかには信じられないといった表情を見せ、非常に興味を示したが、さして驚いた様子ではなかった。器の大きさを感じる。

「明日は、この地を案内せむ。湯の部屋がこの先なり。いつにも使ひたまへ」

と言って、源空は下がった。そして見ていると、母屋の一室に明かりがぼんやりと灯った。照明には、油のようなものを使っている。真佐子の顔が、行灯《あんどん》の灯にゆらゆらと、怪しげに揺れた。部屋の中から、下弦の月が空高く見え

る。周りの雲が、月に照らされて、薄い綿切れのように輝いている。

夜は冷えるのだろう、分厚い布団が二人分積んである。中には藁か籾殻のようなものが入っているのだろう、ごわごわした感じだ。こおろぎのような虫の鳴き声がうるさいほど、部屋の中に響いてくる。ガチャガチャいうのはクツワムシかと思われた。この里にあるのは、静寂と、月夜と、虫の音の合唱だけであった。人工的な色彩はない。遠く明かりの灯った部屋では、男たちの歓談の声に、女の笑い声が混じって聞こえる。源空との再会を楽しむこの郷の者たちであろう。

「法然は、誕生寺の生まれなのに、なぜ勝間田に縁があるのだろう」

仲村は奇妙に思ったが、その理由は次の日に分かった。

「バス爆破事件と法然上人は、なんらかの関係があるのですよ」

つい今しがた、奈義町の菩提寺で起きた殺人事件のことを知らない仲村は、あて推量で言った。

「法然上人が現代に蘇って事件を起こしたとでも?」

真佐子は、湯につかりに行く準備をしながら言った。

「いえ、まったくの推測です。でも、法然上人の生まれ故郷は美作の国で、私たちの故郷と至近距離です。それに、法然上人の教えは、浄土宗となって今に繋がっています。こうして、上人が故郷へ帰っていたことも分かりました。そこから、何か手がかりが得られるかもしれません」

「そうね。明日が楽しみね」

と言って、真佐子は、かばんの中からなにやら取り出して、

「湯に浸かってくる」

と言い、用意された粗末な綿の手ぬぐいと、これまた麻か何かでできている浴衣を持って、ススキの穂と隠れ蓑の目

隠しの先にある、湯の小屋へ姿を消した。格子の窓から湯煙がかすかに立ち上がっていた。煙が立ち上っていないところから、湯は別なところで沸かして運んでくるのだろう。

第二章——勝田郡衙

夕月という女

ここは、本当に平安末期の山里なのだろうか、仲村は、柿の実をほおばりながら思案した。法然上人は、現在の誕生寺、確か美作国は久米南条稲岡庄に生まれたのだから、生活基盤は誕生寺にあって、勝間田とは関係ないはずだ。物心ついた時から、誕生寺という名称は、JR津山線の駅名で、法然上人が生まれた寺院と、当たり前のように考えていたから、はるか北東に位置する勝間田やその北の奈義町に縁故関係を持つなどということは、どうも腑に落ちない。時空を操る宇宙人は、なぜ、源空が今まさに美作国に入らんとする峠に、二人を送り込んだのだろうか。

晩秋の虫が、にわかに鳴き出した。どこからか笛の音が響いてくる。寂しい、哀愁を帯びた、それでいて流れるような旋律が、静寂の闇の中に、まるで、人を恋焦がれるような響きを持って聞こえてくる。まるで、不意の旅人をもてなすような、また、何かに訴えかけるような調べが、仲村の耳に語りかける。聞き入っていると、ラ・シ・ド・ミ・ファ・ラの音階が繰り返し出てくる。ここは平安時代なのだから、人々は西洋音楽の七音階を知るはずがない。この五音階は短調である。源空が笛を吹いているのだろうか。辺りは薄紫の闇に包まれている。

「お上手ですね」

真佐子は、四角い湯船の格子の窓越しに、笛を聞かせてくれている女人に言った。湯帷子《ゆかたびら》という単衣を着用するように勧められた。湯には薬草らしき植物が浮いていた。当時は、湯に直接つかる習慣はないと聞いていたが、ここでは肩まで浸かれる湯殿になっている。女人は、横笛から唇を離して言った。

「空爾様、いや源空様を助けてたまへて、本当にありがたき候ふ。さぞかし、京の都の高貴なお方ならむ。我の名は夕月と言ふ。もし、よろしくば、お名前をお聞かせください」

下女と紹介された、若い女は言った。勢いよく燃え盛る薪の炎に照らされて、夕月の顔が幽霊のように見える。背中には、二歳くらいの子どもが乗っている。真佐子は、音の抑揚がまったく調子はずれに聞こえて、名詞と固有名詞しか理解できなかった。

「空爾、源空、あなたは夕月」

と、真佐子は繰り返してみた。

「空爾と言ふは、源空さまの幼名に候ふ」

官設市場

夕月は、運んできた湯を湯舟に入れて、温める炭火をつつき、新しい炭を補給した。そういえば、勝間田に着くまで、何軒かの煙のたなびく小屋を見たが、炭焼き小屋だったのだ。日本列島では、すでに新石器時代から炭が用いられており、古代になると、木材を積み重ね上げて火をつけ、ほぼ燃焼したあとに、土をかけて蒸し焼きにする伏炭法で作られた和炭《にこずみ》が使われた。また、土や石で築いた炭窯で、クヌギやコナラなどの硬質木材を焼いた荒炭が用いられた。和炭は製鉄・冶金用に、荒炭は暖房と炊事用に用いられたという。平安時代には、山林部を中心に、炭焼きが広く行われて商品化され、荘園などの年貢としても徴収された。いま、真佐子が浸かっている風呂に使う炭は、和炭を使っているのだろう。ということは、この地域一体では、製鉄や冶金が行われているのだろう。炭、鉄、鉄製品は、菅原家と勝田郡衙の重要な収入源であるに違いないと、仲村は考えた。

当時の商品経済の具体像は不明な点が多く、美作国国府からは景徳通寶が出土しており、貨幣経済の片鱗が認められるほか、勝間田・平、領家、美作廃寺等の遺跡調査からは、様々な生活用品や調度品、刀剣類、農耕生産手段、機織物関係工具等が発掘されており、当時の商品経済化や生活様式が偲ばれる。この時期は、貨幣の流通の活発な時期であった九世紀から一〇世紀に比べて、貨幣の退蔵が進み、土地売買の支払い手段は籾穀や絹によるところが大であった。（栄原永遠男『日本古代銭貨流通史の研究』塙書房、一九九三年）そうしたことの類推で、絹、米、炭、鉄といった産品が、商品交換の度量基準として用いられ、貨幣経済へと緩慢な発展を遂げていったことが推察される。計量・計測の古い呼び方に度量衡という言葉があるが、日本における計量法規の歴史は大宝律令に始まるとされる。度は長さ、量は体積、衡は質量、またはそれらをはかる物差し、枡、秤などの器具を意味する。これを商品経済の交換基準にあてはめて、経済史では度量基準と言う。したがって「公地公民」という律令制の土地領有形態は次第に変化し、武士の台頭によって荘園化が進み、土地への人々の帰属の態様も変化していったと思われる。しかしながら、貨幣による商品交換経済は未発達であり、荘園単位の経済は、自給自足が濃厚であった。

律令制下の史料ではあるが、美作国の寺院割り当て分の食封（封戸）は一〇〇戸と、播磨国の五〇戸の倍の規模を持っていた。調の絹が三六疋《ひき》、錦が二九〇屯、鉄が三三九屯、鍬二二五口、庸米五三石八斗五升、中男作物油三斗八升、仕丁四人の食米・日功銭、租稲四千束、合わせて代米三七八石六斗四升六合が計上され、鉄が大きな比重を占めている。（巻末参考文献23『日本上代寺院経済史の研究』一〇三頁）中男《ちゅうなん》は、一七～二〇歳（『養老令』）の男子の称で、これにあたる人々が納めるもの。養老元年（七一七）に、調副物と中男の調を統合して制定されたとされ、その品々は、天皇の食膳に供されたらしい。日功銭は奈良・平安時代、雇夫に報酬として支払われた銭貨をいう。これらの作物等は寺院への租庸調ではあるが、筆者の『法然上人生誕の地美作国に関する研究』での調査結果とほぼ一致する。

仲村は、勝田郡衙に隣接して、郡衙と同じくらいの面積の建物群があるのを認めたが、これが当時の「市場」ではないかと想像していた。京都市情報館によれば、東西の両市場に市司《いちつかさ》という役所が置かれ、財貨の交易、器物の真偽、度量の軽重、売買価格などを取り締まっていたと言われる。絹や米による物々交換が行われていたのだろう（当時の京の経済に関しては、大阪府立中央図書館が参考文献24「レファレンス共同データベース」で、興味深い説明をしている）。美作にあっても、おそらく、定期市ではないだろうが、京の東西に開設された官営の市のミニチュア版がここ美作国にもあり、この管理が尚忠一家に任されているのだろうと考えた。


「源空さまが帰っててらしてよかりきかし」

と、真佐子は夕月の心の在りかを探った。

「花が咲くやのごとく嬉し」

と、夕月は答えた。真佐子は、まさかとは思ったが、優しい笛の音から想像される、夕月という女人の純粋さを信じることに抵抗はなかった。

「では背中の赤子は」

真佐子の脳裏に一抹の不安がよぎった。修行僧が、女人と交わることなどありえなかった。

「また笛を聞かせたまへ」

真佐子は、通じているのか通じていないのか、通信教育で古文を勉強したことが、こんなところで生きていることを不思議に思った。そして、この女人とは、仲良くやっていけると確信した。真佐子は、中卒で養護施設を出てすぐに就職し、二〇歳で記憶を失ってから、通信教育で教育を受ける以外は、公教育は一切受けていない。しかし、本を読むことは好きだった。源氏物語など古典も、現代語ではあるが読んでいる。


翌日目を覚ますと、離れの小屋を取り巻く木々や、まだ緑を保っている晩秋の草花が、しっとりと露を身にまとっていた。まるで、昨夜の優美な笛の音に、植物たちも、命の魂を吹き込まれたかのようだった。人工的な構築物がほとんどない自然景観の中で、人間と自然の営みとが、分かちがたく結びついていることを実感する。共生という言葉では表現しつくせない何かを、真佐子は感じ取った。

捜査会議

ちょうどその頃——といっても、時空の異なる現代の美作警察署では、捜査会議が開かれていた。

「遺留物等の手がかりになりそうなものは、本人の名刺、コンビニの領収書、現金、クレジットカードとポイントカード、筆記具と身の回りの品、それに津山駅前の津山のホテルの前払い宿泊領収書、これですべてです。宿泊は一人です。携帯電話はありません。津山のホテルへ確認したところ、昨日は予約が残っていて、今日のチェックアウトだそうです。ということは、昨日、ホテルへ帰る予定だったのです。携帯は、田んぼの中を探したのですが、発見されませんでした。おそらく、犯人が持ち去るか遺棄したものと思われます。

帰りの切符は、購入しておりません。予約した部屋を調べてもらったのですが、部屋に置いて行った物は何もないということです。家族による身元確認は、午後に奥さんが見えますので、私が立ち会いますが、その後、事情聴取をこの部屋で行いたいと思います。防犯カメラは、レストランのレジを写す格好で設置されており、再生したところ、あの備前新聞の記者たちが入ってきた少し前の八時五分ころに、女性が一人で支払いをして出て行くところが、後ろ姿で写っていますが、大きな帽子をかぶっていて、顔は識別できません。画像は不鮮明で、長いスカートをはいているくらいしか判断できません。その直後に、白いシャツの男性が出ていますが、支払いがありませんから、この二人が同じ連れの客と思われます。ただ、昨日の目撃情報では、この二人連れに気づいた人はいませんでした」

ここで、瀬長警部の部下の山下刑事がお茶を口にした。

「備前新聞の女性記者は、レストランに入る時に見た車が六台で、出るときが五台だったと言っていた。新聞記者が入った時には、被害者はすでに田んぼで倒れていたのだから、二人連れが出たあと、誰かが店を出たことになるが、店員も新聞記者も、店を出たものはいないと言っています」

と、瀬長警部は言った。

「もし証言どおりだとすると、二人連れの女性のほうが、どこかで待機をしていて、あるいは見られるのを警戒して、どこかに隠れていて、記者たちが店に入るのを見届けて、車で発進したのではないでしょうか」

山下刑事は言った。

「なるほど、蓋然性の高い推理だ」

瀬長警部も、湯飲みに手を出した。

「大事な報告を忘れていました。実は鑑定医によりますと、死因は毒物による中毒死の兆候を呈しているとのことですが、その毒物が不明だということです。キノコなどによる中毒症状と似ているが、物質が特定されないとのことでした。詳細は、検体を岡山医療大学に送り、結果を待つとのことでした」

と、山下刑事は要を得て答えた。

「何だって。食中毒ではないのか」

瀬長警部が、大声で怒鳴った。

「いえ、胃の中の内容からO－157等、食中毒を引き起こす細菌は発見されなかったとのことです。鑑定結果は明日届きますが、概略このようなことでした」

「そうか、ありがとう。山下君の報告では、自殺や事故ではなく何らかの毒物による殺害の線が濃いと言ってよいでしょう。目下のところ、断定はできないけれども、姿を消した女性が怪しいということになる。犯人は、その毒物で死に至る時間を考えて、被害者を外に連れ出し、棚田で崩れ落ちるのを見届けて、現場を立ち去ったものとみられる。さて、皆さん、何か疑問な点などありますか?」

瀬長警部は部下の奮闘をねぎらった。

「不審者の件は、津山警察署をはじめ、近隣の管轄警察署に問い合わせたところ、情報はありません。ただ、津山市のビジネスホテル五軒に対しては、津山警察から事情聴取を行うとのことで、もうじき結果がくると思います」

仕事ぶりでは、定評のある山下刑事は答えた。

「携帯が持ち去られたということは、犯人が交信内容を隠すためだろう。犯人はその女性で、何らかの理由で寺尾恵一准教授を殺害する必要があった。まず、犯人はなぜ毒物で殺害したのだろうか」

瀬長警部は、誘い水を入れた。

「体格や力で劣っている女性なら、楽に殺害できる毒物を選ぶのは当然でしょう。あるいはその毒物での殺害を依頼、命令されたのかもしれません」

別の刑事が言った。

「もっともだな。だとすると、その毒物を使ったことに、殺害の意図や動機が隠されていることになる。ところで犯人は、地元の人間だろうか、よそから来た誰かだろうか?」

瀬長警部は、捜査に加わっている全員を注視した。

「被害者が横浜の人間なので、やはり横浜から来たと考えるのが自然ではないでしょうか」

山下刑事が言った。

「横浜から来たとすると、津山のレンタカーを使った可能性があるから、山下君、レンタカーを当たってくれ」

瀬長は言った。

「昨日は菩提寺のイベントでしたから、法然上人と何か関係があるのではないでしょうか?」

山下が言った。

「確かに」

「寺尾准教授をネットで調べてみたら、横浜の法仁大学准教授でインド哲学専攻です。まだ三五歳と若いので、研究論文はあまり数がありませんが、英文論文が多数あり、海外でも発表している優秀な研究者のようです。出身は東京大学です。法然上人に関する論文が、えーっと「法然上人における共生と自然観」という日本語の論文がありま す。この研究の関係で、イベントに来ていたのではないでしょうか。同行の女性はその研究仲間とか何か」

「なるほど、いい推理だな」

瀬長警部は、概ね同意した。瀬長警部は、岡山医療大学での死因の特定を待って、神奈川県警へ捜査協力依頼をすることにしたが、岡山医療大学では死因の毒物については結局特定できなかった。

阿只女という女

仲村と真佐子は、源空から叔父の菅原尚忠と叔母に当たるという阿只女という女を紹介され、菩提寺のある高円へ一緒に行くように、強く勧められた。自己紹介では、とっさに通りすがりの旅芸人と言ってしまったのであるが、源空はその様子から、旅芸人という自己紹介は、信じてはいないようだった。奇異な服装と言葉遣いは、どこか、異国からやってきた、高貴な者というようなイメージを持っているようだった。

末法の世から来たという自己紹介を、驚きの目を持って凝視し、畏敬の念さえ抱くような様子さえ見せている。真佐子と仲村はあえて拒まなかった。寝室の壁にかかっていた麻の上着を借りて、菩提寺のある高円を目指した。源空は、謎の二人連れの一部始終を、尚忠に教えているのだろう。しかし、この言葉は、後ろを歩いている仲村の耳に入りはするのだが、まったく理解できない。あるいは、久しぶりに会った源空に、地元のことを説明しているのだろう。古曾女、夕月、観覚などの名前が聞こえる。

阿只女が尚忠の妻で、源空の母の古曾女の妹であることが、実感として分かるようになってきた。観覚が、法然上人の最初の師匠だということは、仲村も知っていた。阿只女は、観覚上人の妹に当たるのだろう。仲頼という名が聞こえるが、多分一族のものだろう。源空が、一族の者たちが元気でいるかと聞き、叔父の尚忠が様子を説明し、源空が京での生活や世情を説明しているのだろう。保元の乱があったことくらいは、仲村にも分かっているが、会話の中身は、固有名詞や音の抑揚の違いでまったく分からない。おそらく、この地方独特の言葉なのだろう。

それでも真佐子は、夕月とは気があったのか、片言と身振り手振りでコミュニケーションをとっている。阿只女も会話に加わっている。夕月が、時々後ろの仲村を振り返って笑っている。笑顔が愛らしかった。背中には、昨晩の子どもがいる。源空もその子を気にかけている様子だ。畑で農作業をしている農民が、一行に頭を下げている。芋を掘っているようだ。粗末な小屋から煙が立ち上っている。稲は黄色に実っているが、全体的に小ぶりだ。小屋の軒先に、干し柿と大根が暖簾のように吊るしてある。食い物がなくなる冬に備えているのだ。牛や馬は見当たらない。すべて人力でやっている。鍬や鋤は木製だ。金属は高価で手が出ないのかもしれない。

勝田郡の郡衙から菩提寺の高円に至る道は、緩やかなアップダウンはあるが、佐用から美作の国に出る山道と比べると格段に歩きやすい。盗賊が出る気配もない。ここは、菅家党の支配地域なのだ。ところどころに、大きな屋敷があるが、地侍か地頭の家なのであろう。屋敷は二階建てになっていて、大きな格子の窓がある。桑の木が一面にあるところから、養蚕をやっているのだろう。あまり上等とはいえない絹布が、風にたなびいている。薄緑や萌黄色の布もある。真佐子がその布の方向を指差しているところを見ると、何か尋ねているのだろう。昨日の寒さに比べると、今日は小春日和というよりも、汗ばむような天気だ。遠くに見えていた那岐山が、目の前に大きな屏風か衝立のように迫ってきた。

馬桑川

真佐子と仲村は、この山が那岐山であることは、説明を受けなくても分かっていた。真佐子が、夕月と阿只女の傍を離れて仲村の横へついた。夕月は、尚忠のあとに従った。一行は、小さな川を上流へ向かって進んでいる。この川は馬桑川というが、いつ頃そう呼ばれるようになったかは定かではない。水は清く澄んでいる。水源は、脊梁のごとく聳えている山地のどこかだろう。小高い山の斜面の落葉樹に混じって、所々に赤い小さな実を房状につけた低木が見える。

「あの赤い実の木、名前を聞いたら聞き取れなかったわ。食べたら死んじゃうって言ったみたい。薬にもなるんだって」

真佐子が、仲村のそばで囁いた。

「真佐子さん、もうそろそろ帰ったほうがいいみたいですよ」

と、仲村は真佐子に言った。

「あら、まだ来たばかりじゃないの。もう一泊しましょうよ。横浜殺人事件と法然上人のつながりの手掛かりが、見つかるかもしれないわ」

と、真佐子はバッグをたすきに掛けて言った。

「僕は、そろそろ現代に時空移動するような胸騒ぎがするんです。頭痛と眩暈《めまい》はほとんどしなくなったのですが」

「宇宙人さん、私たちの扱いに慣れたのかもね。そういえば、この前は、行きたい時代と場所をじっと念じたら、そこへ運んでくれたわね」

「ええ。一度戻ったほうがいいかもしれません。現代で、何か恐ろしいことが起きているのかもしれませんよ」

「そうね。それじゃ、あなたの家へ連れて行ってもらいましょうか」

「それはだめですよ」

「あら、あなた愛想がないのね。昔からそうだけど」

「記憶があるのですか?」

「いえ、あなたは昔から冷たい人だったに違いない。きっとそうだわ」

「ちがいますよ。誤解です。そのうちに分かります」

「私たちが、仲を引き裂かれた理由を突き止めるのね」

「ええ、できたら」

「あら、乗り気じゃないのね。まあいいわ。今のところ許してあげる」

「許してくれなくていいですよ」

「あら、あなた今日は絡むのね」

「僕は昔から、あなたにはいつも優しくしてきました。今もそうです。そんなことより真佐子さん。時空のフィードバック、心の準備をしてください。今回は、雷やインパルスなど過激な時空移動が設定されています」

「そうね」

まだ昼を回ったばかりだというのに、真上の空に真っ赤なやや朱色を帯びた雲が広がってきた。明らかに夕焼けではない。この急激な自然現象は、前を行く源空らには見えていないようだった。相変わらず、話をしながら那岐山の方角にゆっくりと歩いていく。平和そのものの田園風景が続いている。源空たちは、急に姿が消えた二人連れを、末法の後世から来た使者だと考え、念仏を唱えた。

電磁インパルスからの脱出

瀬長警部は、菩提寺事件を殺人事件と断定し、地元美作警察署に捜査本部を置くとともに、被害者の寺尾恵一准教授が横浜市に住所を置き、職場の法仁大学も横浜市であること、また殺害当夜、一緒にいた女性も横浜在住である可能性から、神奈川県警との合同捜査を依頼すべく、部下の山下刑事を伴って神奈川県警を訪れた。用意した事件の初動捜査の概要を読み上げた後、瀬長警部は、

「何か質問はございますか」

と言って、捜査会議に集まったメンバーを見渡した。

「寺尾准教授が息を引き取る際に残した、五つの朱色というダイイング・メッセージですが、もう少し詳しく状況をお聞かせください」

と、まず夏警部が切り出した。

「担当の医者が言うには、苦しそうに、うめくようにしてそう言ったように聞こえた、と言うのです。われわれとしては、しゅいろという言葉が、色彩の色ではない可能性も考えたのですが。五つというのは被害者が右手を開いて言った、というところから間違いないと思います」

と、山下刑事が答えた。

「その言葉は、はたして犯人に結びつくようなダイイング・メッセージなのでしょうか。身元確認に来た准教授の奥様によれば、心当たりがないということでしたが」

と、もう一人の蜜柑が言った。そして、

「被害者の寺尾恵一准教授が大事にしていたものとか、菩提寺を訪れた動機に関係するとか、犯人と切り離すことはできないでしょうか」

と、控えめに言った。

「ええ、ご指摘のとおり、そのことも含めて捜査のご相談に上がったわけで」

と、瀬長警部は面目を保った。

「もうひとつ、レストランで被害者と一緒にいたとされる女性ですが、そちらの地元の女性かもしれませんね。こう言っては失礼ですが、寺尾准教授が何かを調査に行ったとして、慣れない場所で案内役が必要ということもありえると思います。女性の割り出しについては、こちらでも調べますが、引き続き捜査をお願いしたいと思います。謎の女性と寺尾准教授との関係ですが、単なる愛人関係かもしれませんね。そうなると、痴情関係の縺《もつ》れということも」

と、夏警部が合同捜査を進める意向を示した。夏警部は、美作署の瀬長と山下を新横浜駅に見送って帰ってきた蜜柑に、捜査を指示した。

「まず、寺尾准教授の自宅へ行って、菩提寺や法然上人、それから「五つの朱色」に結びつくような手掛かりがないか調べてくれ。私は、法仁大学で同じことを調べる。人間関係のトラブルや、女性の影がないかも当たってみる。まずは、その辺から」

夏警部は、インターポールで働きたいという娘の将来を想像しながら言った。危険を伴う捜査にならなければよいのにと案じた。そして、脳裏を仲村輝彦と真佐子の顔がよぎった。

この世のものとは思われない激しい閃光の中を、仲村の車は突き進んだ。助手席には、荷物を抱きしめた真佐子がいる。横転したトラックの横をかろうじて擦り抜け、大きなカーブを曲がった。池袋と書かれた出口を出た。わき道へ入り、車を停めた。

「真佐子さん、大丈夫ですか。ずいぶん荒っぽい宇宙人ですね」

「ええ、でも慣れてきたわ。スリルがあって面白い」

「夏警部に連絡を取りましょう。きっと何かあったのですよ」

仲村は、スマホを取り出した。電池はまだある。真佐子は、バッグの中をごそごそ探している。仲村は、夏警部の携帯としばらく話していたが、

「神奈川県警へ来て欲しいといっています。岡山県で殺人事件が起きたそうです。勘が当たりましたね」

と言って、もう一度高速へ入った。

日本の伝統色

「確かに法然上人の生まれ故郷の美作国、それも法然上人の初めての遊学の場所の菩提寺で起きた事件なら、法然上人に纏《まつ》わる何かが絡んでいると考えるのが自然ですね。自宅や交友関係は、法然上人に的を絞って調べたほうが近道だと思います。寺尾准教授のことは、私は何も知りませんが、気に留めておきます」

と、仲村は美作国へ時空移動したことは伏せて、率直な感想を言った。

「五つの朱色というダイイング・メッセージについてはどう思いますか。被害者が、今際《いまわ》の際《きわ》に残したメッセージです。蜜柑は、被害者が執着していた何かだと言うのですが」

岡山県の出身である二人と承知で、夏警部は聞いた。蜜柑が真佐子を見て、にっこりと笑っている。仲村と真佐子は顔を見合わせた。

「寺尾准教授は、大学の社会学の先生で、大いちょうのライトアップ・イベントに来ていた。それで、何か毒のようなもので殺害された。中年の女の人が一緒だった。携帯と手帳が見当たらない。横浜の奥さんは、心当たりはないと言っている……」

真佐子は、今聞かされた事件の概要を繰り返した。蜜柑が、机の上に朱色の色見本をいくつか置いている。説明に「朱色は色の一つ。日本の伝統色名。単に朱ともいう。やや黄を帯びた赤色について呼ばれる」と書いてある。蜜柑が、パソコンを操作し、プロジェクタに朱色を写している。鮮やかな朱色だ。

「朱色は、Rつまり赤が二三五、Gつまり緑が九七、Bの青が一の混合色です。でも、この配色を微妙に変えることで違った色合いにできます」

と言って、ペイントを立ち上げた。そして赤、緑、青の配色の数値を少しずつ変えることによって、少しだけ異なった朱色を作って見せた。仲村は感心してこの色を見ていたが、

「五つの、という意味は、今蜜柑さんが見せてくれた、微妙に異なった五種類の朱色という意味なのでしょうか？」

と、聞いた。真佐子が、

「もしも、朱色と法然上人に何か関係があるのなら、当時は、もっと自然に近い感じで使っていたのだから、自然界に存在する朱色か、赤のような意味ではないでしょうか。例えば夕焼けとか」

と、つい今しがた、平安の美作国で西の空に見た綺麗な夕焼けを思い出して言った。夏刑事がホワイトボードに、五つの朱色、夕焼けと書いた。仲村は、

「浄土宗は、西の彼方に極楽浄土を想定しますから、関係がありますね。高僧が他界したときなど、西の空に紫雲

がたなびくという奇瑞がありますめでたいことの前兆として起こる、不思議な現象をいいますが、瑞相《ずいそう》ともいいます。他界による極楽往生を、阿弥陀如来が喜んで雲を棚引かせるのでしょう。紫色ですが、見方によっては、朱色と言ってもよいのではないでしょうか」

と、真佐子に賛成した。彼岸花だとか太陽だとか、血の色だとかいろんな意見が出たが、この件に関しては捜査の中で考えるということになった。

「蜜柑から聞いたのですが、横浜拘置所の飛田と行田が、当時の急進的左翼運動をしていた知り合いのことを思い出して、岡山や鳥取のことをよく話していたことから、バス爆破事件と関係があるかもしれないと、あなた方に言った」

と、夏警部が話題を変えると、

「ええ、名前も顔も思い出せないということでしたが、飛田や行田と同年代とすると、今、年齢は七〇歳前後ということになりますね」

と、仲村は夏警部の話の意図を解して答えた。真佐子は、何かが動き出す予感に、意識が高揚してくるのを感じた。

「法然上人は、今から九〇〇年も前の、浄土宗の開祖です。私が経験した事故のことと、どういう関係があるのでしょうか」

真佐子は、夏警部に聞いた。

「確かに九〇〇年の時間差があり、仏教と共産主義思想という、油と水の関係のような隔絶した違いがあります。科学的社会主義思想の創始者マルクスは、宗教を阿片だとしましたね。一方の宗教者は、唯物論を基礎にした社会主義思想を、あらゆるものを物質に還元すると批判します。しかし、今回の事件が美作の国の菩提寺で起きた殺人事件、横浜の内ゲバ事件の過去の共通の友人が、岡山、鳥取に関係した人物で、地理的に近縁にあります。被害者が残した言葉は朱色、これを赤と解すれば、赤は共産主義のシンボルカラーです。昔、赤軍事件というのがありましたね。モスクワにも赤の広場があります」

夏の言葉に、仲村は、「えっ」と声を上げた。公安にいた頃に叩き込まれた知識を披露した夏警部も、この事件の根の深さを自ら痛感した。

仲村と真佐子は興奮していた。仲村は羽田空港へ向かう車の中で言った。

「真佐子さん、いったん家へ帰ってください。僕も授業がありますし、いろいろゆっくり考えてみます」

「そうね。焦ってはだめなのね。私もシフトの休みが切れるし、何か思い出すかもしれないし、考えてみるわ。でも、今度の時空移動を楽しみにしてるわ。平安時代の終わりごろと分かっているから、準備もしなくちゃ。静御前様にも会って見たいわ」

真佐子は、楽しそうに笑った。

「真佐子さん。当時の衣服を調べて、もし近いものがあれば買っておいてください。おカネも。確か、景徳通寶という銅銭がネットに出ていると思います。オークションで売買されていますから、手に入ると思います。僕は当時の言葉や喋り方を調べておきます。源氏物語がいいと思います。少し練習したほうがいいですね。それから美作国のいろんなことも」

「ええ、私も法然上人のことを勉強しておきます」

仲村と真佐子は、国内便出発ロビーで固く握手をして別れた。

仲村の担当授業は、土曜日の午前から午後にかけて、何回分か纏めてやっていいということになっていた。学生にはバイトのシフトなどで迷惑をかけることになるが、前もって予定を知らせるという条件で、履修登録をしている。

土曜日をぶらぶらして過ごすよりも単位をとったほうが得と考えたのか、履修者はけっこう多い。座席がひな壇式になっている教室に、百人ほどの学生が、近年あまり流行らない古めかしい授業内容を、興味深そうに聞いている。

追憶の授業〈三〉　チャップリンのモダンタイムス

さてもう三回目の授業になりますが、『資本論』の世界をイメージ風に説明しておくと、プロジェクタに映っているように、資本による商品生産、工場労働者の搾取（剰余価値が利潤へ転化）が低賃金に従って貧困を強い、利潤の最大化を図りたい資本は劣悪な労働条件（チャップリンのモダンタイムズ）下で労働者を働かせます。これに対して、私は『ロビンソン・クルーソーの経済学』という本を書いていますが、この位置づけは、市場至上主義によらない、かといって社会主義によらない人間性回復のためのアウフヘーベン（自己否定）としての経済政策論を主張しています。追って説明していきますが、資本主義の貨幣経済を前提に、大量画一製品をベースにモジュール部品を組み合わせ、自給自足原理で必要なもの（サービス）を生産し、搾取や労働疎外のない人間第一主義経済を復活させようなどという議論を展開しています。

前もって、概略だけ説明しておくと、主な内容は、プロサンプション、家庭菜園・フリーマーケットなど自給自足（同書の第一章）、田舎暮らし（第三章）、DIY保険やクラウドファンディング、高知ファイティングドッグズ、自分のための剰余価値生産（見えない所得、六三頁）、自ら選べる働き方（在宅勤務、第三章）、DIY観光（第八章）、エネルギーの自給自足（第一〇章）、地域の自立（第九章）などとなります。

まず、資本論に固有の概念である、不払い労働（剰余価値）から始めますが、これをDIYによる「自分のための労働（見えない所得）」に置き換えていこうと言うのです。回顧主義のように聞こえますが、そうではなく、最先端技術や発想でやっていくので安心してください。資本主義的生産では、労働者は資本の付属物となり、自分の生産のための労働時間以上の労働を強いられ、資本を増殖させますが、『ロビンソン・クルーソーの経済学』では、自分（たち・共同体）の生存のために、様々なモジュール部品を組み合わせ、「自給自足」する世界を扱っています。以下「ロビンソンの経済学」と省略します。モジュールとは、工学などの設計上の概念で、システムを構成する要素となるものを言います。パソコンを組み立てる時、標準規格に合った部品であれば、どの会社のモノを使用してもパソコンの機能を作ることができますね。このように、いくつかの部品的機能を集めてまとまりのある機能を出せる部品のことを言います。こうして、市場価格よりも安く手にすることができれば、自給自足のためにかけたおカネと、丸々買ってきた場合のおカネの差額が「見えない（隠れた）所得」として、自分（たち）に帰属します。このDIYワールドには、搾取・被搾取という関係はなく、資本主義をアウフヘーベンした世界が見えると考えます。（二一頁）このことを、野菜と鶏（卵）を自給して、肉とドレッシングを買ってサラダを作る場合の、見えない所得を計算してみましょう。

仲村が休憩時間でカフェへいくと、例の学生が来ていて話しかけてきた。今度は女子学生と一緒だ。軽く会釈すると、学生は、

「先生、いよいよ始まりましたね。資本論って、何か怖いイメージがありましたけど、けっこう現代的なんですね。モジュールでパソコンを組み立てる話、面白かったです」

と言って、笑った。

「資本主義の悪口を言うのは簡単だけど、よくすることも提案しないとね」

もっていたチョコレートを勧めると、

「ありがとうございます。先生、僕、自動車関係の会社に行きたいんで、車のことも教えてください」

そう言って、校舎の方へ消えていった。最近の学生は屈託がない。寺尾准教授を殺害したのが、同行していた女性でなく、誰かが殺害を指示したとすると、その誰かは案外、仲村と同じように、古い社会通念や過去の思想を引きずっているのかもしれないと、仲村は漠然とした推理を頭に浮かべていた。しかし、法然上人とどう結びつくのか、まったく接点が見えない。仲村は教壇へ戻った。

追憶の授業〈四〉労働の搾取

搾取される労働と、されない労働について話を続けます。会社（資本家）に自分の労働力を売って得た賃金で商品を買って暮らす方法と、お金のために働くけれども、モジュール部品（サラダの中の自給自足部分）を自分で自給（搾取されない労働）して見えない所得を作りだし、創造する喜びで人生を生きるという戦略が「ロビンソンの経済学」の中心的命題です。この工夫を経済全体に広めて、資本主義（市場原理）と自給自足が、高い次元で融合する経済を目指す、これがアルビン・トフラーの『第三の波』から受け継いだ基本原理です。

資本論による資本主義経済分析は、飛躍しますが、従来、労働者による国家管理つまり、労働者による社会主義計画経済（国有企業）へ向うと考えられてきて、現に世界中に社会主義国が存在しているわけですが、現時点で、そのような社会移行プロセスを考えることは、現実的な意味はありません。資本論による経済分析は、それとして今でも有効な手段なのですが、資本主義と社会主義を二元的に対立させて論ずるのではなく、市場原理と現代的な自給原理（プロサンプション）を対立させて考えることの有効性を指摘したのが、A・トフラーでした。市場原理に基づく応用領域の大きい大量規格品生産と、モジュール部品を組み合わせることによって、資本主義でもない古い自給経済でもない、高度な自己実現経済　を作ることができるというのが、トフラーから引き継いだ考え方です。

そこで、資本論をベースにした経済分析と、新しいプロサンプション経済を構築する方法について、以下説明していくことになります。まず、前提として資本とは何かを予備的考察として説明します。資本は事業活動などを始めたり、拡張したりする時の元手ですが、この元手（資金）が足りなければ、銀行から借りる（融資・株の上場・社債の発行）ことになります。また、資本は、近代経済学における生産三要素（土地・労働・資本）のひとつともされます。マルクス経済学（資本論）においては、「自己増殖する価値の運動体」のことを意味します。これは、また後で出てきます。最近は、クラウド・ファンディング・サービスを使った資金調達が可能で、公的機関の新規事業立ち上げなどに利用されます。こうした資金調達も、広い意味のプロサンプションと言えます。

資本は、過去の生産活動が生み出した生産手段のストック（蓄積）であり、工場や機械などの固定資本、および原材料などの流動資本からなります。トヨタが車を販売し、儲けで工場に新鋭機械を入れたり、車体の座席シートを下請けから納品させたりするのも資本の機能であり、「自己増殖する価値の運動体」としての資本です。マルクス経済学における資本の定義は、労働者の不払い労働による剰余価値を生むことにより、自己増殖する価値の運動体と捉えるわけです。例えば、商売のうまいチェーン店が次々と店舗を増やしたり、従業員に十分な給料を払わずに、資本主義経済は、資本が主体になり、再生産を繰り返すことで社会を維持し成長する訳です。これが資本の自律的運動であり、社長や社員は、資本の自己増殖の付属品のような位置づけが与えられることになります。

マルクス経済学では、資本は産業資本（メーカー）と商業資本（量販店）などの現実資本（機能資本）と利子生み資本（貸し付けて利子を得る労働を伴わない資本＝労働者の不払い労働を掠め取る）に分類されます。トヨタ自動車本体は産業資本で、販売店が商業資本と位置づけられます。

『資本論』以前の古典派（アダム・スミスの『諸国民の富』、デービッド・リカードの『経済学』）が、資本主義社会を自然で永遠に続く社会体制であると考えたのに対して、『資本論』は、資本主義社会は、歴史のある時点（産業革命以降）で必然的に現れ、発展し、やがて次の社会制度（生産手段の国家管理による社会主義）へと、発展的に解消されていくという「歴史性」を視野に入れていました。

歴史は、連続性と非連続性による連続体であり、局面、局面をアウフヘーベンしながら進化するので、資本主義が別の何かに変化する歴史的存在だと考えたのは卓見といえます。しかし、繰り返しになりますが、それは共産主義や社会主義への方向ではありません。

社会主義へ移行するという見通しは、理想的なユートピアだったといえます。資本主義の分析ツールとして優れていることと、社会主義へ向かうというユートピアは切り離すべきだというのが私の考えです。なぜなら、人間の本質は、「権力の頂点に立つと支配機構を強め被支配者を虐待する」つまり「絶対の権力は腐敗する」という考えが基礎にあります。たとえ経済の国家管理を働くものがその手中に握ったとしても、それが市場原理で動く以上、社会主義に市場原理の欠陥が現れ、経済と政治の癒着が起こったり、国有企業の生産の非効率が顕著になったり、儲けを優先すると公害が深刻になったりします。そのことは、最近の中国の大気汚染状況を見れば明らかです。それでは、ここで休憩して、もうひとコマ頑張りましょう。

こうして自分が若かった頃の大学や社会状況を思い浮かべながら学生の前で話をすると、仲村は妙な気分になるのだった。まるで、今いる世界が半世紀前にスリップし、多かれ少なかれこうした思想状況の洗礼を受けたわが身ではあるが、その後永きに亘り、豊かになった経済の果実の分配を受けて、それを追い求めてきた自分が哀れで、また卑しい存在であるかのような情動が、体内を突き抜けるのだった。兵庫県と岡山県の県境あたりの峠で加勢した法然房源空も、そういえばどことなく空ろで、何かを捜し求めているような求道者のようであった。時空移動は、仲村に何かを語りかけているのかもしれなかった。今回の事件の背後に、何かこのような情動に似た何かが潜んでいるような感覚が、学生に向ってしゃべる脳裏に響き渡るのだった。

追憶の経済学〈五〉『資本論』が分析した古典的な資本市場

Ａ・トフラーが指摘したプロサンプション経済にあっては、投資家は、カネの亡者ではなく、環境保全や人間尊重、社会貢献などを理想とする起業家でしょう。そして、資本論が対象にした労働者の搾取家ではなく、共生主義者というべきで、資本主義と社会主義を対比して考えるのではなく、市場原理と自助原理（ＤＩＹ：自給自足原理）を融合させ、新しい経済を作るべきだと初めて指摘したのはトフラーでした。しかしながら、市場原理を前提にそれを超えるというのは、ある意味理想（Utopia）であって、実践Practiceによって実現できるプラクトピア（Practopia）だとしたのもＡ・トフラーでした。（三五頁）

マルクス経済学やマルクス主義（革命理論）が時代遅れになったように見える現在、マルクス経済学を学ぶ理由は、資本主義が様々な矛盾を抱え、それを解決するために必要なヒントが得られるからであり、決していま社会主義体制を作ったり、社会主義国の横暴を擁護したりするためではないのです。しかし、現在の見境のないグローバル化は、貧困、戦争、テロ、地球温暖化、バイオハザード、政治や人間の劣化など、明らかに行き詰っているのが現状です。正しい答えを出すために、対極にある自由主義の経済学（社会理論）の成果を学びながら、資本論の体系化された・ダイナミックな資本主義分析力に期待がかかるのが現在の状況です。

『資本論』は、資本主義経済とそれに対応する生産・取引諸関係を検証した著作で、共産（社会）主義の未来モデルを描いた著作ではなかったのです。しかし、資本論では資本主義と異なる（に代わる）「結合的生産様式」「協同的生産」「社会化された生産」などと表現しているので、後世の人々が資本論の延長に「社会主義革命」をおいたのではないでしょうか。最近、コモンズ（commons）という考えかたが提起されており、それは日本語でいう入会《いりあい》の英訳です。日本の入会地は、入会団体などの特定集団によって所有・管理されているため、誰の所有にも属さない放牧地（草原を広範囲に移動する遊牧民でも自由に利用できる放牧地）などを意味する「コモンズ」とはニュアンスが異なります。前近代の遺制であるが、法制度上も実際にも存続しています。早稲田大学COEプログラム、NPOメディア・ネットワークが「コモンズ・所有・新しい社会システムの可能性」という命題で、二一世紀型の「ムラ社会」を提案しています。「二一世紀の入会地＝コモンズによる郊外再生」は私のプロサンプション世界に近いと思います。（「ロビンソンの経済学」第九章地域の暮らしと経済）今日はここまでにしましょう。

第三章——漆間《うるま》家の再建

源空は、仕事のある叔父の尚忠と別れて、菩提寺に観覚を訪ねた。比叡山からの書状も、渡さねばならなかった。目の前に、覆い被さるように茂った蔦や木々の梢を掻き分けながら、また、杖で叩きながら参道を目指した。蛇が出てきて驚いたこと、獣が現れ命からがら坊へ逃げ帰ったこと、高熱に耐え、寒さに凍えながら、病の床で観覚の看病を受けたこと、母親懐かしさのあまり、久米南条へ逃亡を図り、連れ戻されたこと、いろんなことが、今となっては懐かしい思い出となって脳裏に蘇ってくる。蛇に悩まされたせいで、源空は大の蛇嫌いになり、黒谷での隠遁生活中、夢の中で蛇や百足に追い掛け回される恐怖に悩まされた。幸い、観覚上人の蛇の駆除が効いて、最近は蛇の数がめっきり減った。

「あまた住み着きたりし蛇が、駆除のしるしがうちいでて、最近はめっきり数が減りしかば、安心して帰りてたまへたし」

との手紙を受け取っていた。その観覚は、寄る年波か、すっかり瘦せて生気を失っていた。麻疹《ましん》を患い、病状は悪化しているようだった。麻疹とは「はしか」のことで、長野県開田地方では、はしかになると、患者の枕のそばに、はしか棚という神棚を作って供物を捧げ、しばらくして御神酒を下げ、湯と混ぜて体にふりかけたり、ワラで輪を作って吊るすと「はしかの神」が通り抜けて出て行くという民間信仰があった。源空は、わが師匠、観覚に会うのはこれが最後になるかもしれないと思い、叔父の尚忠からの付け届けを渡して言った。

「観覚様、お久しぶりに候ふ。もはや、手の指の数きはの年月をご無沙汰したり。ご無沙汰を許したまへ。このたび、母の墓に花を手向くるために、美作の国に戻りてまいりき。わが道の行く手に、迷ふこと多くあり、悟りの道に光明あるよう、教えを請ひたく存じたり」

観覚は、曲がった腰を重たげに引きずりながら、源空が登山の記念に植えた銀杏の木の見える部屋へ誘った。ふもとの観音堂の銀杏の木を挿し木しておいたのが、もう人の背丈の三倍を越える大きさに成長していた。木戸を開けると、冷気が否応なしに入ってくる。火の気は、当然のことながらない。源空は観覚の言葉を待った。源空は、父親の死後ここへ預けられ、一三歳の年まで、生きていくために必要なことのすべてを学んだ。数え切れないほどの坊があり、また、数え切れないほどの聖や木地師、占い師、山師、俘囚《ふしゅう》などが出入りしていた。これらの階層の地域民は、押しなべて言えば、被差別民ではあったが、地域社会の維持にとって、必要欠くべからざる存在であった。幼い空爾は、これらの民の粗野で動物並みの凶暴さを知ったが、反面、彼等から、身の保全や物作りの基本の多くを学んだ。生きるために働くこと、そのために必要な知識や知恵が、後に、比叡山での自給自足生活の維持に役に立ったのである。源空の脳に刻み込まれた人間観の基本は「平等」であった。人間はまず平等である、それは本や教義から学んだのではなく、体で学んだ教訓であった。

その中に、木地師の娘で、源空より七、八ほど年下の女の子がおり、源空によく懐いた。木地師は、轆轤《ろくろ》を回して椀や盆等の木工品を加工、製造する職人で、素材が豊富に取れる場所を転々としながら木地挽きをし、里の人や漆掻き、塗師と交易をして生計を立てていたとされる。美作地方では、この技術は、鶴山漆器の漆塗りとして今に伝えられている。美作地方は漆の産地であった。源空の父親の漆間という姓は、この漆の産業化に成功したところからついたのだとさえ思える。女の子の母親は、この女の子を産んで間もなく亡くなり、不幸は続くもので、父親も流行り病で亡くなった。見かねた観覚は、その女の子を、菅原実兼《さねかね》に預けた。実兼は尚忠の父親であり、この地に、農耕を中心とした荘園を築いた先駆者であった。武芸に秀で、先祖の菅原道真に劣らぬ学者で、歌人でもあった。農耕や薬学に関しては、人並みはずれた知識と経験を持っていた。源空は、実兼から可愛がられ、和歌の手ほどきを受けていた。母古曾女は、父親の時国が夜襲で他界して間もなく、後を追うようにこの世を去ったが、空爾は、尚忠に嫁いだ阿只女の篤い世話を受け、たくましく成長していった。尚忠には、仲頼《なかより》という実子がいたが、仲頼は妻を早くに亡くし、一一五六年の保元の乱後の乱世に、この地へ逃れてきた夫婦の夫が急死したことで、未亡人となった妻を仲頼が後妻とし、連れ子の二人の男児を実子の仲頼とともに育てた。名を公継《きんつぐ》、公資《きんより》といった。したがって、仲頼は源空の義理の従兄弟、公継、公資は義理の甥ということになる。

源空は、美作の国へ帰ると、決して孤独ではなかった。源空は、美作国での暖かい血縁関係に支えられて、比叡での修行を耐えていた。今宵は、仲頼たちとの楽しいひと時が待っている。源空の坊にやってきては、話をしてくれとせがむその女の子を源空は夕月と呼び、女の子も自分を夕月と呼んだ。しかし、女に名前などつけなかった当時、このことはご法度であった。観覚は、寛容の考えの持ち主であった。観覚は、源空いや当時は空爾の自主性を尊重した。この教育方針が、空爾の豊かな共同体の人間関係に支えられ、自立と共生の関係性を構築していった。この基本的な情緒と社会性が、源空の専修念仏へ結実していったといえよう。観覚は、規律は厳格に守らせるが、自由奔放に見守ることを養育の基本とした。

漆間家の再興

「もうこれ以上、我はお前にしてやれることはなし。学問は、自分に行なふものなり。比叡山には、優れし学僧があまたいる。望むとあらば、南都かたにも優れし学僧はいると聞く。自分の足にとぶらひて*行き、教えを乞うのがよいのにあらずや」

観覚は、銀杏の木を仰ぎながら言った。観覚は、銀杏の木の天に向ってすくすく伸びる様に、空爾の成長を重ね合わせて、彼の学問成就を祈った。

「観覚様の教えに従ひて、独力、独学に万巻の書を読み、師匠と議論しながら、釈尊の教義の奥義を深むる努力を続けてまいりき。されど、観覚様、ひとつのみ腑に落ちざるが候ふ」

と言って、源空は懐に忍ばせていた『往生要集』を膝の前の畳の上に置いた。『往生要集』は、比叡山の恵心院に隠遁していた源信が、九八五年に多くの仏教の経典などから、極楽往生に関する重要文章を集めた仏教書で、源空も仏教の奥義を極めるため、繰り返して読んだ書物である。内容は、死後の極楽往生のために、一心に仏を観想し、念仏に専念する行をあげる方法を説いた。観覚は沈黙していた。

「腑に落ちざるとは、仏を観想し、数へ切れざる念仏をとなえ、極楽浄土を念ぜば念じるほど、逆に迷いが深まりていくなり。夜な夜な夢にうちいでては消え、朝な夕なに消えてはうちいづる、煩悩の炎は、さればいづこよりこむや。死をもちて、迷いの心を消すしかなからむや」

源空は、自問自答するかのように言った。

「我が自分自身を救ふがせられざりているきは、末法の世におきて、わたり*を救ふこともせられずし、そればかりか、しどけなき*世をいとど*悪しきかたへ導きていく罪を重ねたることに悩む。このまま、いたずらに年を重ねていくくらいならば、いっそのこと美作国へ帰り、父のあとを継がむやとも考へたり」

と、源空は、昨晩尚忠の口から発せられた、漆間家再興の話を、つい口にしてしまった。観覚の鋭い目線が、一瞬源空の目と衝突した。しかし、観覚は口を開かなかった。気まずい沈黙の時間が流れた。観覚は、茶を口にしながら、

「汝は、昔とふつに*変はりたらず」

と、昔を懐かしむような目をしてつぶやいた。

「観覚様は、何といいありけむや」

源空は、いらつく胸を押えて正した。

「汝は、その本を心の目に読んでいるのかと申しき」

「心の目とは」

源空は答えに窮した。格子戸の向こうに、白い霧が漂ってきた。源空の迷いの心を、さらに耐え難い、迷いの世界へと引きずり込んでいく霧であった。おそらく、那岐山一帯が、冬を呼ぶ雲に覆われてきたのであろう。

「我が汝に教ふることは、もはや何もなし。我は十分年をとりき。いつ死にてもおかしくはなし。我は、この霧の向こうに、我の死後の世界を見るべし。されど、その世界は、極楽浄土にあらず。荒涼とせし平原の向こうに、脊梁たる山がそびゆるが見ゆ。浄土はその向こうなり。我らの祖先は、脊梁山脈の向こうにわたる大海原を渡りてやりてきたり。大勢の仲間が、嵐に狂ふ海に沈みて死にき。我はその世へ帰る。苦悩に逆らふべからず。苦悩を超えむと思ふな。苦悩は生身の体とともにあり。苦悩をてづから*受け入るるなり。心の平穏は、いつしか阿弥陀仏が運びてくださる。いで*行け、源空。我には、もう汝を導く力はなし」

霧が、まさに朽ち果てんとする二人の坊の中へ浸入してきた。

「苦悩をてづから受け入るるなり……」

源空は目を閉じた。

仲村は、授業を通じて、自分があたかも数十年前、右と左の政治勢力が激突し、左が諸派に分裂し、お互いに石を投げ、権力と対峙して棒を振り回し、火炎瓶を投げて自己否定の闘争劇を繰り広げた、また、ベトナム戦争の報道が伝える、あの凄惨な虐殺の村の光景が血で彩られ、眼前に繰り広げられる、あの時代に生きているかのような錯覚に囚われていた。キャンパスに立ち並ぶポプラの木の葉は、今も昔と少しも変わらないのに。仲村の仕事は、授業をとおして学生を評価して単位をつけることにあった。平和な時代になればなるほど、昔の時代が輝きを増し、今の時代が空しくなっていくのだった。北朝鮮危機を伝える連日の報道が、かつてのベトナム戦争とダブって映るのだった。

追憶の授業〈六〉　資本主義と社会主義

授業も、セメスターの半分近くまで来ました。くどい授業が続きますが、辛抱して聞いてください。資本論では、「協同的生産手段で労働し、自分たちの多くの個人的労働力を意識的に一つの社会的労働力として支出する自由な人々の連合体」（第一部第一編）、とか「労働者たちが自分自身の（自主的）計算で労働する社会」（第三部第一編教科書第一章）、「社会が意識的かつ計画的な結合体として組織」（第三部第六編）などとしており、のちの社会主義国の計画経済のモデルとなりました。この授業では、資本主義の分析ツールとしての資本論（経済学）と、分析結果から導かれる社会体制を分けて解説します。

現在の社会主義国のプロフィールを言いますと、地球の総人口が二〇一五年に七三億人、中国一三・八二億人、キューバが〇・一一、ラオス〇・〇七、ベトナム〇・九三、バングラディシュ一・六二　ガイアナ、〇・〇八、インド一三・〇九、北朝鮮〇・二五、ポルトガル〇・一〇などで、合計三二・二億人（四二%）、また、『資本論』において、国家は「意識的計画的管理」（第一部）とか、「意識的な社会的管理および規制」（第三部）などと、市場の「無政府（計画）性」を理性によって規制するという一般論として述べ、国家活動をあまり重要視していないのは、自由放任という時代の制約でしょう。国家の経済政策や議会制民主主義は、資本主義の体系に組み込まれていますが、働く者のために政策を改革していくことは重要です。立憲民主主義 Constitutional Democracy は重要な国家の原理で、例えば消費税の税率や非課税、使い道をどうするかは重要な検討項目です。第三部では、「自由の国」（自由の王国）

と「必然の国」の問題に触れ、共産主義革命の目的を述べていますが、こうした方向性は、「ベルリンの壁崩壊」後は現実的に意味を持ちません。国家活動が経済学の体系に含まれるかどうかに関して、過去に議論はありましたが、ここでは、含まれるが国家活動一般（行政学）ではなく、国家活動と経済が重なる領域に生じる課題に限定すべきだという考え方です。これは、財政学や公共経済学、経済政策で展開されます。

すなわち、資本主義経済が剰余価値の追求から解放され、社会の合理的な規制（コーポレート・ガバナンス）の下に置かれ、社会の必要に対する生産という、経済本来のあり方を回復するが、それでも、社会の維持のためには、人間が生活していく上で必要な富をつくりだすための拘束的な労働（必然の国）が必要だ、というようなことを言っている。しかし、だからといって社会主義革命へ向うのは拙速な判断だった。労働時間は生産の自動化（相対的剰余価値生産）と労働時間短縮によって次第に短くなり、余暇時間（自由の国）が拡大する。『資本論』第三部では、この時間の拡大によって人間の全面発達がおこなわれ、人間が解放されるとしている。私の「ロビンソンの経済学」でも、ＤＩＹのための自由な時間の確保と増大は、経済学の中心テーマになっています（第七章のフレックスタイム・在宅勤務を参照）。

このように、『資本論』はいまだ国家の経済的管理が十分機能していない、Ａ・スミスの「神の見えざる手」（レッセ・フェール）に任されていた段階の理論であり、国家の経済活動が十分に認識されない段階の理論として、未熟な体系であったと言うことができます。未来社会が、ユートピア的に描かれているという歴史的な制約があったと言えます。今日の講義内容は、資本主義社会を十分に分析してから言えることであって、中間が省かれていますが、経済学体系の入り口から入って、先に出口を説明しておこうという意図からです。

二編の論文

夏警部は、那岐山麓殺人事件の被害者である寺尾准教授の法仁大学へ行った。総務課へ連絡してあらかじめ紹介してもらった、暁海聡《ぎょうかいさとし》大学院教授の研究室のドアをノックした。「どうぞ」という応答で部屋へ入ると、古書特有のかび臭い匂いがした。神奈川県警の資料室と同じ匂いだった。窓からは、住宅街が見える。放課後で、グランドでは野球部が練習をしている。名刺には、日本仏教社会学会会長と印刷されている。

「全野連では、いいところまで行きましたね」

と、夏はお愛想を言った。全野連というのは、全日本大学野球連盟のことで、今期大会で、法仁大学はベスト四へ進出した。惜しくも準決勝で敗れたが、新聞のスポーツ面を賑わした。

「事務局からの連絡で驚いた次第です」

暁海聡大学院教授は、困惑した表情を見せて、名刺を警部に手渡し、

「寺尾准教授のことで、聞きたいことがあるということでしたね。何でも聞いてください。知っていることは、何でもお話しします。まあおかけください」

暁海聡教授は、小柄ではあるが、学会の重鎮に相応しい威厳のある口調で、夏警部をソファーへ案内した。やや長めの白髪を、七三に綺麗に分けている。

「事件の概要は、あらかじめお知らせした通りなんですが、寺尾准教授が、ほぼ殺人と断定してよいのですが、恨まれていた理由とか、事件に巻き込まれる何かのきっかけについてご存知ありませんか?」

夏警部は、単刀直入に聞いた。

「寺尾准教授とは、社会学部では、私が一番懇意にさせていただいていたのですが、そんなに深く個人的につき合いがあったわけではありません。その上でお聞きいただきたいのですが、彼は、ここ数年、法然上人の研究に打ち込んでいて、何度か学会でも発表しています。私が会長をしている日本仏教社会学会では、学会のつき合いと、あとは、うちの学部でのつき合いになりますから、あまり外の世界のことは知りません。たまに居酒屋へ行って、世間話をするくらいです。プライベートには、あまり干渉しないのが最近の風潮です。ああそうそう」

と言って、暁海聡教授は、一冊の学会報告集を警部の目の前に置いた。

「この秋に発行された、昨年度の寺尾准教授の報告です。あまり参考にならないと思いますが、どうぞお持ちください」

と続けた。ページをめくった警部の目には、古めかしい、絨毯のように敷き詰められた漢字が飛び込んできた。論文のタイトルは、「法然上人生誕の地における社会関係と幼少期上人の情緒発達に関する研究」となっており、副題が「色彩学的アプローチ」とついている。あらかじめ用意しておいたのだろう。

「これはその論文の前に発表したものです」

と言って、別の論文の抜き刷りを差し出した。タイトルは、「法然上人における共生と自然観」となっている。

「寺尾准教授の最近の様子は、どうでしたでしょうか。何か悩んでいるとか」

「いえ、そんな素振りはありません。昨年に引き続き、今年も法然研究で学会発表を予定していましたから、この部屋でいろいろ話題にはしましたが」

と、当たり障りのない返答をする教授に、

「五つの朱色ということを、寺尾准教授から聞いたことはありませんか？」

と切り出してみた。一瞬、暁海教授の表情が変わったようにも思えたが、しばらく考えて、

「はい、そういえば、一度だけ彼が話題にしたと思います」

と、肯定した。

「確か、法然の生まれ故郷のことを調べていると、よく朱色に出会うんですよ。われわれも、研究に色彩感覚を取り入れなければいけませんね。源氏物語を超えるような法然研究をしたいのですと、彼は言うのです。それは、大変結構じゃないですかと褒《ほ》めておきましたが。私は、社会学なので色彩のことは分かりませんので、それ以上はサジェストしませんでした。それが何か？」

と、暁海聡教授は聞いた。

「いえ、ただ参考までに」

と、夏はお茶を濁した。

「寺尾准教授が親しくしていた女性に、心当たりはないでしょうか」

警部は、これも体当たりで聞いた。夏警部の脳裏に、美作警察の瀬長警部から聞いた、長いスカートの中年女性の姿が浮かんだ。暁海教授は、質問の真意を計りかねた様子で、しばらく考えたあと、

「そのご質問には、あとでお答えしましょうか。いろいろ聞いてみないと分かりませんから」

と、慎重な返答をした。女性との交友関係は、いくら警察の捜査といえども微妙だ。夏警部は、礼を言って法仁大学を後にした。老獪な感じはするが、好感の持てる教授であった。もらった学会報告書をかばんに収め、女性関係について連絡が入ることを期待して県警に向った。自宅に戻り、夜遅くになって、夏警部の携帯に、寺尾准教授と同じ社会学部の女性助教との間に噂があるとの連絡が入った。捜査以外には、口外しないことを強く申し渡された。梶谷寛子助教がその名前であった。専門は、日本文学ということだった。夏警部の頭の中で、符合が一致した。

寺尾准教授の葬儀が終わるのを待って、蜜柑は、一人で准教授の自宅を訪ねた。遺影の前に線香を立てて両手を合わせた。蠟燭の灯が、ゆらゆらとして遺影をほのかに照らしている。つい数日前まで元気だった准教授が、こうして家族の見守る部屋の一室で、浄土への旅路についた。蜜柑には、仏教のことはまったく分からなかったが、迷わず成仏することを祈った。寺尾家の宗旨は、先祖代々からの浄土宗だった。

「まったく心当たりがございませんの。研究ひと筋の人でしたから、学会などつき合いも限られていましたし、女の人と一緒だったということですが、それは何かの間違いではないでしょうか」

と、夫人は蜜柑に答えた。蜜柑は、父親からまだ初七日も過ぎていないので、あまり立ち入らないようにと言われていた。それでも、

「五つの朱色という話はありましたか」

との問に、

「ええ、それなら時々食事中に話はしていました。それがどうか」

「お聞きになったと思いますが、旦那様が亡くなられる時、残された言葉で、警察としては何か手がかりになるのではと」

「はい、研究の話に関連して言っていました。『法然上人の美作国時代のことを調べていると、不思議と赤や朱色のことに出くわすんだ。研究発表のキーワードとして使えるかもしれない』と、そう申しておりました。そう、法然上人の父親が殺害された夜襲の炎は上人の復讐の念の炎、などと申していたような気がします」

蜜柑は「二番目の朱色・復讐の念の炎」と、「一番目の朱色・夕焼けの炎」に加えて書いた。蜜柑は、寺尾准教授の書斎の検分もしたかったたが、「参考になるものが出てきたら連絡する」という夫人の言葉を信じて、この日は署へ帰ることとした。ソファから立ち上がると、夫人から、五つの朱色というファイルが入っているというＵＳＢを渡された。蜜柑は、帰り道、大学生の頃、色彩が人間の情緒形成に与える効果について、授業を受けたことを思いだした。もしかしたら、寺尾准教授は、五つの朱色と法然上人の思想形成との関連を研究しているのではないかと思い、駅ビルの書店に足を運んだ。

署へ帰り、パソコンでファイルを開くと、書きかけのワードファイルで、

「次の論文の狙い――五つの朱色の具体像を明確にし、法然の人格と情緒の形成にこの朱色が大きく関わっていたことを明らかにし、専修念仏、悪人正機、女人往生、相対的平等へいたる情緒・思想形成の端緒を探る」

と、書かれていた。蜜柑には何のことか意味不明だったが、彼が残した、今際の際の言葉が、この三行に凝縮されていることを直感した。一緒に見ていた警部も、困惑の表情で、

「仲村教授に相談しよう。寺尾准教授の最新論文を持って、明日にでも研究室に行かないか。私たちには手に負えない」

と、蜜柑に言った。蜜柑は、早速、色彩心理のサイトを閲覧している。その中に、赤色から連想する物体的イメージとして、炎、鬼、血、女性、火事、太陽、鳥居、林檎などを見つけた。これらの具象イメージは、太古の昔からあるものだ。さらに、赤色から連想する抽象的イメージとして、愛情、悪魔、革命、活気、活動的、危険、強烈、興奮、緊張、残酷、自己主張、情熱、色情的、生命、積極的、争い、地獄、怒り、燃える、派手、野蛮、勇気、恋が上げられている。蜜柑には、寺尾准教授のダイイング・メッセージの意味が少しだけ分かりかけてきた。早速このことを、スマホから真佐子に送った。

「苦悩に逆らふべからず。苦悩をてづから受け入るるなり。心の平穏は、いつしか阿弥陀仏が運びてくださる」

源空は、尚忠の屋敷に向う道すがら、観覚上人の言葉を反芻《はんすう》していた。尚忠は、勝田郡衙の仕事を終え、自らの屋敷に戻っているはずだった。菅原家の屋敷は、菩提寺の麓から三里ほどの、河原という地名の小高い丘の上にあった。南北に霊峰那岐山に水源を発する実兼川が流れていた。この川の名前は、当地の農地の開拓者でもある菅原実兼の名前から取ってそう呼ばれた。このあたり一帯は、実兼川の氾濫原であり、実兼親子は、堤防の築造や農地の利水、治安、産業振興に多大な貢献をした功績により、後世に石像が建立され、地域のシンボルとして今に語り伝えられている。源空は、叔父の尚忠に、先ほど観覚に言ったことをそのまま言った。尚忠の傍には、妻の阿只女がはべり、庭先では、夕月が仲頼や公継らと野菜を洗いながら話をしている。夕月は、仲頼や公継らの身の回りの世話役も兼ねているようだ。聞き耳を立てているのだろう。尚忠は、しばらく黙り込んでいたが、おもむろに口を開いて、

「比叡山での学問や行ひのことは、武士の我にはよく分からざるが、汝の胸の中にわだかまりが残りており、その迷いが修行を妨げたらずやと思ふが、いかがならむや。時国は、汝に、あなかしこ*政敵を恨むな、仕返しはしてはならざる、復讐をせば、血に血を洗ふ惨事になるといひ残して、この世を去にき。いはけなし*汝には、父の言葉の真意が心得られざりせむが、汝はもう十分すぐるくらい出家者としてのおとなし*きに違いなし。わりなきことは分かるが、学問、行ひを研鑽するに、その迷いを払拭するがよいならむと思ふ」

と、率直な考えを述べた。傍らでは、阿只女が小さく頷いている。尚忠も阿只女も、もはや六〇歳の角を回り、湿しくなった仲頼や公継らに荘園の経営の一部を任せるようになっていた。

「我の未熟さゆえか、我の心の悪魔が、我に学問、修行を捨て、いつか尚忠様が我に勧めてくれし、父時国の仇を討ち、漆間家の再興を果たすべく、この地に戻りてくるを、夜な夜な語りかけてくる。修行に行き詰らば行き詰るほど、悪魔は力を増し、手どもをつれ、我をこの地に戻れと、影相を変へてののしる」

源空は涙ながらに訴えた。阿只女は亡き姉のことを思い出したのか、はらと涙を流し、姉の亡骸《なきがら》に寄り添い、泣き明かしたことを思い出し、絹の着物の袖で涙を拭いた。黙って、二人の会話を聞いている夕月が、洗った野菜を木の桶に詰めながら、様子を伺っている。これからの長い冬に備えて、漬物を作るのだ。夕月が、源空の帰りを待っていることは、その素振りから明らかだ。公継や公資とて同じ考えであった。漆間時国と明石定明とのあいだに繰り広げられた長い政争と、定明による時国の夜襲によってもたらされた流血の結末は、元来が争いごとを好まない郡の秩序を乱し、定明が胡散霧消し、ことは解決したかに見えるが、郡政に取り返しの付かない禍根を残したことは紛れもない事実であった。美作国の中においても、この怨恨による事件は、古色蒼然とした地域共同体の価値観の中で異端視され、いつか歴史の闇に隠れてしまう運命にあった。

夜襲事件の引き金

そこで、この時国と定明の間で繰り広げられた夜襲事件に至る顛末を記しておこう。『作陽誌』は美作国の後年の近世森家の支配下に編集された歴史書であり、松平藩となってからの『東作誌』とあわせて、同地の自然、寺社など地域事情を網羅した包括的歴史書である。この『作陽誌』によって法然の出自を訪ねるところから始めよう。漢文からの引用なので、引用末尾に脚注を記した。曰く。

「空は長承癸丑《うし》歳稲岡北庄栃社邑に産まる。栃社は地名にして一に曰く、空嬭の母は古曽女を名とする。栃と刀自[出自注1]とは倭訓[2]相通ず、刀自は女媼[3]の通称なるが故に栃社という。もって山号[4]となすは本に酬いる所以なり。未だいずれが是なるかを知らざるなり。雅州[5]に三家あり、海氏といい菅氏といい漆氏[6]という。古州[7]の民は三館公と称す。空はすなわち漆氏なり。其の先は仁明帝（天皇）後西三条右大臣元光に出ず。元光六代の　式部太郎源元俊と蔵人平兼高と郤《げき》[8]あり。既にして元俊は陽明門側に於いてひそかに兼高を殺し、事発覚し故を以って作州にかくる。居ることこれを久しくし、久米押領使神戸大輔漆元国の女を娶《めと》り男を産む。元国に元□なく外孫を養として家を継がし初めて源姓に改め漆盛行と号す。盛行は重俊を生み、重俊は国広（校者曰く国広は一に国弘に作る）を生む。国広は時国を生む。すなわち空の家父なり。母秦氏もまた久米の名門なり。」（『作陽誌』四二四 - 五頁）

出自注1　とじ　中年以上の婦人を尊敬して呼ぶ語。
2　日本よみ
3　おうな　歳を取った女
4　誕生寺の寺伝では稲岡栃之助と社夫妻の名から山号が栃社となったとされている。山号のよみはとちこそざん。
5　中国にかつて存在した州
6　この「海」と「漆」は、『岡山県史　平安遺文第五巻』の「美作国留守所安堵状」（天承元年・一一三一年九月）に、漆には花押がないものの見えており、漆こそ漆間時国であったと解される。また誕生寺に安置されている法然の母親・秦氏の位牌には「海」の文字が記されている。この位牌は寺院建立の後年になって付け加えられたものらしい。この点の詳細は、拙著『法然上人生誕の地　美作国に関する研究』（KDP出版）を参照されたい。
7　雅州と並ぶ州と思われるが詳細は不明。
8　いさかい　争そい

このように、勢至丸と伝えられた法然上人の幼名は「空嬭」であり、母の名は「古曽女」とされているのである。中里介山は『法然行伝』（筑摩書房、二〇一一年）において、おなじ『作陽誌』からの引用を試みているのであるが、なぜか「空嫲」「古曽女」の名は伏せている（ところで古曽の異形が古曾であり、筆者はこの異形文字を使っている）。現在、古曽の姓は岡山、和歌山、兵庫、大阪など西日本に数十を数えるほどであるが、以上の検証から推測されることは、当時美作国に古曽を名乗る秦氏の構成員があって、その娘に当たるのが法然の母親ではなかったか。しかし『作陽誌』では古曽女の父親は秦豊永という秦氏の構成員だとしているので、矛盾してしまう。あるいは、夜襲によって夫をなくした古曾女は古曾を名乗るものと再婚したのであろうか。まったくのミステリーである。また、法然は、自分の出自に関して何を思い、何を考えて修行に励んだのであろうか。

夕月の願い

時国が務めていた久米郡押領使の職は、その後不在のままであり、治安の不安定が危惧されていた。ここは何としても、漆間家の再興が待たれるところであった。朝廷へ貢納する白絹の価値も、多方面に産地ができ、稲作の生産性が上がったことで、このところ芳しくなかった。また、久米郡下に産出する倭鉄も、新しい蹈鞴《たたら》鉄に押されて、かつての久米郡の経済基盤が弱化していた。蹈鞴鉄の生産も行われてはいたが、規模が小さく、備前のものと比べると、新興武士集団の経済基盤としては不安定であった。稲と油木《あぶらき》からの油の生産が、かろうじて郡の経済を支えていたが、かつての勢いがなくなっていた。炭の生産の拡大が求められるが、コナラ、クヌギなど広葉樹の大量伐採は、山の崩壊をもたらす。製鉄のための広葉樹の伐採と相まって、生態系は危機に瀕していた。山に放置された鉄くずが、川を赤く染めていたのかもしれない。源空ならば、比叡で得た人脈と知識を生かして、久米郡の再興に貢献できるし、そのことが、父の遺志に反するようではあるが、叔父の尚忠の立場からする考えであった。地域は、源空を必要としていた。

「されど、ことは急を要するよしにあらず。漆間の残党が、今のところ荘園の維持と治安に、何とか当たりたり。当地を狙ふ輩も、今のところ気配は感ぜられず、国府の経営もうまくいっている。我も、もう少しは頑張るつもりにいれば、ゆっくり考ふるがよからむ。明日は、古曾女殿の墓参りゆえ、共の者をつけむ。しかと、古曾女殿と物語をしてくるが良からむ」

尚忠は、そう言って夕月を見た。夕月は控えめに口を開いた。

「ご主人様。源空さまのお供に、我が行くを許したまへ。手向くる花も用意いたすし、古曾女様の親戚、たより者に言付けも候ふ。どうか、尚忠様、後生に候ふ、源空様がうたてく*なくば、我をお供に」

これを聞き、夕月の心情を察した阿只女が、尚忠の方へ体を向けて懇願した。

「お前様、我の父親、母親へのつけやりものもあるゆえ、我が行くべきところ、かく足が不自由には、源空様には足手まとい、帰りが遅くならむ。夕月の子は我が預かるゆえ、夕月をお供にやりたまへ」

これを聞いた尚忠は、夕月を見て、しばらく迷っている様子ではあったが、

「よからむ、許して遣わす。我よりも錦織の長に書状など言伝があり。汝も、日々、飯炊き、畑仕事、子かしづき*に明け暮れたり。たまには、気晴らしをして来るがよし。源空様には、生まれ故郷の見聞もしてたまふる、よいついでにならむ」

と言って、源空の方を見やった。源空は小さくうなずいた。夕月の頬に微笑が浮かんだ。源空は言葉を失った。寝床に入ってしばらく寝つくことができなかったが、どこからともなく入り込む風の音に混じって、

「源空よ、汝はされば何を考へたり。汝は、されば何をなづみ*たり。周りの者たちの、かかる心のこもりし心ばせに、汝はいかにいらふ*といふや。あれこれ考ふるは汝の自由なり。なるがよく考へてもみろ。いったん飢饉ともならば、大勢のわたりが死ぬるのみならず、水を飲みてやっと生き延ぶとしても、稚児や老ありし者共を山に捨てざ

らばならず。汝の悩みなど、飢ゑて死ぬる河原乞食の胃袋を満たす一粒の粟にもならずよ」

観覚上人のかすれ声が響いた。源空は、汗びっしょりになって、畳の上に四つんばいになっていた。その姿は、阿鼻地獄に迷える獣であった。首には、蛇がとぐろを巻いていた。

古曾女の墓標

源空を先頭に、菅原家の従者二名と夕月の一行は、翌早朝、河原の菅原家私邸を出立し、久米南条郡稲岡庄を目指した。稲岡庄へ行くには、河原から南進し、さらに南へ西よりの道を通り吉井川へ達すると、小舟で川を渡って山道へ入り、小さな峠を越えてさらに進み、天台宗の拠点寺院本山寺へ達する。この寺院は、子宝に恵まれない時国と古曾女夫婦が、子を授かるようにと祈願した寺院で、その際、夫婦が杖代わりに持参した桜の枝を、逆さにして挿したところ、根付いて立派に成長したという「逆さ桜」が今に伝えられている。夫婦は、菩提寺にもこのような祈願をしたことが『東作誌』に記録として残っている。夫婦は、信心深い人であった。古曾女が剃刀《かみそり》の刃を飲み込む夢を見て懐妊したと言い伝えられてもおり、また、誕生の日には、どこからともなく白色の旗が舞い降りてきたという話も伝わっている。事の真偽はさておき、『作陽誌』には、稲岡庄の誕生寺から、北東に二町ばかりのところに、時国の屋敷あとがあったとされているところから、時国は、古曾女の元へ通っていたのではないかと推察される。通っていたとすれば、古曾女は錦織部族の秦氏であるから、北へ三里ばかりの距離にある錦織集落へ通っていたことになる。空爾が九歳の時、『法然上人絵伝』では、家族が就寝中に急襲されたことになっているが、通い婚であるとすれば、家族で就寝ということはないはずなので、『絵伝』の絵と矛盾することになる。

空爾母子は、たまたま時国屋敷へ来ていて、定明に狙われたのであろうか。通い婚であれば、時国と古曾女は別々に埋葬されたはずで、時国は、漆間家の代々の墓、古曾女は錦織の父親の墓へ埋葬されたのであろう。古曾女の父親は秦豊永《はたほうえい》という名で、親孝行で後世に知られ、それ故に税の免除まで許された人である。錦織集落には、錦織《にしこり》神社があり、社伝には、南の豊楽《ぶらく》寺に後世多数の秦氏の寄進の行われた事実が記され、『東作誌』にも同じことが記録として残っており、隆盛を極めたとされているところから、真言密教の豊楽寺へ埋葬された可能性もないではない。しかし、錦織とは距離があり、経済圏が異なるので、錦織集落の寺院が埋葬地の候補となる。しかし、この謎は筆者の想像力を超え、文字通り歴史の闇の中に埋もれてしまった。

「ついこの前、源空様を、美作道の峠に救ひてたまへし、かの二人連れのお方はどうしけむや」

本山寺で菅原家の従者二人と別れ、母古曾女の故郷である錦織の荘へ向う山道を歩きながら、夕月は源空の背中に聞いた。峠を越えれば、懐かしい父時国の屋敷跡へ達するが、屋敷は定明の夜襲によって灰燼《かいじん》に帰し、今は竹やぶに覆われている。源空は、竹やぶを仰ぎながら、幼い頃、庄の子どもたちと竹馬遊びをしたことを思い出した。竹馬は、中国五世紀の人物を中心とする逸話集である『世説新語』（八木沢元、中国古典新書、一九七〇年）の中に、笹竹を馬に見立てて股の下に入れ走り回る遊びとあり、子どもたちが馬に乗る大人のまねをして、竹に跨って走り回っていたとされている。日本では平安時代に、子どもたちが笹竹に跨って遊んだとされ、知恩院所蔵の「国宝法然上人絵伝」にも、豊かな色彩で描かれている。その絵では、竹馬遊びに興じる法然を父母が優しく見守っている。身分、出自、階層の如何を問わず、幼き頃のよき思い出として、記憶の玉手箱に収まっている、誰しもある幼少の頃の原風景である。子どもたちの中には、貧しい百姓や河原乞食、木地師たちの子どもたちも混じっており、父母はこの子どもたちを決して差別することなく、分け隔てなく扱った。屋敷には十分ではないが非常食料が備蓄され、飢饉、災害、疫病の流行時にはこれを放出した。空爾は、菩提寺で、夕月を交えて竹馬遊びをしたことを思い出していた。

「さるほどに、着たるものといひ、言葉といひ、京には見かくるのなき、いとも妙なる人たちなりき。末世の世よりきたといひ、我が驚くようなことをのたまふ。心ばせ*のある、いづら異国に住む、高貴なお方にあらずやと思ひき。夕月はどう思ひきや。かの女の方とは、なかなか話し込みたりしように見受けしが」

と、源空は後方を気にしながら聞いた。

「はい、我も源空様と同じことを考へき。京の都の言葉のごとく、そうでもなき異国の話し方のごとく、ひとつひとつの言葉にも分からざる言葉がありて、聞き返すと身振りに言へば、何とか分かるが、異国人のごとき気がしきにも*、かの女性の方、真佐子様いと優しき、良き方なり」

夕月は、幸せな気分に包まれながら、旅路を進んだ。源空は父親の屋敷だったところで、夕月に過去のことを教え、母の故郷、錦織庄のことを説明してやった。小さい頃、大勢の友たちがいて竹馬や木登り、山菜取り、川遊びに興じたことなどを、一つひとつ丁寧に思い出しては教えてやった。夕月はそのつど、はいはいと、言って肯いた。

「仲村様と真佐子様、かの方たちは何か話したりきや」

源空は話題を変えて、夕月に聞いた。

「なんぢは、源空さまのことをどう思ひたるか、とお聞きなりき」

夕月は、俯《うつむ》きながら答えた。

「ほかには、何か」

源空は無関心を装ったが、心の乱れを感じ、南無阿弥陀仏の一行を暗誦した。

「真佐子様は、若き頃、大怪我をして頭をこはく打ち、それまでの記憶をさながらなくしき。最近になって、記憶をなくす前に知り合って付き合ひたりし人と、因幡の世の海辺に、偶然にも再会し、こうして、記憶を取り戻すため、こしかた*の世界へ旅をして、手がかりをとぶらひたると言ひたりき。どれくらいあとの世界なるか、と聞きせば、九百年と言ひき」

源空は、九百年後の世界から、私たちに何を聞きにやってきたのだろうかと、不思議な思いがした。夕月に対する思いも、自由に制御することすらできず、心の移ろいに、明日のわが身もままならぬ自分自身の不幸をうらんだ。昨日の夜の夢がよみがえってきた。源空は、母の墓標に花を手向けながら、あの不可思議な二人は、仏陀の使いだと信じた。

第四章——論文の解読

湯玉の真佐子

真佐子は、道の駅の職場で一通の手紙を受け取った。差出人は仲村輝彦だった。真佐子は、半月あまり道の駅の職場で、忙しい日々を過ごした。山口県下関市の湯玉に、農協の経営になる道の駅があり、真佐子は、そこで、もうかれこれ二〇年、事務兼販売担当職を勤めていた。三年前に漁業を営む夫を亡くし、心の隙間を埋めるために、出身地の島根県に、実家の姉を訪ねては、気晴らしをするようになった。真佐子は、中学生の頃、父と母の離婚によって、仲村の住む岡山県津山市の養護施設に移り、中学卒業後、いったん地元の繊維会社へ就職したものの、郷里へ帰り、二十歳の時に、勤めていた松江の縫製会社のバス旅行で、中国山地に差し掛かったところを、何者かによってバスが爆破され、谷底に転落、記憶喪失と引き換えに九死に一生を得た。したがって、事故以前の記憶はまったくない。しかし、島根県馬路の琴が浜海水浴場で、偶然にも仲村輝彦と再会し、鳥取砂丘へ誘ったのを機に、つき合いが始まり、少しずつ過去の記憶を取り戻していった。真佐子は、津山の繊維会社を辞めたあと、大阪市岸和田にいる別れた母を訪ねて行き、アルバイトをしながら、母とともに読書会で活動する毎日を送った。新左翼の活動家からつけ狙われ、着の身着のままで逃げるように故郷へ帰ってきた。そして、また松江で働くようになり、バス事故に遭遇した。

失われた過去から分かったのは、そこまでで、記憶の解明は横浜で起きた旧左翼過激派の内ゲバ事件で逮捕された犯人たちが、真佐子たちの読書会に所属していたからであった。犯人の特定は、読書会の会員名簿が発端だった。事件を担当した神奈川県警の夏警部は、真佐子たちの乗ったバス爆破事件は、横浜内ゲバ事件と繋がりがあるかもしれないと推理した。しかし、すでに迷宮入りした三〇年以上も前の事件の解明は、真佐子の過去の解明以上の意味を持つのだろうか。この疑問への回答は、二年前に出た。夏警部は、

「最高裁第一小法廷は二〇一五年一二月、「時効撤廃」の法改正をさかのぼって適用することは合憲とする初判断を示したので、真佐子さんのバスを爆破した重大犯罪については、一五年の時効の壁は撤廃されています。もし犯人逮捕に至れば、罪を償わせることができます。私もできる限り協力します。決して諦めないでください」

と、申し出てくれたのだった。

「僕たちは文通が中心でしたが、真佐子さんが中学を出たあと、会社へ就職したあたりから、二人の間は急速に冷えていって、僕は、あなたの会社へ、意思を伝えるために面談に行った時、もう会いたくないから来ないでくれと、受付を通じて断られ、いったい何があったのか分からないまま、今に至っているんです」

という、仲村の言葉を思い出していた。

「あなたは心変わりがして、僕に嫌気が射したんですよ」

という仲村に対し、

「記憶がないことをいいことに、勝手なことを言わないで。女を作って嫌気が射したのはあなたよ。真相が分かるまで、絶対あなたを逃がしませんからね」

と反論したことを、つい昨日のように思い出していた。

「じゃ、真相が解明されたら会うのをやめますか?」

と、仲村に言われて、言葉に詰まってしまったことも、今ではもう懐かしい思い出になっていた。真佐子は、湯玉漁港の岸壁を散歩しながら遠い海を眺めた。小さな漁港だった。

「二人の仲が引き裂かれた何かがあった」

という、仲村の口とは裏腹の推理に真佐子は同意した。仲村にも真佐子に告げることができない、何かの事情があったのかと、真佐子は想像していた。そして、仲が引き裂かれた何かと、バス爆破事件と何か関係があるかもしれないというぼんやりした予感が、真佐子の胸に去来し始めていた。仲村もそう考えているようだった。したがって、バス爆破事件の解明は、二人の破局につながっていく可能性があると、真佐子は思っていた。何か恐ろしい事件があったことを、仲村は知らない。勇み足になるが、バス爆破事件の手がかりを得るために、平安の時代へ時空移動を重ねることで、二人の関係が終着駅へ向かう、真佐子はそんな予感を抱くようになっていた。

「法然上人の過去と、現在の私たちがどのようにつながっているのだろう。平安時代後期の仏教家とバス爆破事件、爆破事件と私たち二人の過去……」

真佐子は、沖の鷗に語りかけた。考えれば考えるほど、分からなくなってくる。「記憶を失った私の胸は、いまだに過去の仲村を慕っているのだろうか」。鷗は、ただ風に乗って宙を舞うのみであった。

「すべてが解き明かされた時、あの人は私に振り向かなくなり、私もあの人を追わなくなる。そんなの嫌だわ。私にだって、人並みの青春の輝きと喜びがあったに違いない。私、それを知りたいのよ」

真佐子は、もう一度鷗に語りかけた。押し寄せる漣《さざなみ》が、真佐子の胸をかきむしった。いてもたってもいられなくなった真佐子は、自室の机に向い手紙を書いた。便箋二枚にたっぷり考えを書き、最後に、

「今度の週末に行きます。都合を聞かせてください」

と、書き添えた。仲村からメールが来たのは、木曜の夜だった。

「夏警部の捜査が、大分進んでいるようです。僕にも少し分かったことがあります。それをお知らせしたいのと、僕らも、夏警部に捜査協力したいと思います。岡山で待ち合わせて、備前新聞の記者に会い、そのあと菩提寺へ行きませんか。もしかしたら、また平安後期への時空移動があるかもしれませんよ」

メールを読んだ真佐子の胸は、嬉しさではちきれそうになった。

女の影を追え

夏警部と蜜柑は、法仁大学社会学部の梶谷寛子助教の研究室を訪ねた。暁海聡大学院教授から聞いたことは伏せて、暁海聡教授から紹介された「法然上人生誕の地における社会関係と上人の情緒発達に関る研究――色彩学的アプローチ」と、「法然上人における共生と自然観」という論文について、参考までに伺いたいとアポを取った。梶谷助教も、寺尾准教授死亡のニュースを知っており、女性が同行していたことを新聞で読んでいるはずであるから、質問には気をつけねばならなかった。梶谷助教と寺尾准教授がどの程度の仲なのかは、暁海教授から知識を得ているから、この論文について聞く中で探りを入れていく。夏警部は、捜査方法の勘所について娘に教えるつもりだ。

「中身はまだ読んでなくて恐縮なのですが、というよりも難しくてよく分からないのですが、色彩学的アプローチということは、どういうことなのでしょうか。素人にわかるように、教えていただけないでしょうか」

夏警部は低姿勢に出た。梶谷助教は、白地に赤い花柄の入った上着に、緑色というよりも萌黄色のロングスカートを身にまとい、事務用のチェアーに足を組んで答える。蜜柑は、准教授の表情をつぶさに観察している。感情の起伏を表に現すまいという微妙な動きが感じられる。やや半身に構えて話をする癖があるようだ。この姿勢は、相手に対して懐疑心ないしは警戒感を持っている証拠だ。

「先生が、平安時代あたりの日本文学に造詣《ぞうけい》が深いことは以前から存じています」

夏は、警戒心をほぐそうとした。

「どういうご要件でしょうか」

梶谷助教は、質問をはぐらかして腕時計を見た。あまり長居をして欲しくないというシグナルだ。感情が表情や態度に出やすいタイプのようだ。夏は回答を待った。助教は動揺しているようだ。後ろめたいことがあるようにも見える。

「寺尾准教授の研究は、たぶん、文学作品における色彩の取入れ方に興味を持たれて、それでご自分の研究が、社会学的な諸関係を扱う研究であるので、研究のひとつの切り口として、文学的アプローチである色彩を取り入れようとしたのではないでしょうか」

梶谷助教は、半身の姿勢を変えずに言った。ハイテンションなレベルで答える。警察という職業の知的レベルよりも、高いレベルを設定して優位に立とうという姿勢がうかがわれる。頭の先からつま先まで、色彩の配置とアクセサリーで補完した服装は、かび臭い大学の研究室に置いておくには、もったいないくらいの雰囲気を持っている。しかしながら、どこかで、相手の素性や弱点を探ろうというバックグランドが明らかに出ている。色彩にこだわるのも、優越志向の表れなのだろう。暁海聡教授は、寺尾准教授と梶谷助教の仲をどこまで知っていて情報提供したのか、また、提供したことで何を期待しているのか、夏警部は、そこを探りながら進めることとした。もしかしたら、寺尾准教授殺害の犯人かもしれない。

「『源氏物語』や『灯台へ』のような作品のことでしょうか？」

多少知識のある蜜柑が聞いた。間髪をおかず、

「寺尾准教授に、ご教授なさったのですか」

蜜柑が単刀直入に聞いた。蜜柑は、参考人に対する質問に緩急をつけたり、レベルに段差をつけることで、相手のその質問に対する反応を窺うことに長けている。夏警部は、なかなかやるなと思った。

「そのとおりです。寺尾准教授の研究テーマでも、確か『現代語訳　法然上人絵伝』も、色彩感覚が取り入れられた、ある種の文学作品ではないでしょうか。奇瑞《きずい》がたくさん出てきますね。『絵伝』はノンフィクションノベルだというわけです。確か、作者は文学的才能に恵まれた人のようでした」

教授したかどうかには答えず、梶谷助教は婉曲に言った。寺尾との関係を聞かれることを嫌がっている、と蜜柑は思った。

「それは、朱色を取り入れるということではなかったですか?」

夏が切り込んだ。

「いえ、そういうことは聞いていません」

梶谷助教は否定した。視線を二人から背けたままだ。おそらく真実を述べないとき、視線に乱れが生じることを、本人が一番よく知っているのではないか。寺尾准教授が、「やられた」と言って、レストランの下の棚田で殺害されたのは、八月二三日の日曜日であった。ここで、当日のアリバイを聞くと、これ以上話さなくなる可能性がある。夏警部は、

「寺尾准教授の論文ですが、公になってまだ日も浅いのですが、梶谷先生は、寺尾先生の論文をどのように評価しますか?」

と、聞いてみた。

「文学作品に色彩を取り入れることは、過去から行われてきたことでもありますから、そんなに珍しいことではな

いと言う人もいると思いますし、仏教関係のジャンルでは、新奇性があるということで、高く評価する方もいると思います」

梶谷助教は標準的な答え方をした。眉間の間に微妙な皺が出たのを、蜜柑は見逃さなかった。何かを隠している、蜜柑はそう思った。蜜柑は本棚に『源氏物語と色彩表現』という本があることに気づいたが、あまり気に留めなかった。

「大変参考になりました。ところで、先生は法然上人の菩提寺には行ったことがありますか?」

と、夏が不意を突いて聞いた。答えは、意外にも、

「行ったことがあります、一度だけ」

であった。目的は観光で、行った日は今年の八月上旬、日にちは覚えていないということだった。疑われていると勘違いしたのか、先回りして、寺尾准教授が殺害された日は、オープン・キャンパスで、大学に来ていたとアリバイを主張した。

追憶の授業〈七〉 仏教界の創造的破壊

授業とは関係ないことですが、今、私は、警察の関係で、ある事件に関係していて、新聞やテレビでも報道があって、皆さんも知っていると思いますが、法然上人の研究者が、岡山県で殺害された事件です。法然上人は、平安時代末期の仏教家で、事件は「朱色」と関係しているのです。何のことかよく分からないのですが、法然の時代は、経済学で言うと、まだ資本と賃労働の関係が成立していない、したがってまた商品経済が未発達の、しかし、律令制の特徴である公地公民体制が揺らぎ、武士が台頭してくる過渡期にあって、仏教にあっても、古い価値観と新しい価値観

とが相克する時代だったと思われます。平安時代末期の法然上人は、旧来からの貴族支配と新しい武士の勢力、そして貴族支配階級につきながらも、新しい時代の支配階級になる武士の側につくための寺社勢力を構築するために遺憾なくベンチャー精神を発揮したのではないかと考えています。法然上人は秦氏の血筋を引いており、体内のＤＮＡは法然をして、時代の変革期にあって、仏教界の創造的破壊を促したのではないでしょうか。したがって法然を考えることは、経済学や経営学を考えることにも繋がってくるのです。神奈川県警が捜査している今回の事件の解明に、この授業が、もしかしたら役に立つのかもしれません。このことを考えながら授業を進めていくので、何か気がついたら言ってください。

本題に戻ります。この授業では、資本論の体系に、「国家の経済に対する関与（マネジメント）」を加え、国家活動の意味を問い、さらに、国民国家の枠を超えた世界経済（グローバル・エコノミー）を追加し、経済の国際管理メカニズムの分析を加えて、資本論の体系の再構築を試みようと思っています。また、資本主義が、資本家の下で働く者の搾取の体系だということは正しいとして、それを超える（替わるではない）自給自足原理（self-sufficiency）を導入して、経済の弁証法的な展開を図ることを企図しています。難しいのは、資本論が分析した工場生産は、現在は労働集約的な業種以外は、ほぼ完全自動化され、剰余価値生産の対象になる第二次産業就業者は、少数になっていること、労働集約的な生産は、基地が途上国へ移動していること、三次産業（サービス・ＩＴ・スポーツ）が、経済の主力になっていることをいかに体系化するかです。生産基地が途上国へ移っていることは、途上国の労働集約工場に資本の支配圏域が移っており、そこの労働者に対する先進国本社の搾取として捉える必要があるでしょう。これは、古くから議論されている南北格差問題、あるいは「持続可能な成長」の問題になります。

そこで、私が扱う経済学体系は、生命進化における経済（人類の経済行為の原理でガイア理論の経済学版）、労働・商品と貨幣・商品流通、資本と剰余価値の生産、相対的剰余価値の生産（技術革新やＩＴ）、貨幣資本・資本の循環・金融資本、地代・土地価格（不動産）、国家の経済（財政学）、国際貿易・外国為替・世界経済（グローバル資本主義つまり資本主義的生産による地球レベルでの資本による労働の搾取の構造）とくに、資本論の体系にかけているものとして、「国連等国際諸機関によるグローバル資本主義のマネジメント（管理）」の問題があります。この最後の問題については、別の「財政学」の講義で行いますから、よかったら履修してください。

生命進化と経済―経済（エコノミー）とは何か―

経済学は、資本主義を分析対象とするので、産業革命以降、世界に普及していった資本主義経済を直接分析対象にします。しかし、資本主義に先立つ経済史を分析することは、経済史学がこれまで精力的に行ってきたことで、そのことによって、資本主義経済の構造や性格がよく把握できるからであり、経済史を訪ねることは、今後も重要な課題です。ここでは、中世から近世へ至る経済史をさらに過去へさかのぼり、古代史から、人類が登場するはるか以前の地質時代に遡って、生命の共通原理を探ることにします。そのことによって、唯物史観に立脚した、人類と自然世界のかかわりの営みの共通原理を見いだすことができると考えるからです。人類は、地球上において様々な資源を利用しながら、生活や経済を営んでいますが、その基本様式は生命界全体の様式と異なるところはありません。異なるのは、人類だけが貨幣を使用して商品経済を築き、資本を駆使して生活を営んでいるということに過ぎません。したがってまず、生命に共通の生存のための経済的営みの基本原理を探らなければなりません。このような膨大な作業を、わずか半年の授業で行うことは不可能に近いので、まず、その手がかりだけ説明します。

生命四〇億年（生命の経済史）からの教訓として、経済というものを人間を含む生命全体が生きていくために必要な仕組と考え、今、私たちが暮らしている経済は、あくまでも「生命圏（バイオスフィア）全体の経済」と比べて特異（貨幣による商品売買）なものであり、人間中心の経済から、生命全体の経済と共生できるように進化していかなければならないと考えます。この点は「環境ビジネス戦略」という授業でやっています。つまり、環境経済学の成果を踏まえて経済の仕組みを根本的に変えることを考えています。「ロビンソンの経済学」の強調している点は、ここにあります。先ほどの法然上人に絡む事件ですが、平安の末期に、法然上人も同じようなことを考えていたのではないでしょうか。当時は経済がほとんど自給自足であり、人間が自然世界と共に暮らしていることが、へんな理屈を捏ね回さなくても、手に取るように分かったのではないでしょうか。

人類を含む生命全体の四〇億年の歴史から言えることは、生命にはエネルギーが必要で、それは持ちつ持たれつの関係の中で、お互いを絶滅させないような、「共生の原理」（太陽・風・酵母など自然の利子を利用）で生きてきた。それは、商品経済の普及とともに色あせていき（化石燃料の使用）、貨幣経済が中心になるにつれて、「共生原理」を「貨幣・資本原理」が追い払うようになり、労働を資本の付属物に置き換えるような変革が進行した。産業革命による機械制大工業の台頭がそれに拍車を掛けたのでした。この点については私の『環境と経済：経済学をガイア理論によって構成する初めての試み』という本で述べていますから参考にしてください。今回の殺人事件は、このような時代状況を背景とした事件のような気がするのです。

労働

では「労働」の章に入ります。人間が自然に働きかけて、人間自身の行為によって、自然と関係をもち、生活手段や生産手段などをつくり出す価値ある過程が「労働」です。人間は古今東西、太古から現代にいたるまで、どの地域でも、何らかの生産活動により生きてきたわけですが、ここに動物と人間を分かつ基本的な違いがあります。生きていくために、森林で木材を伐採、切り出し、加工して組み立て家を作り、机やベッドなどの調度品を作ります。人間が自然との間に、生産活動を通して関係を持つということは、時代特有の世界解釈を、身をもって生きることを意味します。平安時代の絹織物が京都の西陣織に発展していった経緯を考えるとよいと思います。法然上人の故郷、美作国は当時の日本でも有数の絹織物の生産地でした。赤く染められた絹織物は本当に綺麗です。法然上人が生まれた時に、どこからともなく、綺麗な白い布が飛んで来たという言い伝えがありますが、これも白地の絹織物でしょう。よって労働は、自身の生きるための行為でありながら、労働を通して、世界や生産関係と取り結ぶ関係の意味論であると言えます。人は労働によって世界を知り、蓄えた知識と意識によって、世界・宇宙と繋がっていると言えます。平安時代には、蚕から絹織物を作り、朝廷や寺社に貢納し、衣服を作り、支配階級は煌《きら》びやかな生活を送ったのですが、法然上人は生まれ育った地域の中で、そうした社会全体との関係性を情緒として育んでいったのでした。しかしながら、法然上人は、京から遠隔の地の生産現場にあって、この虐げられて搾取された人々の側にいた人なので、既成の仏教に飽き足らず、万人に平等な往生の解釈に繋がっていったのではないでしょうか。今日はここまでにしましょう。

捜査概要

話したいことがあるという連絡を受けて、蜜柑は、寺尾准教授の自宅を訪ねた。

「あれから遺品の整理をしていたのですが、法然上人や菩提寺などに関係するものは、このアルバムと本くらいです。アルバムには、お寺や景色などが写った写真がたくさんありますから、どうぞお持ち帰りください。それから、この本は主人の書いた本で一般向けのものです。何か参考になればお貸ししますので、どうぞ。あとは、研究室に、本や個人的なものがありますが、それらは四十九日が終わってからでいいと言ってくださっていますので、後ほどご連絡します」

と言って、夫人は、遺品を綺麗な買い物袋に入れて蜜柑に渡した。本のタイトルは『法然絵伝と色彩表現』で新書版であった。初七日が終わって、祭壇には、故人の遺影と骨壺が置かれていたが、やつれた夫人が哀れに感じられた。夏警部は、捜査から帰ってきたばかりの蜜柑から情報を聞いて、作りかけの捜査概要に加え、プリンタで出力した。

那岐山麓殺人事件

八月二三日　岡山県奈義町菩提寺近くのレストランで、法仁大学寺尾准教授殺害さる。夕方五時から七時過ぎまで、大いちょう周辺でイベントが開催。被害者はイベントに来ていたと思われる。自宅は横浜市緑区。第一発見者は、備前新聞社女性記者（本井伝・野田）。事情聴取済み。担当は美作警察（瀬長警部・山下警部補）死因　毒物による中毒死（死亡時刻、午後九時半、美作病院）。毒物の特定は岡山医療大学医学部。中年女性と同伴の目撃情報（店内客。防犯カメラ）。犯行後車が一台立ち去る（新聞記者証言）「五つの朱色」のダイイング・メッセージ（夕焼け＝浄土　復讐の炎＝法然）暁海聡・法仁大学大学院教授が懇意に（仏教社会学）。死の直前に論文発表（「法然上人生誕の地における社会関係と上人の情緒発達に関する研究――色彩学的アプローチ」仏教社会学研究、第三九巻、「法然上人における共生と自然観」仲村教授に依頼）法仁大学社会学部に女性関係（梶谷寛子助教、日本文学）寺尾准教授が法然研究に色彩理論取り入れることを評価。八月二三日は同大のオープンキャンパス（アリバイ？）。八月上旬に菩提寺へ（観光）。寺尾准教授の著書『法然絵伝と色彩表現』（夫人より提供）。仲村教授に依頼。

別件島根県バス爆破事件　旧左翼内ゲバ事件犯人の拘留中の飛田・行田証言：一九七〇年代後半、懇意にしていた

岡山か鳥取に縁のある机上革命家を渋谷で目撃（氏名不祥）。痩せ型で小柄（当時）

「これまで、岡山県警美作警察署と、こちらの捜査で分かったことをまとめてみるとこのようになった。犯人が、浮かび上がった事実関係の範囲内にいるかどうかは分からないが、寺尾准教授に女がいたことが収穫だった。梶谷寛子助教との関係は、大学内では知る人ぞ知る関係で、逆に言うと殺害の犯人としては可能性が薄い気がするが、二三日に梶谷助教が午後五時半頃に、イベント会場に着くことはできるだろうか。大学の電話で問い合わせた結果、梶谷助教は、午前中がオープンキャンパスの担当で、一二時過ぎには、出退者管理システムで帰宅となっているそうだ」

夏警部は蜜柑に言った。蜜柑は、早速パソコンのインターネットで、羽田の時刻表を調べた。

「一四時四五分発一六時五分岡山着のＪＡＬがあるわ。空港でレンタカーを借りれば、岡山空港から奈義町までの所要時間が一時間二〇分なので、夕方五時半までには着きそうね。寺尾准教授と、山の駅のレストランで待ち合わせたのなら、時間は十分あるわね」

蜜柑は、パソコンの画面を見ながら言った。

「梶谷助教は、なぜ聞かれもしないのに、二三日のことを喋ったのだろうか」

夏は、蜜柑に聞いた。

「怪しまれるといけないから、さっさと言ったんじゃないかしら。調べれば分かることだし。あるいは、実際に行っていないかもしれない」

蜜柑は、とりあえず思いつきを言ったが、

「八月初旬に観光で行った」

という言葉が気になった。

「フェイスブックから取った顔写真を美作警察へ送ったので、ホテルなどでの目撃情報が取れるかもしれない。暁海教授から入手した論文と、夫人から借りた単行本は、仲村先生が読んでくれることになったから、ここから何か出てくるかもしれない。動機や背景が皆目分からない奇怪な事件だが、糸口は掴んだような気がする。お前はどうだ」

夏は、蜜柑に言った。

「いまのところ、遠くはなれた菩提寺で起きた事件だし、被害者が法然上人を研究している人ということで、法然上人が絡んだ事件と推理が先走っているけど、寺尾准教授自身に関係する怨恨や痴情という線も考えられるんじゃないかしら。あるいは、行きずりの犯行とか、物取りも可能性としてはありえるわ。そうすると、同伴だったとされる女は、地元の関係かもしれない」

蜜柑は、もっともなことを言った。

「そうだな。あらゆる可能性を考えてみよう。そうだ。仲村先生が、真佐子さんと備前新聞社へ行き、事件現場へも足を運ぶって、ついさっきメールが来たところだ。あの人たちは、あの人たちで自分たちの過去探しをやっているみたいだよ」

「昔のバス爆破事件以外にも?」

「うん、あの二人、若い頃にはいろいろあったらしい」

「変わった人たちね。そんな昔のこと、どうでもいいのに」

「私と同年代の人たちにとっては、取るに足らぬ過去のことが、意味を持っているんだ」

「パパもそうなの?」

「まあな」

夏警部は、捜査一課の窓から、暗闇の中に浮かぶ大型船の明かりを見ながら言った。どこかの国の客船が寄港しているらしい。自分が第一線を離れるまで、このような根の深い事件は、もう起きないだろうという実感がこみ上げてきた。

シャトー・カノン

「ねえ、パパ。私おなかが減ったわ。岡山から事件が持ち込まれてから、毎日コンビニよ。これじゃ栄養失調になっちゃうわ。豪勢なお食事しましょうよ」

と、蜜柑は甘え声で言った。神奈川県警本部と中華街は目と鼻の先にある。二人は徒歩で出かけた。

「それにしても、厄介な事件が持ち込まれたわね」

蜜柑が、高級ワインのシャトー・カノンを、グラスの中で揺らしながら言った。

「今回の事件は、宗教がらみの匂いがするし、おまけに大学関係者が被害者で、どうも、はるかな過去から引きずられている事件のような気がする。厄介だね」

夏は、相変わらずビールだが、蜜柑からワインを勧められて、目を細めながら口にした。

「仲村さんと真佐子さん、初めてお会いしたけど、ずいぶん変わった方ね。ハイパースペースとか、時空移動をするとか、宇宙人みたいな人たち。そういえば真佐子さん、今度の事件で、平安時代へ移動するかもしれないって」

「私も、最初は頭が変じゃないかと思っていたんだけど、時空移動しなければわからないはずの情報を掴んでくるんだ。旧左翼内ゲバ殺人事件が解決したのも、あの二人が、昭和四〇年代へワープして、証拠を掴んできてくれたからなんだ。平安時代へは、もう行ったのかもしれないね。明日は土曜日だったか、午前中、仲村先生が岡山へ行く途中に来るから、事件概要と論文を渡しておいてくれないか」

警部は、ふかひれスープを口に運びながら言った。

「私も読んでみるわ。他人任せはよくないわよ。それと、私を岡山へ出張させてください。民間人に頼るのはよくありません」

蜜柑は、上司に進言する口調で言った。夏警部は、この進言を待っていた。娘のシャトー・カノンを、自分の空になったグラスに、少しだけ入れて呑んでみた。ほろ苦い味がした。娘の成長に喜びを感じる半面、このような高級ワインを、どこで覚えたのだろうと思った。

「あの二人の邪魔をするなよ」

「分かってるわ。適当に距離をとるから」

翌日、仲村は、蜜柑から捜査概要と寺尾准教授の論文、それに新書版の著書を受け取り、午後の便で羽田から岡山へ向かった。蜜柑は新幹線を使った。論文のコピーを車中で読むことにした。『法然絵伝と色彩表現』は、書店に並んでいたのを買った。

天蚕《てんさん》と高級絹織物

空港では、真佐子が出迎えた。

「いろいろ散財させてすみません」

仲村は岡山駅へ向かうバスの中で言った。

「あらいいのよ。あなたこそ、私のことでずいぶん負担をかけてしまって」

真佐子は、捜査概要に目を通しながら言った。

「ところで、源氏物語の言い回しは勉強しましたか？」

仲村は、インターネットで聞くことのできる、源氏物語のサイトを真佐子に教えておいた。

「あいうえおの発音と音の抑揚が、今の日本語と全然違うけど、なんとなくまねはできると思う」

真佐子は、平安時代後期に、京で女性が着ていたとされている簡易な衣服を見つけて、かばんに入れていた。当時流通していた貨幣、景徳通寶を何枚かネット・オークションで見つけて用意したと言う。真佐子は、こういうことには、器用なところがある。萌黄色の高級絹織物も仕入れている。土産に用意したと言う。なかなか気が利く。天蚕という、蚕から取れる糸から紡いだもので、安曇野《あずみの》で販売されていると言う。天蚕はヤママユガ科に属する蛾の幼虫から糸を取る。皇后陛下も飼っていると言われ、萌黄色をした光沢感のある絹だ。仲村は、勝間田へワープしたとき、田園地帯に、一面桑の木が栽培されていたのを思い出した。さらに、平家物語の子ども用の絵本を、かばんに忍ばせている。これで、相手を信じさせるのだそうだ。ビスケットやチョコレートなども詰めている。源空や夕月に会ったら、食べてもらうと言うのだ。それから、この前、時空移動したとき、タオルと紙に不自由したので、とくに紙を大量に用意したと言う。寒いといけないので、使い捨てカイロもある。仲村は笑った。

バスターミナルでバスを降り、駅ビルの喫茶店に入ると、備前新聞社の二人の記者が待っていた。菩提寺下のレストランで、寺尾准教授が、棚田で倒れていたのを発見した本井伝と野田だ。

「神奈川県警の夏警部から、協力するようにと連絡がありました」

と言って、二人は中村と交換に名刺を差し出した。

「あれから、私たちは、社の方針もあって『仏教と現代』というテーマで、あちこち取材をして記事をまとめていたんです。事件の追跡もするように言われています」

先輩格の本井伝が言った。野田という記者が取材メモを構えている。仲村は、

「被害者の寺尾准教授と同伴していたとされる、中年の女性について何か分かりましたか」

と、切り出した。

「私たちには、捜査権限がないので、内々に聞いて回っているのですが、あるコンビニで、深夜近くになって、中年の女性が立ち寄ったという情報は得ています。奈義町から南西に数キロいったところに吉井川があり、橋の袂《たもと》にコンビニがあり、そこの店員の目撃情報です。長いスカートをはいて、麦藁帽子をかぶっていたと言うことです」

本井伝が、取材メモを見ながら言った。

五つの朱色

そこへ、新幹線で到着した蜜柑が現れた。ブラックのパンツスーツに白のブラウスというフォーマルなスタイルで、靴はナイキのスポーツ用シューズだ。いざとなれば犯人を追いかけなければならない。

「その女性は、普段は見かけない人だと言うのです。あのあたりの客は、ほとんどが地域の人ですから。顔は見えなかったと言っていますが、年の頃は三〇から四〇歳台ではないかと。白っぽい服装で長いスカートをはいた長身の女性だと言います。スカートには大きな赤い蝶の絵がデザインされていたそうです」

本井伝は続けた。

「乗ってきた車は？」

仲村が挟んだ。

「それは記憶がないそうです」

「その場所から津山市までは、時間はどれくらい？」

地理に不案内な蜜柑が聞いた。

「二〇分もあれば着きます。それと、今、寺尾准教授の写真を持って、津山市街地の居酒屋とか飲み屋関係を回っています。何か情報が得られるかもしれません」

本井伝が答えた。

「寺尾准教授には、同じ社会学部で親しくつき合っていた梶谷寛子助教がいます。写真は美作警察へも渡してありますので、非公開で内々にお使いください」

蜜柑は、仲村と真佐子にも渡して、刑事の鋭い目つきで言った。

「ところで」

と、仲村が言った。

「いただいた、寺尾准教授の論文二編と著書を、目次で拾って斜めに読んでみたのですが、法然上人の研究を色彩表現で書き表すという発想は、梶谷助教のアイデアで、それを支持してくれたのが、仏教社会学の暁海教授だということが、はしがきに書かれています。二つの論文は、漢字が多くて目がちらちらするので、今夜ゆっくり読みます。ただ『法然上人における共生と自然観』の冒頭には、こんなことが書かれています」

仲村が、寺尾准教授の著書『法然絵伝と色彩表現』、「法然上人生誕の地における社会関係と上人の情緒発達に関する研究――色彩学的アプローチ」と、「法然上人における共生と自然観」をテーブルの上に置いた。

「彼は、『自然は色彩を持っている。物理学的に表現された波長の違いによる色彩ではなく、われわれが内的に感じるところの色彩感覚という意味合いでの色彩である。工業的産物としての色やデジタル技術で作成される色ではなく、ビッグバン宇宙が作った自然に内在する色彩と、同じ宇宙の産物である生命が共感するところの色彩……ところで、法然上人が育ち、情緒を育んでいった美作国を訪ね歩くと、このような自然色に数多く出会う。なかでも赤や朱にまつわる多くの出来事に出会う。赤は人間に独特の感情を植え付ける。法然上人の人格形成とは行かないまでも、情緒の形成と発達に、この朱色が大きな役割を果たしたのではないか。そしてそれは、ニュートンの色彩ではなくて、詩人ゲーテのそれであると私は信じる』と、控えめですが、自信に満ちた表現でこう書いています」

真佐子の目が輝いた。

「寺尾准教授が残した『五つの朱色』というメッセージは、これだったのね」

「ええ、間違いないでしょう。今際の際にこの言葉を残したからには、並々ならぬ執着があったのですね」

仲村が答えると、早速蜜柑が、

「五つの朱色は、具体的に書かれていますか。浄土の悟りの世界の西の空の『夕焼け』、殺害された父時国の恨みを晴らす執念の怒りの『炎』のほかに」

「全部読んでみないと。でもこの五つの朱色の謎を解き明かすことが、事件解明の糸口になるような気がしてきました」

「確か、法然上人の母親の古會女は錦織の出身でしたね。すると、絹織物の朱色がありますね」

備前新聞の記者たちは、取材を通じて得た知識をもとに言った。

「三つ目が絹織物の朱色」

蜜柑と真佐子はメモ帳に記録している。

「あと二つは何でしょうか？」

蜜柑が司会進行をしている。

「流血の血の色では？」

本井伝記者が思いつきを言った。

「なるほど、あとひとつは。六つでも七つでもいいから、言ってみてください」

本井伝記者が、

「美作国は、古くから鉄の産地でした。確か、誕生寺の北に糘山《すくも》という倭鉄の産地があって、精製過程で出る赤色の残滓が、川に垂れ流されて汚染されていたという話を聞きましたが」

と続けると、

「確か、法然上人の伝記にもそのような話がありましたね。どうやら候補が出揃ったようです」

仲村がまとめた。

第五章——第二の殺人事件

蚕のえさにするために、桑の木を成長期の初夏から夏にかけて枝を収穫して葉をすき取り、農家の二階の屋根裏部屋に設けられた、蚕の寝床に敷き詰めてやる。食欲旺盛な蚕は葉を丸めて寝床にし、せっせと食べる。太った蚕は、たくさんの糸を出すので、それを糸巻きに巻きつけていく。こうして機織にかけられ、絹織物の反物ができる。できた白色の絹織物が、貢納物として、荘園の持ち主の寺社や宮廷に貢がれ、残余が余剰絹織物として、地元の消費に当てられ、さらに剰余生産物が生じる場合には、商人によって売買されるか、市で交換される。絹織物は高級品なので、米、鉄などとともに、商品の度量基準として価値が定められていた。この絹織物の生産は、源空が子どもの頃から慣れ親しんできた地域の風景であり、何ら不思議なものではなかったが、こうして久しぶりに夕月と肩を並べ、葉を落として、枝ばかりになった桑畑を眺めていると、桑の実を摘み、葉を収穫して蚕部屋に運び、面白いように出てくる糸を束ねて作業を手伝った昔を思い出す。傍らには優しい母がいた。

母は病弱でいつも軽い咳をしていたが、錦織部族のために先頭に立って働いた。父の時国は母を慈しみいたわり、一家のために荘園の管理と美作国の横領使としての任務に忠実に立ち働く、よき父ではあった。源空は夕月に聞いた。

「夕月。汝は幸せか。夫を亡くし、不自由に感じていることはなしや。子どものことに、困っていることはなしや」

夕月は、

「源空様、子どものことは、阿只女様が、孫のごとく慈しみ、面倒を見たまへば、げに助かりたり。我は、お屋敷と絹織物のことに精一杯に仕事をしたり。十分幸せな毎日をふりたり。ただ、」

と答えて、言葉を詰まらせた。しばらく沈黙の時が流れた。源空は、あえて言葉を促さなかった。

「ただ、源空様が、美作の世へ帰りてくるを、切に望みたり。尚忠様は高齢ゆえ、いつまで頑張れるや。なんぢ様が帰りてくるを、阿只女様も望みたり」

夕月は、婉曲に自分の気持ちを源空に伝えた。

「夕月殿。実は、我はこれからのことに、いと迷ひたり。美作へ帰らむか、それとも比叡山の行ひを続けむか、その踏ん切りを求めて、この地へ戻りてきたり。されど、答えが出でず」

「我は、難きことは分からざるが、源空様は、さればいかばなにをなづみておらるや。宣ひたまへ」

夕月が源空の背中に聞いた。

「あぢきなきに行き詰りたり。汝たちは、食ふものも満足に食ふべからず、あしたより晩まで働きたり。病気にもかかわらず、怪我にもかかわらず、子どもも年よりも、みな働きて、寺社や世府に差し出し、残りしものに、かろうじて命を維持す。災害、飢饉が驚かば、明日の命もなし。こうじ果てし者共は、京へ流れて河原の乞食となり、あるいは遊女、物取りとなりて、いづれ京の河原に朽ち果てて死ぬるか、大鷲の餌食となる」

小川の土手に腰を下ろした二人を、湿った風が吹きぬけていく。夕月は、着物の裾を手で押さえた。

「寺社は権力争いに明け暮れ、取り締まる宮廷もまたいさかいごとを繰り広げてやむことがなし。疫病が流行り、人心は乱れ、放火、人殺し、盗みは絶ゆるがなし。汝たちの、命を賭して得し、絹、鉄、米、油、弓矢、薬などの貴重品が、都を阿鼻地獄に貶めたるように思へてならず。念仏往生は、はたして正しや。すべてのもののためなる念仏とは、一体いかなるものなのか」

源空は目を閉じ、仏を瞑想して言った。空には小雨を誘う雲が流れていた。

「源空様はいとほし。我に文があらば、少しにもなんぢ様を楽にして上げらるれど、かかる賎しききはには、それをしてやるがせられず。どうぞ許したまへ。我らが働きたるは、自分たちのためなり。京の人たちが、生きていくために、必死に働きたると同じなり。働く価値は絹織物に移り、錦に染めし着物は、京の人たちを麗しくす。油は、我らの魂がともす明かりなり。その明かりに、我らの荘園が豊かになる。我らは、尚忠様より、そう教わりき」

「労働の価値が絹に移り、荘園の維持の仕事に帰りてくると、申されきや」

源空は、鉛色に変わってくる空を仰いで言った。

「絹に移りし働くの価値と鉄器の生産に移りし働くの価値は、別々なる働きにはあり、絹を作る働きは絹を輝かせ、刃を作る働きは刃を輝かせ、いろいろなるものを交換する価値に輝かす。貨幣がその交換の仲立ちをす。貨幣はありきありきて、もろもろの働きを必要とし、油や薬草を作らせ、わたりの暮らしを潤す。働くものは、皆平等なり、働きの貴賤をもって差別されず。尚忠様は、常日頃よりそう申されたり」

源空は言葉を失い、観覚上人の言葉を思い出し、手で懐の『往生要集』を押えた。

「汝は、その本を心の目に読んでいるのかと申しき」

赤の心理効果

夏警部は、蜜柑から報告のメールを受け取り、考え込んでいた。五つの朱色は、夕焼け、復習の執念、製鉄の残滓、流血、錦織、夜襲の炎。これは、もともと梶谷助教のアイデアで、暁海教授も支持していた。そして、寺尾准教授は「『法然上人における共生と自然観』で、『自然は色彩を持っている。物理学的に表現された波長の違いによる色彩ではなく、われわれが内的に感じるところの色彩感覚という意味合いでの色彩である。工業的産物としての色や、デジタル技術で作成される色ではなく、宇宙が作った自然に内在する色彩と生命が共感するところの色彩……ところで法然上人が育ち、情緒を育んでいった美作国を訪ね歩くと、このような自然色に数多く出会う。なかでも『赤』や『朱』にまつわる多くの出来事に出会う。赤は人間に独特の感情を植え付ける。法然上人の人格形成とは行かないまでも、情緒の形成にこの『朱色』が大きな役割を果たしたのではないか』」と書いている。

夏は、横浜港を見下ろして、大きなため息をついた。夏は、寺尾准教授がこの研究に、並々ならぬ執着と熱意とを傾けていたに違いないと想像した。

「いずれは、准教授から教授へ昇格しなければならない彼の立場を考えれば、なおさらである。『学会で懇意にしている』という暁海聡教授が、梶谷助教のアイデアになるこの研究が、日の目を見るように、サポートするのは当然だろう。梶谷寛子助教の提案は、おそらく日本古典文学の中にある色彩表現を、法然研究の叙述に応用したものだろう」

仲村輝彦の顔を思い出しながらつぶやいた。頭の中で推理するよりも、口に出したほうが、思考は具体的になる。

「梶谷助教の昇進も、学部重鎮の暁海聡教授にかかっているとすれば、この三人の結束は固いに違いない。だとすれば、梶谷助教が寺尾准教授と美作へ行ったかどうかは別にして、殺害動機が見当たらない。寺尾准教授には、誰かから恨みを買うようなことはあったのだろうか。梶谷助教は、妻子ある寺尾准教授となぜつき合いに及んだのだろうか。何か計算や打算があったのだろうか。そこに確執や怨みごとがあったとしても、たかが研究や昇進のことで恨みを買って殺害されるなど、あるはずはない。あるとすればもっと大きな何かがあったはずだ。それは何なのか」

夏警部は、冷えたコーヒーを口にした。蜜柑のいない捜査一課の部屋が妙にさびしく感じられた。そこへ青山刑事が現れた。青山は、ほかの刑事事件で飛び回っていたが、それも見通しがついたので、多少の手持ちぶさたに触手を動かしていたのだ。

「警部、菩提寺の事件の進展はありましたか？」

と、モーションをかけてきた。

「君は、例の宇宙人と交友のある、仲村輝彦さんを覚えているか」

と、誘いをかけてみた。

「はい。蜜柑さんが、その件で岡山へ飛んだと聞きました」

青山刑事は乗り気だ。

「これが、今までの捜査概要なんだが、暁海聡教授と梶谷助教を気づかれないように洗ってみてくれないか」

青山刑事は、しばらくパソコン画面を見ていたが、

「梶谷助教は出ていませんが、暁海教授はプロフィールがあちこちに出ています。すごい肩書きですが、ほう、彼は昔左翼だったのですね。それらしきタイトルの論文や著書が多数あります。現在は、政府や自治体の要職を務めていますから、転向したのですね。昔の左翼が、時代の変わり目でことごとく転向したということは、公安ならずとも、周知の事実です。でも隠れ蓑ということもあります。その辺のところを集中的に調べろ、そういうことですね。蜜柑さんの身辺も守れと」

青山は、ずけずけとまくし立てた。

「さすが、察しがいい」

夏警部は目を細めた。予備知識を得るために検索すると言って、青山刑事は出前で取った丼をつつきながら、パソコンとにらめっこをしていた。傍では夏警部が、寺尾准教授の論文に目を通している。

女性専用マンション

ちょうどその頃、一人のＯＬが帰宅の道を急いでいた。コンビニで買ったプラスチックバッグを、重たそうに手にぶら下げ、マンションに続く、照明のない暗い道を歩いていた。マンションまであと一息だ。最近できたばかりの女性専用のマンションには、防犯完備の設備が設置されている。途中、小高い丘があり、そこに古い神社がある。大きな椿の木が、道に覆い被さっており、宮川奈美というＯＬは、この三〇メートルばかりの薄気味の悪い小道を、小走りに進んで行った。防犯灯を設置するように、管理者に言ってはいるのだが、まだ実現していない。宮川奈美が、ガサという音に反応して鳥居の横に目をやると、人らしい物体がわずかに動くのが見えた。宮川奈美はまさかとは思ったが、恐る恐るその物体の方へ近づいて行った。

「キャー」という大声で、マンションの窓が開いた。プラスチックバッグに入っていた果物や食べ物が、あたりに散乱した。大声を聞き、心配して駆けつけた男性が、血だらけの女性を見て一一〇番通報した。まだ息があるようだ。辺りは騒然となった。まず、近くの交番から署員が駆けつけた。続いて、も寄りの警察署から鑑識を含めて数人のスタッフが駆けつけ、集まった住民に聞き取りを行っている。場所は、東急東横線反町駅から北へ四〇〇メートルほど行った住宅街で、東に中学校、西に広いお屋敷があって、現場は中学校に隣接して、こんもりとした林に囲まれている。神社は、鎮守の森といったところか。マンションは四階建てで、数年前に分譲を完了している。宮川奈美は、つい最近ここに越してきたばかりで、いつもの帰宅途中に、事件に遭遇したことになる。刑事の事情聴取に、ぶるぶる震えて答えている。第一発見者以外に、事件の起きた事情を知るものはいなかったが、発見の数分前に、黒色のセダンが走り去ったのを目撃した男性がいた。発進音からガソリン車ではないかと言う。

これ以外に目撃情報はない。大声や争う様子もなかった。消防が到着して死亡が確認された。頭が強打され、血が服を染め参道脇の枯れた草むらに付着していた。被害者の白っぽい上着とスカートが、まっ赤な血に染まり、グリーンのスカーフとコントラストをなしている。特に争った形跡はない。凶器と思われる血のついた鉄パイプが落ちている。通勤用のハンドバッグが、腕にしっかり抱えられ、中身も物色された形跡がなく、身分証明書と運転免許証から、被害者は法仁大学の梶谷寛子助教と判明した。住所は、ついこの先のマンションである。帰宅直前を襲われたのだろう。ただ、携帯だけが見当たらなかった。現場に到着した青山刑事と夏警部は呆然とした。

曉海聡教授の過去

しばらく聞き込みを青山に任せるつもりだったが、夏警部は青山を伴って曉海教授の研究室を訪ねた。第二の殺人事件は管内の横浜で起きてしまった。夏は悠長に構えていたことを反省した。上司からも叱責の檄が飛んだ。捜査本部が設置され、総動員体制で当たることとされた。

「まさか、梶谷助教が狙われるとは考えてもみませんでした。迂闊《うかつ》でした」

夏と青山は深々と頭を下げた。

「どうぞ頭を上げてください」

と言って、曉海教授はソファーに腰をうずめた。

「まさかこんなことになるなんて。寺尾准教授の件と何か繋がりがあるのでしょうか」

曉海も、困惑した表情を隠さなかった。

「今日は、そこがお聞きしたくてやってきたのです。先生は、梶谷助教と寺尾准教授の間に、何か異変があったかどうかご存知ありませんか？」

夏は、切り出した。

「といいますと」

暁海教授は、質問の意を解さぬといった表情で聞いた。

「寺尾准教授は、彼に何らかの殺害動機を持つものによって殺害された。そして、今度は梶谷助教が殺害された。ということは、梶谷助教も、同じ動機を持つものによって殺害されたと考えるのですが、いかがでしょうか。しかも、警察が梶谷助教に事情を聞いたことが、引き金になっているような気がするのです。犯人がこちらの動きを察知したか、梶谷助教が私たちの動いたことで、何らかのリアクションを試みたか、そんなことを想像してみるのですが。一週間ほど前に、先生を訪問してから、何か異変があったのではないかと考えるのですが」

夏警部は、二つの殺人事件に、何らかの関わりがあるのではないかとみて突っ込んだ。しかし、答えはあっけないものだった。

「いいえ、私は、ただ、寺尾准教授と梶谷助教の間に関係があるという情報をお出ししただけで、二人が誰かに恨まれているなど、想像も及びません」

「法然研究の成果を色彩表現するというアイデアは、梶谷助教が寺尾准教授に提供したものですね。そして、それは五つの朱色」

青山が、核心部分を突いた。

「ええ、確かにそうです。社会学にはそういう発想はありませんから、さすが日本文学的発想だと思って、私も賛成しました」

「先生にいただいた二つの論文と単行本は、ざっと目を通したのですが、これまでにない新しい切り口の研究だということが、何度も繰り返し述べられています。死の間際に口から出た言葉ですから、よほど准教授には執着があったのだと思います。ただそれだけでなく、犯人を示唆するようなメッセージでもあるような気がするのです」

夏が、追い討ちをかけた。

「彼は、そろそろ教授へ昇格する時期に達していますから、執着は、そういうことだとお考えになるのは自然です。しかし、そのことがトラブルになったりすることは考えられません。昇任人事は、適切なルールに乗っ取って行われていますから」

暁海は、落ち着いた口調で答えた。青山が表情の変化を追っている。

「梶谷助教の昇任はどうなのでしょうか？」

夏が畳み掛けた。

「捜査ですので申し上げますが、彼女もまた、近々准教授への昇任を控えていました。助教の任期は五年と定められていますので、今年の年末までに申請することができます」

「お二人とも昇任を予定されていたのですか？」

夏は驚いて聞いた。

「ええ、そのとおりです。お二人仲良く昇任ということで、私も楽しみにしていたのですが、こういうことになって」

暁海教授は、固い表情で答えた。

「しかし、人事を巡るトラブルはありえないのですね」

「はい、これははっきり申し上げて、厳格、明朗な基準に従って行われますので断言いたします」

「では、ほかに何か動機を抱いた人物がいるということになりますが、例えば、二人の仲をよく思わない人物とか、梶谷助教の交友関係とか、その点はいかがでしょうか？」

「さあその辺は、私どもには分かりかねます。一度だけ、寺尾准教授には、あまり深入りしないように注意したのですが、そんな関係ではないということでしたが、個人的なことなので、あまり介入はできません」

ここで、夏警部が、

「ところで、先生は今から四〇年以上前になるのですが、島根県と広島県の県境の峠で起きたバス爆破事件のことは覚えてらっしゃいますか？」

と、不意を突いた。青山が、教授の表情に一瞬動きが出たのを見逃さなかった。

「は、ええ。あの事件ですか。あの事件と今回の事件が何か」

冷静を装ってはいるが、視線に乱れが生じている。教授は、お茶に手を伸ばした。現在六八歳の教授はバス爆破事件の一九七四年は、二八歳の若さである。青山が調べた教授のプロフィールでは、当時、彼は大手電機メーカーの労働組合幹部をしていた。真佐子は、その当時、松江の繊維会社に勤務していたが、バス爆破事件で記憶を失ったので、曉海なる人物も記憶にない。当時、真佐子が母親とともに参加していた読書会のメンバーで、真佐子につきまとっていたとされる活動家の長末芳郎は、昨年、仲間だった行田と飛田によって、仲間割れが原因で殺害されてしまった。夏警部は、今回の事件の背景に、バス爆破事件の関係が匂うようなことを言いながら聞いた。

「先生は、福田真佐子さんという方をご存知ありませんか？　その方は、バス爆破事件の関係者で、運よく生き延びられた方です」

教授は、明らかに驚いた表情を見せたが、

「いえ、存じ上げません。事件のことは、当時の波乱に満ちた時代を生きたものとして、今でも記憶に残っている程度でして。でも、今回の事件で何か関係があるのでしょうか？」

と、冷静を装って聞いた。

「いえ、何も確信のあることではありませんが、何か思い出すことがありましたら、教えてください。少しでも、解明に関係する事があれば、調べるのが警察の仕事ですから。お気に障るところがありましたらお許しください」

夏は低姿勢に出た。実際、夏にとってはこれくらいが限度であり、寺尾と梶谷の二人を殺害した何者かが、バス爆破事件と関係があると推理する何の根拠もあるものではなかった。しかし、梶谷助教の死によって、寺尾准教授と一緒だったとされる女性は、梶谷よりも地元の女性の可能性が高くなった。

女記者たちの活躍

本井伝と野田の二人の記者は、これから岡山県北へ取材に行くという。備前新聞社では、新聞とは別に「岡山タウンワーク」という月刊誌を発行しており、これが人気を博しており、今回の企画『現代仏教と社会』がうけて、さらに発行部数を伸ばしているという。二人は、やる気になっている。那岐山麓殺人事件も、シリーズで、臨時増刊をはさんで三回目の記事になるという。秋もいよいよ深まってきた。蜜柑は、岡山県警へ挨拶を済ませてから津山へ向うと言い、仲村と真佐子はＪＲでのんびりと行くことにした。備前新聞社の二人は、社の車で津山を目指した。

「梶谷助教が、自宅のマンションに帰宅する途中を狙われて殺害されました。凶器は鉄パイプで、頭を殴打され死亡。物取りではない模様。携帯が不明。暁海教授に面会しますが、結果は後ほど伝えます。蜜柑にも伝えました」

夏からのメールを受け取ったのが、法然上人生誕の地誕生寺を過ぎたあたりだった。列車は漆黒の闇の中を走っていく。ひとつ後の便に乗った蜜柑も同じメールを受け取った。夏警部も蜜柑も、この事件がいま漆黒の闇の中を迷走していることに気づいていなかった。源空もまた、悟りの一歩手前で、迷いとの境を彷徨《さまよ》っているのと似通い、過去と現在が迷走の淵を共鳴していた。

五人は、駅前のビジネスホテルで軽い夜食をとった。

「寺尾准教授の死因は、岡山医療大学によれば、何らかの毒物によるものとの結果が出ていますが、まだ特定されていません。有毒植物には、ソクラテスの処刑にも使われた毒ニンジン、牛が一五分で死亡する毒ゼリ、青酸カリの数万倍の毒性のトウアズキ、トリカブトと並んで日本三大有毒植物のひとつとされる子殺しの毒ウツギなど一五種類があげられているのですが、そのいずれにも該当しないとのことです」

と言って、蜜柑が写真を一五枚、テーブルの上に並べた。備前新聞の記者、仲村と真佐子が、それぞれ写真を眺めていたが、真佐子が、

「ねえ、仲村さん。この最後の毒ウツギだけど、この前、美作国に行った時に見た植物に似ているわね。赤い実はそっくりだわ」

と言って、仲村の方へ肩を寄せた。

「ええ、覚えています。確か食べると死ぬこともあるとか言っていませんでしたか。山の斜面の所々に生えていましたね。でも、葉っぱの形が違うような気がする」

仲村が、写真を見つめながら言った。

「薬にもなると言っていた記憶があります」

と言う真佐子に、蜜柑が、スマホで検索した、毒ウツギの説明文を読んだ。

「北海道、近畿以北の本州の山地、河川敷、海岸の荒地などに自生する。高さは二メートル程度。春から初夏にかけて花が咲き、赤い実がなるが、熟すと黒紫色になる。有毒成分を含み、人が食べると痙攣、呼吸困難に陥り、場合によっては死に至る。茎や葉も有毒である。果実には甘みがあり、昔、農村で子どもが食べて死亡する事故が多かっ

たので、子殺しの毒ウツギとか、一郎兵衛殺しなどと呼ばれた。ドクウツギ刈りが行われた、とあります。真佐子さん、赤い実でしたか。大きさは一センチくらいで、房状の実だとありますが」

「赤い実でした。でも見たのは、那岐山の近くの田園地帯で、法然上人の親戚の方から聞いたのですよ」

と、真佐子が言うと、備前新聞の二人は、狐につままれたような顔をした。

「法然上人の伝記で見たのですか」

と、興味を示した。

「ええ、まあそんなものです。今、自生しているかどうかは分かりません」

と、仲村が助け舟を出した。蜜柑が笑っている。蜜柑は、真佐子と仲村の特殊能力について、夏警部からよく聞かされていた。

「薬用になるとは書いてありませんね。毒ウツギではないのではないでしょうか。それよりも、実が赤いというところが、五つの朱色に関係してはいないでしょうか」

という蜜柑の提案に、一同、

「それですね。真佐子さんが美作の国で赤い実の毒性植物を見たのなら、その植物の名前が分かれば。ちょっと待ってください。私、薬学に詳しい大学の先生を知っていますから聞いてみます」

備前新聞社の本井伝が、スマホを取り出した。相手が出たらしくしばらく話し込んでいたが、

「遅くなってもいいので、分かったら連絡ください」

と言って、電話を切った。

「五つの朱色のリストに、毒性植物の赤い実が付け加えられたわけで、この赤色が、殺害された寺尾准教授の研究のキーカラーということは分かるのですが、このことと犯人の特定とどう繋がるのでしょうか？」

本井伝が素朴な質問をぶつけた。もっともな疑問だ。

「まだ捜査上の推理に過ぎないのですが、この色彩を研究に生かすアイデアを出したのは、梶谷助教で、暁海教授も賛成していた。梶谷助教と寺尾准教授は、深い仲で、二人とも今年中に昇任の申請を出すことになっていたということです。そこに、何か重大な利害関係か、トラブルが潜んでいたのではないか、夏警部はそう考えているようです。これは、記者会見があるまでは内密に願います」

蜜柑は低い声で、少し推理を進めて言った。

「真佐子さんが話に聞いた植物を探しに、明日現地へ行きませんか。もしかしたら、今でもどこかに自生しているかもしれない。真佐子さんが実際に見ているので、自生していたら分かるはずです」

仲村が提案した。

「ぜひお供したいです」

本井伝は、若いだけあって乗り気だ。隣で、野田がうん、うんと肯いている。

「どうでしょう、本井伝さん。これから例の寺尾准教授と一緒だったという女性を探しに行きませんか?」

蜜柑が誘った。野田が目を輝かせている。自分と同い年くらいだが、本物の刑事だ。今がチャンスとばかり、身を乗り出している。いくら新聞記者と言っても、深夜の調査は気が引けるし、危険も伴う。

「でも、中年の女性としか情報がないんですが」

と、本井伝が聞いた。

「寺尾准教授と梶谷助教の写真があるので、この二人から探ります」

蜜柑はホームページから取った寺尾の写真と、大学から借りた梶谷の写真を二人に見せた。本井伝と野田は、

「よその人が行きそうな店を案内します」

と言って、仲村と真佐子を見た。

「居酒屋回りはあなた方に任せます。僕らはホテルでパソコンを借りて、ネット検索で情報を集めます。支払いはしておきます」

馬桑を探せ

仲村は、眠たそうな目つきの真佐子に気を遣って言った。女性三人が、勢いよくホテルのレストランを飛び出して行ったあと、真佐子は、もうひと風呂浴びてくると言って部屋に戻った。ホテルのパソコンは、一階のロビーにあった。検索キーワードをあれこれと変えて、赤い実のなる低木の植物で、食べると中毒死する、薬用にもなるという植物を探した。毒ウツギはすぐにヒットするのだが、なかなか、それらしきものに当たらない。携帯電話の着信音に出てみると、夏警部からだった。

「蜜柑さんは、新聞記者の人たちと寺尾、梶谷、謎の女の目撃情報がないか居酒屋などを調べています。私はネット検索です」

仲村は、瞬きしながら言った。

「実は、暁海教授は、往年の新左翼の活動家の生き残りのようです。若い頃は、けっこう華々しくやっていたようですよ。われわれの質問に対する答えの表情からして、バス爆破事件について何か知っているような気がします。確証はまったくありませんが」

「そうですか、私も東京へ帰ったらいろんな筋から聞いてみます」

そこへ真佐子がエレベーターから降りて来て、仲村の隣の椅子に座り、耳を仲村の方へ傾けた。

「実はこちらも、五つの朱色の中に、秋に赤い実をつける毒植物が候補として挙げられるのではないかと話題になり、真佐子さんが美作の国へ行った時に、法然上人の親戚の人から、毒で薬にもなると教わったので、今ホテルでいろいろ調べているところです」

仲村は、音量を上げてから言った。

「ほう、先生はその毒で寺尾准教授が殺害されたと」

「何の根拠もありません。備前新聞の記者に薬学の専門家がいるので調べてもらっています。ただ、似たような毒植物で、毒ウツギという植物があって、日本の各地に自生しているそうなのですが、真佐子さんに言わせると、ちょっと葉の形が違うのです」

「先生、あまり無理をしないでください。面倒なことは、何でも蜜柑に言いつけてください」

と言って、警部は電話を切った。

「輝彦さん、これ飲んでちょうだい。私、今日は疲れたわ。若い人には勝てないわ」

と言って、自販機の缶ビールをキーボードのそばに置いた。本人は缶のふたを空けて、早速呑んでいる。真佐子は、酒飲みの亭主の影響だと言って、けっこう呑む。ただ酔いが早く回るのが欠点で、すぐに寝てしまう。もう、あまり時間が残されていないように思えた。

「確か、阿只女さんが言っていたのは、『ま』なんとか。意味が分からなかったのだけれど。川の名前みたいなことを言っていたような気がしたの」

風呂上りのいい香りが漂ってくる。仲村はグーグル地図に切り替え、地名を追いかけて行った。勝田郡衙から北東にスクロールしていくと、川と地名の表示が出てくる。突然、現代へ時空移動したあたりまでスクロールして、さらに菩提寺の方へ行くと、真佐子が、

「これじゃないかしら」

と言って、モニター画面を指差した。拡大すると「馬桑川」という川が南へ流れており、北へスクロールすると「馬桑」という地名が見える。仲村は、真佐子と顔を見合わせた。馬桑川は、鳥取と岡山県の県境あたりを水源としている。真佐子は、源空が自分の幼いころ、この川伝いに稲岡の庄から菩提寺を目指したと言っていたことを思い出した。この川が浸食した険しい谷が、馬桑という地名だ。写真表示にすると、道路と住居が写るが、住居の数は少ない。県境は黒尾峠だ。黒尾峠を越えるとそこは因幡の国、鳥取県だ。

「でも真佐子さん、馬桑ってなんでしょうね」

「馬が食べる桑かしら」

真佐子は、眠い目を擦りながら言った。今度は「馬桑」で検索した。「台湾馬桑 毒」という説明文が、目に飛び込んできた。スクロールダウンすると、毒ウツギ科馬桑属という字が見える。開くと、小石川植物園の毒ウツギがあり、説明文に、「ドクウツギ属 Coriaria（馬桑屬）には、一六種がある」とされ、C.intermedia 臺灣・フィリピン産、ドクウツギ C. japonica、C. napalensis（馬桑）中国・ヒマラヤ産。『雲南の植物Ⅱ』85、『週刊朝日百科 植物の世界』８‐２９５、C. sinica（馬桑）『中国本草図録』Ⅱ／０６８０、C. terminalis 中国・ヒマラヤ産。『週刊朝日百科 植物の世界』８‐２９５」などが見える。このホームページは跡見学園女子大学のｗｅｂサイトだ。

http://www.atomi.ac.jp/univ/index.html「週刊朝日百科 植物の世界」は市販されている。この中の二つの中国産の馬桑が、真佐子の見た馬桑で、毒性があり「食べたら死ぬ」と、真佐子は教えられたのだと仲村は確信した。また、台湾産の C. intermedia 臺灣・フィリピン産に関しては、韓名で「台湾馬桑」と呼ばれ、中国の本草学史上において、分量がもっとも多く、内容がもっとも充実した薬学著作『本草綱目』に載っているものだろう。作者は、明朝の李時珍で、一五七八年に完成したとされる。法然の没後三五〇年のことであった。いずれにしても、これらの馬桑のどれかの種が、おそらく中国から美作の国へ何らかの方法で持ち込まれたのだ。備前新聞社の本井伝から電話が入り、馬桑は、中国の古い薬草辞典に記述があり、ウツギ科の植物で、確かに毒性があり、口内炎のような病気や、火傷のシップ薬として効能があるということだった。これに間違いない、仲村は確信した。だいぶ夜も更けてはきたが、仲村は、夏警部に電話した。早速、明日にでも美作警察へ連絡するという返事だった。真佐子も興奮の色を隠せない様子で、仲村をもう一度レストランに誘った。またビールを注文している。

居酒屋・萌黄

蜜柑と備前新聞社の二人の記者は、五軒目の居酒屋に入った。女性記者は、警察手帳の威力をまざまざと見せ付けられている。新聞記者の取材というのは、傍目《はため》に見えるほど楽なものではない。このような居酒屋の取材となると、店にとってPRになるなら気前よく応じてくれるが、そうでない場合には、追い返されるのが関の山だ。那岐山麓殺人事件に関しては、新聞やテレビでも報道されている、すぐに話は通じる。蜜柑の警察手帳で、すぐに担当者が飛んでくる。御用の向きは、顔写真の人物を見かけなかったかという聞き込みなのであるが、四軒の居酒屋風飲み屋では、まったく反応がなかった。蜜柑は、居酒屋かスナックの「ママ」あたりを謎の女性と考えているのだが、如何せん、中年の女性としか情報がない。しかし、寺尾准教授は、たびたび同地を訪れており、必ず、顔馴染みとはいかないまでも、現地案内をさせるくらいの女性はいるだろうと考えた。妻子がありながら、同僚の女性助教といい仲になっている。「犯罪の影に女あり」は、古今東西共通した教訓だ。寺尾も寺尾だが、妻子がいると知りながらつき合う女も、また裏返しで疑ってかかるのが、捜査の常道だ。「萌黄」は、中心商店街から、角を入ったところに暖簾を出す老舗の居酒屋だ。歩き疲れて、空腹感を覚えた三人は、空いたテーブルに陣取り、飲み物を注文した。学生アルバイトのような若者一人と、店主が切り盛りしている。客足の波は、すでに引いたようだ。蜜柑が手帳を見せて店員に用件を伝えると、カウンターの中の店主が、顔色を変えて飛んできた。

「那岐山麓で起きた事件について調べていますが、このような人に見覚えはありませんか」

と、蜜柑が聞いた。二人は、写真を手にとってまじまじと見ていたが、

「見覚えはありませんが」

と、口ぐちに答えた。カウンターで、一人で食事をしている中年の客に見せたところ、ちょっと記憶を手繰《たぐ》るようにしてから、

「ああ、この人なら」

と言って、寺尾准教授の写真を指指した。

蜜柑はついに辿り着いたと思った。一同がこの客を取り巻いた。客は驚いた様子だったが、

「この人なら、一度この店で話をしたことがあります。いつだったか、八月の下旬だったかな。妙に気があって、この辺の地理のことを聞くもんだから、いろいろ教えてやったんですね」

客は、刑事が神奈川県警と知って、標準語を話すが、どこかぎこちない。

「どういうことを聞いていましたか、覚えていますか?」

と、蜜柑がただすと、

「たしか、川の名前とか、お寺とか、観光地の場所とか、そんなありふれた話だったと思う」

店の常連客は答えた。

「女性と一緒ではありませんでしたか?」

蜜柑が核心部分を聞いた。

「はい、中年の女性が一緒でしたが、あまり記憶にありません」

「どんな服装でしたか、髪型とか、何か特徴に気が付きませんでしたか？」

「なんだか、地味な感じで、その時は店が混んでいたので、あまり気にも留めませんでしたから、中年の女性としか……」

常連客は口をつぐんでしまった。

八月の下旬というと、二三日の菩提寺のイベントの時と一致する。寺尾准教授は、おそらく前の日に女性同伴で、この店にやってきていたのだろう。蜜柑は、備前新聞社の記者に当日の宿泊がないか、神奈川県警の名前を出して、主なホテルに電話を入れるように命じた。推測通りの回答が返ってくるまでには、時間がかからなかった。確かに、寺尾准教授は駅前のホテルに、二二日に宿泊していた。このことは、美作署の調査結果と一致する。ただし、一人での予約だった。梶谷での予約がなかったかどうか聞かせたが、二二日ではなく、二三日に予約があった。それもそのはず、梶谷は午前中大学のオープンキャンパスに出ていた。では、二二日に同伴していた女性は誰なのか、梶谷以外の中年女性ということになる。また、寺尾准教授が殺害された時に一緒だった女性はいったい誰なのか、二二日に一緒だった女性と梶谷の両方に、時間的な可能性がある。梶谷は殺害されてしまった。念のため暁海教授の写真も見せたが、見覚えがないという。駅前のホテルに帰り、写真を確認させたところ、記憶ははっきりしないが、

「たしかにこんな感じの女性でした」

との証言が得られた。梶谷は、寺尾准教授に会うためにやってきた。そして寺尾准教授を殺害したか、殺害したのが別の女性ならば、寺尾准教授には会えずじまいで、一人でホテルに宿泊したのだろう。寺尾准教授の携帯は不通になっていたはずである。謎は、明らかになった分以上に深まっていった。蜜柑は、事件の真相が、遠ざかっていくよ

うな錯覚にとらわれていた。

霊山那岐

翌日、真佐子たちの一行は、奈義町を訪れていた。教育委員会を訪問し、用件を告げると、町内に植物に詳しい人がいるので、早速自宅へ行くことができた。

「さあ、馬桑という地名の由来は不明です。東作誌という古文書に、確かにその地名は出てくるのですが、法然上人の時代よりも、遥かに後の江戸時代に書かれた書物なので、地名の由来についてはまったく不明です。仰《おっしゃ》るように、中国原産の馬桑に由来するのかもしれませんが、いま、この地には馬桑は自生していませんし、むしろ今も自生している山桑か真桑が馬桑に転じたのではないでしょうか。山桑は、今も菩提寺の参道下に自生しています。この地には、古くから養蚕がありましたから」

と、馬桑の存在には否定的な答えが返ってきた。真佐子は、自分が実際に馬桑を見たと言いたかったが、それはやめた。『東作誌』は、正木輝雄が調査、著述、編集を行った美作国東部の地誌であり、本書で『作陽誌』と並んでたびたび引用している。『作陽誌』が扱わなかった東部六郡を扱った。松平氏の津山藩に雇われた正木輝雄は、一八一二年（文化九）より個人事業として、当時他藩や天領となっていた美作東部を回って伝承や史料の収集に努め、一八一五年に書き上げた。法然上人没後六〇〇年を経過した頃のことであった。植物博士は続けた。

「山桑は、高級家具材でつい最近まで、津山市の皿というところで、建築材や碁盤としての栽培と製材が行われていたので、この地でも、古く山桑の植林があったのではないでしょうか。形は違いますが、赤い実がなりますから、馬桑に似ているということで馬桑に転じたかもしれません。また、この山桑は高級絹織物の山繭蛾の餌になり、取れる糸は萌黄色した高級な糸でした」

真佐子は、源空たちと歩いた田園に萌黄色をした織物が干してあったのを思い出し、納得がいった。寺尾准教授が訪れた居酒屋の名前も「萌黄」だった（山桑は、今も菩提寺参道の下斜面に自生しており、筆者は実物を確認している）。したがって、法然の時代に、この地で萌黄の高級絹織物の生産が行われていた蓋然性は高いのである。しかし、地名の馬桑は cariaria japonika であり、毒性植物で、蚕の餌とは関係ないのである。山桑または真桑が転じて馬桑となったとも考えられなくもないが、地名の馬桑は深い谷に点在する集落であり、桑の生産地であった可能性は低い。同じ桑の字が当てられる錦織集落の西の広大な土地は、錦織とともに桑畑の存した地域であった（本書では、『東作誌』の作者正木輝雄の実地に根ざした調査研究の成果になる『東作誌』の地名である馬桑を、台湾馬桑が移入されたことによる地名と解釈する）。

「寺尾准教授たちは、このことを知っていたに違いない。でも、それが殺人事件に発展するほど重要なことなのだろうか」

と、仲村は胸に言って聞かせた。

寺尾准教授の写真を見せたところ、この植物博士は、寺尾准教授がやってきたことを覚えていて、同じことを言って聞かせたという。そして、霊山那岐に関して、次のようなことを自分自身の意見として教えたという。

「私は仏教や法然上人のことは詳しくはありませんが、幼名は勢至丸と言いましたか、彼が母親に押され、また叔父の観覚上人に才能を見込まれて菩提寺へ上がったというのは、単に父時国が夜襲を受け、緊急避難先として菩提寺へ匿ったというだけではなく、当時の霊山那岐山の日本国創建のシンボルとして、また修験道の参集するメッカとしての菩提寺へ上ることが、勢至丸の人生にかけられた思いがあったのではないでしょうか。霊山那岐の頂上には、古事記の冒頭に出てくる伊邪那岐、伊邪那美の命の名が刻まれた石が残っていますし、一〇世紀には鳥取県側に那岐神社が鎮座していました。那岐神社は、最初那岐山頂にあったものが、いったん麓の山の中腹に降ろされ、現在地に再度移されました。もっとも、詳しいことは、火災で焼失し言い伝えとして残されているにすぎません。那岐へ上る登山道の真下には、一一世紀にすでに一二の僧坊を持つ極楽寺があり大勢の修行僧で賑っていました。因幡の国側の極楽寺と美作の国の菩提寺とは道でつながっており、交流もあったのではないでしょうか。勢至丸はこのような環境の中で、成長していったのです」

仲村は、高校時代に文芸部に所属していたが、二年次の夏休みに登山部のメンバーを案内役として、伊邪那岐の命の石碑を見るため、山道を上って山頂を目指したことを思い出した。あいにく、雲が舞い上がってきて、那岐神社の側へ降りてしまい、目的は果たせなかった。

時国の死と寺尾准教授

「萌黄の絹織物は、確かにやっていただろう。それはそれとして、真佐子も見たのであるから、法然の時代の美作国の基幹産業であったのだろう。しかし、馬桑となると、はたして勝田郡菅家党の主要産業足りえたのだろうか。薬草に依存する当時の治療の現状からして、馬桑が勝田郡衙の主要産業になっていた可能性は十分ある。寺尾准教授は、そのことを調べていたのではないだろうか。薬として、また毒薬として、例えば戦の時の武器、矢じりに塗る毒薬として用いられた可能性は十分過ぎるくらいある。もしかしたら、法然上人の父親時国も、この毒矢で命を失ったのではないだろうか。法然が生まれた久米南条郡から備前道を南に行くと、弓削という所があるが、弓削部族は、毒矢を供給していたのではないだろうか」

仲村は、自分自身に問いかけていた。

一行は、奈義町の植物博士の紹介にあった、鳥取県の智頭町を訪れた。奈義町教育委員会から話が伝わっていて、智頭町観光協会の男性職員が対応に出た。「幻の」馬桑の話をすると、非常に興味を持ったらしく、やはり地域の植物に詳しい郷土史家に電話をかけて、馬桑について確認をしてくれた。「毒」成分の実のなる桑は確かに山にあり、今でも見かけると言う。桑の実と馬桑の実を混同しているかもしれないが、智頭町が、古くから自然大麻など薬草の利用を行っていた地域であるだけに、過去に馬桑が産業用に利用された可能性はある、というのが郷土史家の意見だった。一行は、岡山県側から見ると、ちょうど反対側に位置する那岐神社を訪れ、一一世紀頃のその存在感を確認して津山に戻った。那岐神社は、古事記の世界を再現する神社であった。那岐山の北側の麓に位置する極楽寺は、修験道たちの活躍を今に伝える寺院として健在であった。仲村は、寺尾准教授と梶谷助教が、存命中にこの地を歩いたのではないかと想像した。法然研究の成果をまとめるに際して、色彩理論を使うように勧めたのは、梶谷助教であったが、それは、このような蜜月の関係から生まれた発想ではなかったのか。梶谷もまた寺尾以上に霊峰那岐と法然の生涯に興味を持っていたに違いない。仲村は、この推理を真佐子に聞かせた。真佐子は、

「女はそのような甘いロマンに憧れるのよ。あなたみたいな悪人が使う手口よ。もう一度、二人きりで来てみたいわ」

と、小声でつぶやいた。

法然のシンボルカラー

五人はその夜、備前新聞社の記者が紹介してくれた居酒屋で食事をした。この居酒屋には個室があり、事件のことを話すには、うってつけの場所であった。市内の中心部にビジネスホテルが三軒あり、大通りから路地を少し入った

ところに、その居酒屋はあった。海鮮料理を売りにしており、仕入れは、山を越えて鳥取県から行い、その新鮮さと大きな生簀で泳ぐ魚介類がそのまま出るとあって、人気は上々であった。大きな掘りごたつの上にテーブルがあり、一堂、疲れた足を、まだ火は入っていない掘りごたつに入れた。今日はよく歩いた。まず、ビールで乾杯ということに決まり、ジョッキが高々とかざされた。オードブル、刺身、そして焼き鳥と大皿がならべられ、若い三人は、競うように食べ始めた。ビールは瞬く間に空になり、それぞれ思い思いの飲み物を注文し、捜査会議モードになってきた。まずは、年配の仲村が、

「今日はご苦労様でした。それにしても複雑怪奇な事件ですね。今回の事件は」

と、口火を切った。

「横浜の大学准教授が、旅先の菩提寺近くのレストランで毒殺された。毒は、今日調べた馬桑の毒と考えられます。まず、この点からして複雑怪奇ですね。青酸化合物ではなく、なぜ、わざわざ馬桑などという、手に入りにくいものを使ったのだろうか。これが第一の疑問です。寺尾准教授は、五つの朱色というダイイング・メッセージを残したのですが、自分の研究に執着していたことは分かるのですが、何か犯人につながることを意図していたのだろうか。愛人と呼んでいいでしょうか、自分の研究に色彩を使うことを勧めてくれた、同じ学部の梶谷助教は八月二三日、寺尾准教授に会うために、菩提寺へやってきた。菩提寺下のレストランにいたのは、梶谷助教だろうか、それとも、前日に居酒屋萌黄で同伴していた中年女性だろうか、これが第二の謎です」

蜜柑が、うん、うんと相槌を打っている。

「そして、第三の疑問は、萌黄の女は、はたして寺尾准教授とどういう関係にある女性なのか、そしてこの第三の疑問と関連するのですが、萌黄の女は横浜の人間かそれとも地元の人間か、これが第四の疑問です」

仲村は、ここで言葉を中断した。

「先生、先を続けてください」

と、蜜柑が推理を催促した。

「それから、舞台は横浜になるのですが、梶谷助教が殺害されたことに関して、なぜ犯人は梶谷助教を殺害しなければならなかったのでしょうか、これが五番目の疑問になるのですが、助教は夏警部が事情聴取をした直後に殺害されています。梶谷助教は夏警部が接触したことで、何かリアクションを起こしたのでしょうか、そのことが殺害につながったのでしょうか。これが第六の疑問です。犯人は、梶谷助教の帰宅途中を狙ったわけですが、なぜ彼女の自宅を知っていたのでしょうか。犯人は彼女と懇意にしていた人物でしょうか。もしそうでない場合、犯人はどのようにして梶谷助教の住所を知りえたのでしょうか。これが第七の疑問で、さらに、犯人はなぜ馬桑ではなく鉄パイプでの犯行に及んだのでしょうか。鉄パイプは、工事現場で使うごくありふれたものだそうです。そもそも、寺尾准教授と梶谷助教殺害の犯人は同一人物なのか、別々の犯行なのか、これが第八の疑問です」

　ここで、仲村は、推理を中断したが、真佐子が続きを引き取った。

「私も仲村さんと同じで、この事件は本当にミステリアスだと思います。そもそも、犯人は、なぜ寺尾准教授を殺害しなければならなかったのか、その人物像と動機です。これが第九の疑問で、次が犯人の馬桑の実の入手ルートです。これが第一〇の疑問ですが、インターネットで見る限り、現在では、東京の小石川植物園に栽培されているだけで、検索にヒットしないのです。智頭町の大麻栽培が問題となりましたが、馬桑が日本のどこかで秘密で栽培されているのでしょうか。台湾には自生しているようなのですが、これが第一一の疑問です」

「そして、これも根本的な疑問ですが、寺尾准教授はなぜ法然研究の叙述に際して朱、赤にこだわったのでしょうか。赤は確かに、情熱、恋、活力などいろんな心理効果を持つのですが、同時に社会主義、共産主義のシンボルカラーで、モスクワに赤の広場があるのをご存知ですね。国家行事を含むモスクワの重要なイベントが行われる場所で、そこから、赤というと共産主義のイメージになるのですが、もともと赤はロシア語では『美しい』という意味もあり、広場の名前は本来『美しい広場』だとされていたようです。寺尾准教授にあっては、赤は「美」を意味しているのではないでしょうか。広場には宇宙飛行士のガガーリンや政治家のスターリン、国際的労働運動家の片山潜、レーニンの遺体が眠っています。ちなみに、片山潜は法然上人と同じ美咲町（美作国）の出身です。寺尾准教授は、赤が持つ本来の情熱や恋などの美的イメージと、共産主義のシンボルカラーとを重ね合わせていたと思われます。寺尾准教授が懇意にしていた暁海教授は、かつて全共闘など新左翼運動が華やかなりし頃、その筋の活動家だったようです。今はリベラルに転向しているようですが、このことと今回の事件がどうつながっているかです。これが一二番目の疑問です」

仲村が、真佐子の推理を引き継いだ。メモを取っていた蜜柑が、

「法然さんのシンボルカラーと過去の新左翼運動を象徴する赤との共通点は、夏警部も注目していて、私たちのような若い世代には、理解が十分できないのですが、仲村先生の説明を聞いてやっと分かってきました。しかし、疑問なのは、その当時は、そういうことが当たり前であったとしても、今の時代にそのような考え方が、特に学会のような場で受け入れられるのでしょうか。宗教と左翼思想は油と水のような関係で、はたして法然上人の思想にそのような左がかった性質があったと言うのでしょうか。それから、そういう前提で考えると、寺尾准教授と親しい関係にあった梶谷助教も左翼がかった考えの持ち主ということになるのでしょうか」

蜜柑がもっともな、しかし重要な疑問を提起した。

「法然上人の思想が、現代の左翼思想に通じるものなのかどうかは、専門家でない私にはよく分かりませんが、一切衆生平等往生、悪人正機説、女人往生という専修念仏、称名念仏ともいいますが、貴族や有力武士など特権階級の教えに偏りがちだった当時の仏教に対して、広く万人に対して開かれた教えを広めたという意味で、仏教のパラダイ

ム転換と言うか、革新的な意味を持っていたのでしょうが、さて、そのことを現代に移し変えて言うと、左翼や保守という考え方自体が、過去のものと大きく意味内容を変えて多様化しており、直線的に結びつくものではないでしょうが、このような複雑多様な思想地図の中で法然上人の思想を解釈することは不可能ではないでしょう。日本文学の梶谷助教がどのような思想的背景の人なのか、著作を読んでみないと分からないのですが、彼女が寺尾准教授の考えに共鳴していたか、またその逆か、その可能性は大いにあると思います」

仲村は、蜜柑の推理の適切さに半ば驚き、国際刑事警察機構、インターポールへ転出したいというのも当然と思った。

ボトムアップ思考

興味深そうに聞いていた備前新聞社の本井伝が口を開いた。

「仲村先生の第一の疑問ですが、毒殺の毒に馬桑を使ったのは、犯人の警察に対する挑戦というか、調べられるものなら調べてみろと、謎賭けをやったのではないでしょうか。犯人が奈義町に馬桑という地名があることを知っていたとするなら、犯人もまたわれわれと同じように、その地名が有毒植物の馬桑に由来することを知りえたはずですし、事件の解明にヒントを与えることになってしまう。そういうリスクがあるわけですが、犯人はあえてそのリスクを承知で、馬桑を選んだと考えられませんか?」

「ということは、犯人もまた寺尾准教授と同じ研究をしているか、少なくとも共通の知識を持っているということですね」

仲村の質問に、

「ええまあ。寺尾准教授と同じ研究をしていなくても、有毒植物に詳しい人物で、その効き目を確かめてみたというような、テロ行為を働くような人物かもしれませんね。犯人は、自生をしている台湾に採取に行ったかもしれませんね。そしてどこか秘密の場所で、栽培している可能性もないではないと思います」

と、本井伝は答えた。

「それは面白い推理ですね。第二の疑問ですが、殺人現場にいた中年女性は、梶谷助教ではなくやはり、前日に萌黄で寺尾准教授と一緒だった中年女性だと思います。なぜなら、コンビニの店員の証言した女性客がその女性なら、それは地元の女性でないと変です。なぜなら、地元客を装う偽装なら別ですが、あんな辺鄙なところのコンビニに、外部のものが行くはずはないからです。梶谷助教は、ホテルで寺尾准教授と待ち合わせをしていた。連絡の取れなくなった准教授を待ちきれなくなって、翌日横浜へ帰ったと思います。おそらく、翌日の新聞かニュースで寺尾准教授殺害のことを知り、怖くなって帰路を急いだのでしょう」

土地勘のある、備前新聞社のもう一人の記者、野田が言った。

「居酒屋の萌黄で寺尾准教授と一緒だった女は、地元の女性ではないでしょうか。梶谷助教と同じ横浜の女性を連れて来て、次の日に梶谷助教と会い、萌黄の女を一人で横浜に帰すというのは不自然ですから、萌黄の女は地元の女性で、愛人だと考えたほうが自然ではないでしょうか」

「なるほど、それでは、萌黄の女が寺尾准教授に馬桑の毒を飲ませたとして、その動機は何でしょうか。別れ話など痴情のもつれでしょうか?」

蜜柑が聞いた。

「その萌黄の女は、地元の女ですが、地元民で法然上人について、そこまで詳しく知っているとは考えにくいので、誰かの指令で殺害したのではないでしょうか。萌黄の女に、殺人を犯させるほど親しい人物が、寺尾准教授の周辺にいるのではないでしょうか」

今度は本井伝記者が、鋭い推理を披露した。

「寺尾准教授に殺害動機を抱く誰かが、萌黄の女を使って殺害させたということになると、それでは、その人物は、なぜ殺害しなければならなかったのでしょうか。動機ですが」

仲村の質問に、野田は答えに窮して言った。

「それは、法然上人の研究にまつわる何かとしか考えが及びません」

梶谷助教が殺害されたことについての、五から八の疑問ですが、おそらく、梶谷助教は、寺尾准教授を殺害した犯人について心当たりがあって、夏警部の事情聴取を受けた直後に、その第三者に対し、何らかの働きかけを行ったのではないでしょうか。リアクションですね。そのリアクションを受けた第三者は、非常に困った立場になる。少なくとも、梶谷助教に何かを握られており、何か喋られたら非常にまずい、殺害しなければ、その第三者の身の破滅になる。そういう事情があったのではないでしょうか？」

仲村が言った。

「自宅に帰るところを狙ったということは、名刺交換をしたことがあるとか、年賀状を出したことがあるなど、個人的なつき合いのある人でしょう。凶器になった鉄パイプは、工事現場などのありふれたものだそうですが、私たちの若いころには、新左翼の活動家たちが、ゲバ棒としてよく持ち歩いていたものですね」

真佐子が、仲村の方を見ながら言った。

「これも、馬桑と同じく、犯人の警察への挑戦ですか。でも、犯人は警察を舐めていますね。警察に対する、よほどの敵対心があるのでしょうね。当時の新左翼は、警察を権力の手先と決めつけていましたから。梶谷助教を早速殺害しなければならない、差し迫った事情があったのでしょう。あるいは、梶谷助教から犯人の嫌疑を掛けられたか、梶谷助教の口から警察へ漏れる前に、殺さなければならなくなった」

蜜柑は、事件の謎が解けてきたような気がしたが、仲村の次の言葉で、顔が青ざめる思いに駆られた。

「皆さんの推理を聞いていると、曉海教授をトップとする、今回の法然研究の着眼点の当事者である寺尾准教授が殺害され、ついで、梶谷助教が何らかのリアクションを取って殺害されてしまった。ということは、曉海教授へも犯人の触手が伸びていることを意味しませんか。蜜柑さんどうでしょうか?」

蜜柑は、盲点を突かれたかのようなショックを受けたが、早速携帯を取り出し、夏警部あてに電話をかけた。

「パパ、今皆さんと話をしているところなの。居酒屋萌黄で寺尾准教授と一緒だったという女性は、地元の人じゃないかと。そう。それで、馬桑を殺害用の毒に選んだということや、梶谷助教を、昔ゲバ棒に使用した鉄パイプを凶器にしていることなど、警察に対する挑戦の意図があるのではないかと。それで、法然上人の研究成果を色彩で表現するアイデアで、具体的な昇任まで計画していた曉海教授も、犯人の何らかの秘密を知っている人物として狙うのではないかと、そういう話になったの」

夏は驚いた。そのようなことは考えてはみたが、こうして娘の口から聞いてみると、ありえない推理ではないような気がしてきた。

「まだ夜も更けていない。曉海教授には注意を促しておく」

と、言って電話を切った。

母の残した遺産

源空の母は古曾女といい、朝鮮半島から渡来した秦氏の集団の末裔であった。源空が修行生活を送る京の貴族や武士たちの正装の材料は絹であり、古曾女が属する絹生産の職能集団の製糸、機織技術が負うところの産業であった。源空は、子どもの頃、母親の手に引かれ、桑畑や、繭の飼育や製糸、機織の現場を毎日のように見ていた。実際に繭から糸を繰り出す作業を手伝った記憶も残っている。それは過酷な作業であり、また、赤や青の色に染まり、女性を美しく飾る織物に仕上がっていく様は、絵にもかけない美しさだった。暖かな春を迎え、桑の葉が茂ってくる初夏になると、母の故郷錦織集落では、村中が蚕の育成と糸取りに沸き返るのであった。また、この頃には水田での稲の栽培が始まり、集落が最も活気を帯びてくる季節であった。平安時代の初期から活発だった銭貨の流通が、一一世紀に入り銭貨が退蔵されて物資の価値基準が稲や絹で行われるようになったので、稲作と生糸の生産は活況を呈していた。空爾は、そのような環境の中で育ち、野山を走り回った。しかし、このことは時国一家にとっては不幸なことでもあった。時国が、錦織集落から古曾女を通い婚ではあるが、妻として娶《めと》り、世継ぎである空爾が生まれては、この磐石な地域産業の利権を時国に独り占めされることが、親戚筋の明石定明の妬みを買うこととなった。夜襲事件は、このような利権構造をめぐる諍いが元で起きたのだった。

京都の西陣織の技術をもたらしたのも秦氏であった。西陣織は五世紀に秦氏が渡来した頃から発展してきたと言われ、応仁の乱の時に、西陣織と呼ばれるようになった。法然の没後のことである。絹織物は次のような工程を経て作られる。まず、養蚕による繭の生産で、次に保存させるために熱による乾燥が行われ、ついで繭から糸が取り出される。強度を出すために縒り合わされ、生糸が作られる。生糸は織物に織り上げる前に染色され、赤や紫、緑色などの生糸になる。こうして、縦糸と横糸を折り合わせることで、美しい絹織物ができ上がる。この絹織物が、寺社や朝廷への貢納物となり、余剰織物が商品として売られたり、地元の需要に回されたりする。この製造プロセスを、順を追って説明すると、概略次のようになる。筆者は、大学学部卒業後、京都西陣織の帯メーカー・問屋に勤めていた関係で知りえた知識である。

蚕は桑の葉を食べながら、蛹《さなぎ》になって脱皮を繰り返し成長する人工の蛾であり、卵から孵《かえ》った幼虫が一齢、二齢から五齢となり繭を作る。繭を作った蚕が脱皮すると、親の蛾になってしまうので、蛾に脱皮させずに蛹の入った繭から生糸を取る。これが製糸で、錦織集落の職能集団の地味な作業となる。個別の農家でも、行われたかもしれない。三国連太郎の『白い道』には、そのような情景が描かれているし、津山市の領家遺跡からは、糸巻きなど製糸の道具が発掘されている。繭作りは、簇《まぶし》という木枠の箱に蚕を入れて行われる。蚕のために、パーティションで仕切られている、アパートのような木箱である。こうして繭ができ、蛹になるが、脱皮して蛾になってしまうと糸が取れないので、熱処理して、繭から糸を取り出していく。一本の糸は一キロの長さになるといわれる。強度を出すため数本の糸をより合わせ、糸巻きに巻いて撚糸になる。この状態の生糸は白色で、着色されるのが染色の工程であるが、織物にされてから着色される場合もあり、西陣は織物を染色すると聞いた。ヤママユ蛾が作る繭からは、萌黄色の生糸が取れるが、真佐子が菩提寺へ行く途中に見たのが、山桑を餌にしたこの天産糸から織られた萌黄であった。天蚕繭自体が薄い緑色をしており、光沢があり実に美しい。

源空は、母の墓参りの途中から、北気を運ぶ雲が本格的な雨雲に変わってきたので、今日中に尚忠の元へ帰るのを諦め、今宵は錦織集落の絹屋敷にある、祖父秦豊永《はたほうえい》の家へ泊まることにした（絹屋敷は、錦織神社の社伝でこの地にあったとされるのであるが、本書を書くための調査では特定できなかった）。秦豊永はすでに他界し、祖母が集落で余生を楽しんでいた。祖母は錦女と呼ばれ、機織の名手であった。赤色に染められた糸をたくみに織り上げ、京の女官や舞手たちが驚くほどの織物に仕上げた。空爾が物心ついた頃は、父時国は、稲岡の庄から錦織集落へ通ってきていたが、途中、母と二人で稲岡庄で暮らすようになり、そこから二町ほどの距離にある時国の屋敷から通うようになったのを、源空は今でも覚えている。時国は、治安・警察を任務とする押領使にふさわしい威厳のある武士であり、主を失った集団の凋落は早かった。集団を立て直す機運はないではなかったが、やはり身内の確執が原因であるだけに、押領使としての家柄の再建は難しかった。一方の明石源内定明の徒党も、美作国の権力機構から排除され、朝露のごとくいつしか胡散霧消してしまった。外来者に冷たいこの地域の古くからある差別的扱いは、この夜襲事件に対しても例外ではなかった。美作国を離れ、それがどういう理由であれ、他国へ移り住んだものが、地域共同体で身内として再び暖かく迎え入れられることはあり得ないことであった。

しかしながら、法然房源空を伝統的な地域共同体で育んできた共生的な情緒観念の数々は、「伝統的共同体は社会の存立のために、構成員の自立力と共生力を不可欠のものとしている。そして、子どもが、生活と生産のための自立力と、集団を構成する共生力を持った『一人前』として育っていくような発達環境を保証していた」（前掲、合原弘子論文、二一一頁。傍点は筆者）との指摘は、伝統的共同体の範囲を、空爾が生まれ育った錦織集落と稲岡庄、そして少年期に達した頃に経験した、菩提寺周辺勝田郡下の菅原尚忠の荘園、上京後も続いたと思われる美作国との交流──もっと広域的には因幡道、伯耆道を結ぶ、前著『法然上人生誕の地美作国に関する研究』で指摘した因幡、美作、伯耆トライアングル広域経済圏──に、そのまま当てはめることができるであろう。

おりから脊梁山脈を吹き抜けてくる北気は、源空と夕月の胸元を冷たく撫でて通り過ぎた。夕月の心根の温かさが、冷たく震える胸を暖めてくれるのだった。

「近頃は、蚕の飼ひ方にも工夫が施されて、一度にたくさんの絹糸が取るるようになりき。桑の木の畑も広くなりて、国府へ納むる絹糸も、年々増えてきたり。それどころか、集落へ残せる絹糸も増えてきて、絹織物の出来高が多くなりて、喜ばしきなるが、米や鉄、それに油などとの交換が不利になることもあり」

源空の祖母の錦女は、ここ数年の絹のいわば豊作貧乏について語った。あちこちに絹織物の産地ができて、絹の度量基準としての地位が弱体化していることについては、源空もよく承知していた。畿内以西の地域では、価値基準の役割は稲によるところが大きかった。そこで萌黄色をした付加価値の高い天蚕を勧めたのは、ほかならぬこの源空ではあったが、それが尚忠の荘園では成功したものの、久米南條郡の錦織集落ではまだ軌道に乗ってはいなかった。

「こちらに控えたる夕月が、天蚕につきてよく熟知したれば、繭の作り方の肝心なるところを、伝授すると思ふ。娘の阿只女殿とともに、絹糸の増産に励まるとよろしからむ」

源空の助言に、

「おお、かたじけなきお言葉、年が変はり、暖かき春を迎へせば、村の者をいかにも勝田へ行かせむ。よろしく願ひたまへ」

と、錦女は深々と頭を下げた。

天蚕を勧めたのが源空であれば、和傘に塗るための、また、防腐剤として使える油の取れる油木《あぶらき》の生産を勧めたのもまた源空であった。錦織集落の西に油木という地名がいまだに残存しているが、この地名は、源空の遺産といってよい。油木はいまも自生している。また京へ上り、それ以前に、木地師や聖たちから得た、薬草に関する知識をさらに磨き、菩提寺周辺に馬桑を広めたのも源空であった。馬桑は、毒にもなる厄介な植物ではあったが、有用な薬でもあった。都で重宝された薬のひとつであった。源空は幼少のころに、父親の一族郎党を狙った、あの悪夢のような夜襲を経験したのであるが、父時国の胸を貫いたあの矢の先端に、馬桑の毒が塗られていたのではないかと想像している。馬桑は、薬に乏しい時代には重宝されたが、子どもが誤って食して死亡することがあったことから、馬桑狩りといって、ことごとく山野から除去されてしまった。成長の過程で、源空は、この父親殺害の張本人、明石源内定明をどれほど憎んだことか。その復讐の念から発せられる燃え上がる炎に、どれだけ苦しんだことか、この苦しみは経験したものでなければわからない、煩悩の塊《かたまり》である。源空は、この煩悩の炎と戦い、そして今も戦っている。しかし、源空もその体と脳裏に年輪を重ねてきた。

「悪や罪を憎んでも決して人を憎むな、いな、身命を賭して、分け隔てなく慈しみの心をもちて寄り添え」

源空は、夕月の長い髪を目の前にするとき、そう自分自身に言い聞かせるようになった。比叡の鬱蒼とした森林に埋もれた僧坊の中にあっても、夕月の黒髪はいつも源空の瞳の中にあった。悪や罪を憎むことは、かかる世界に出自の縁を持つ夕月をも憎むことになる。ここへ、錦女の弟つまり源空の母親の叔父に当たる計雲が部屋へ入ってきた。源空と夕月は軽く会釈をした。

「おお、源空殿、それに夕月殿。ご無沙汰したり。お元気なりきや。もう、かれこれ二年は会ひたらずと思ふが、ごなめき*段、許したまへ」

計雲は、錦女のそばに正座をして言った。夕月が、深々と頭を下げた。

「計雲様には、ご無沙汰をしたり。この度は母の墓参にやりてこしたよりに、立ち寄らせてたまへき。とみなる消息に失礼をしたるが許したまへ」

源空は、母の義理の叔父に当たるこの計雲を尊敬し、父時国亡き後、父のように慕ってきた。

「京に、ごかしこくなられて、大勢のお弟子たちもせられ、活躍されたることは、尚忠殿より再三聞き及び、承知したり。今宵は、都の物語をとくとうかがひたし」

計雲は、源空に飲み物を勧めた。

「計雲殿、修行の身の故」

と、辞退しようとしたが、酒好きの計雲は強引に源空の湯飲みに酒を並々と注いだ。源空は、たまに酒をたしなんだ。

「さるほどに、砂鉄の生産のきはは、いかがならむや」

源空が地酒を口にして聞いた。

製鉄を巡る利権（地方豪族の経済的利権）

錦織集落の東約半里ほどのところに糘山《すくもやま》という小高い山があり、ここに花崗岩や砂鉄から和鉄を生産する、大規模製鉄所があった。『たたら製鉄』（吉備考古ライブラリィ一〇）では、北の出雲街道沿いにある宮尾遺跡に隣接する領家遺跡が、官衙に関する製鉄遺構だとされている（領家は、筆者の推測では、明石定明の在所で、そうすると製鉄の利権を巡る時国と定明の確執があったのではないか。このことは、三国連太郎の『白い道（上）』（二六頁）でも述べられている）。三国は、時国が、押領使の権力を利用して、蹈鞴《たたら》の中間搾取をしていたと述べている。長いが重要な部分なので引用しておこう。

「漆間時国の役職、横領使とは統領の義であり不善をなすものを取り締まる役であったが、その横領使がかえって荘民を圧迫し、私服を肥やした例は少なくはない。……搾取は地方豪族の当然の権利と見られていたが、定明が時国を『殷富のやから』――いんぷ『殷』は盛んの意、栄えて豊かなこと。また、そのさま。『貿易を業として、――を極め』――とののしったように、鉄生産の権利を持つ時国が、そこから得る利益は莫大なものであった。この時代、朝廷は諸国を大国・上国・中国・下国とその地形や産業の有無によって四等級に分けており、製鉄や綿織物あるいは上質米を産出する美作国は、第二級の上国の扱いを受け、国守を希望する者にとって魅力ある土地といえた。その魅力の筆頭は鉄の生産であった。鋳鉄は蹈鞴一基について数百人という労働力を必要とする組織的な生産方法なので、膨大な財力が必要で、この鉄生産でまた財力を築くことができた。古代における鉄生産は七世紀頃には常陸、近江、播磨、備前、備中、備後に集中していたが、十世紀から十一世紀にかけては、伯耆、備中、備後、美作、出雲、筑前、能登と、主に中国山系を中心に行われた。そして、朝廷が律令国家を形成していく過程に欠かせない武具や農耕具の鉄は庸調によってまかなわれていたのである」。

日本の製鉄は、一世紀ごろから原始的な鍛鉄《たんてつ》の技術によっていたが、六世紀頃から鋳鉄技術を持った朝鮮人の集団が入ってきた。この労働力は、蝦夷征伐によって暴力的に連れて来られた奴隷である「俘囚《ふしゅう》」があてられたとする説がある。長くなるが引用を続ける。

「日本の製鉄技術は二つの系統で入ったと考えられる。日本の鉄器文化の第一段階は、一世紀弥生中期に入り、それは八百度ほどの火力で作られる鍛鉄で、古代朝鮮では大多数がそれであった。その工法は、山あいの沢で自然通風によるものであった。天気のよい日を選び、薪の上に砂鉄を積み、さらに薪を積み上げて何日も焼き、出来上がった粗雑な鉄塊を再び火中に入れて精錬する。そして叩いたり、打ったりして鉄製品を造るというきわめて原始的な方法であった。一方、六世紀以後のU字型のスキや湾曲した釜は鋳鉄であり、中国のものと同じく、千度から千二百度の火力を必要とするため、鞴の技術を持ったものであった。日本に渡来した鉄生産技術は、古くは鍛鉄ばかりで、鋳鉄は新しいといえる。この六世紀前後の鉄生産技術の変化が、日本の侵略支配の構造の変わり目となったといえる。『出雲風土記』には漆間氏の本家（立石家——筆者）と関係を持つ飯島郡の条に『有鉄』とあり、仁多郡の横田郷の条には『以上の諸郷より出す所の鉄堅くしてもっとも雑具を作るに堪ふ』と記されてあるのは鋳鉄のことと思われる」

古代出雲の農耕や文化の技術的基盤は鍛鉄であり、六世紀以降鋳鉄技術を持った渡来人が入国し、古い工法の出雲文化は相対的に勢力を失っていった。月の輪古墳は、岡山県美咲町飯岡《ゆうか》大平山（標高三二〇メートル）山頂に、五世紀前半に築かれた古墳であり、鉄製短甲、刀、剣、鉄鏃、銅鏃などの副葬品が出土したが、この出雲の鉄文化圏にあったものと思われる。

「鋳鉄の場合、蹈鞴一基について数百人という労働力を必要とする組織的な生産方法であるので、膨大な財力の背景なしにはなし得ないものである。その技術を移入することによって、また強大な財力を築きあげることができたのである。それが漆間氏である。漆間氏の勢力下にはいくつもの蹈鞴が造られていた。そのことは、同時にそれまでの鍛鉄工法で細々と生産していた人々が圧迫され、支配されていったことを意味している。……技術革新によって富を得たものとそこから排除され、あるいは中間搾取される者との怨みの関係が生じていたのである。明石定明が時国に向って投げかけた『殷富のやから』とはそうして富をたくわえたものへの最大級の蔑称であった」（同書、二八頁）

見事な分析ではあるが、この搾取構造は、鉄のみに留まらなかったのではないだろうか。そして幼い空爾はそのことを知っていたのだと想像される。

貴《き》布《ふ》弥《ね》神社と稼山遺跡

法然房源空が訪れた錦織集落で、母親の古曾女は生まれたのであるが、古曾女の戒名に「海」の字がつけられていることが、誕生寺の位牌で確認できる。思うに「鉄」と「絹」は複合経営の形で営まれていたのではないだろうか。「養蚕業は、カイコ（蚕）を飼ってその繭から生糸（絹）を作る産業である。養蚕業の歴史は古く、中国から他国に伝わったとされ、日本へは弥生時代に中国大陸から伝わったとされる。養蚕業は蚕を飼うためクワ（桑）を栽培し繭を生産する。繭を絹にするために近代の工場生産の場合は、製糸工場で繭から生糸へと加工され、生糸をさらに加工して絹織物などの繊維になる。日本には紀元前二〇〇年くらいに、稲作と同時期にもたらされたと考えられている。一九五年には百済から蚕種が、二八三年には秦氏が養蚕と絹織物の技術を伝えるなど、暫時、養蚕技術の導入が行われた。奈良時代には全国的に養蚕が行われるようになり、租庸調の税制の庸や調として、絹製品が税として集められた。しかしながら国内生産で全ての需要を満たすには至らず、また品質的にも劣っていたため、中国からの輸入は江戸時代に至るまで続いた。源空の時代には、畿内以西では諸物の度量基準として絹が流通し、貨幣の価値尺度機能と流通機能を持っていたから、稲が主要な価値基準であった美作にあって、非常に貴重な商品であり商品貨幣でもあった。

このように絹は、つい最近まで輸入製品であった。したがって、伯耆の国の東郷池から美作の伯耆道を「絹の道」とするなら、輸入製品と地場製品が、出雲街道と美作道を経て京へ運ばれる道であったことになる。この美作道の途上に法然の腰掛石があったことは、単なる偶然ではなかろう。錦織集落の西方向、稼山の麓に貴布弥神社があり、ここから北上すると、人形峠を越えて東郷池に達する。東郷池は、この時代、大陸との交易を行う「貿易」港であったと考えられる。池の周辺は絹の生産地であったし、南の三朝《みささ》には大規模な製鉄産地があった。貴布弥神社は絹に関する神社である。きふねは貴船とも書く。貴布弥神社の西には倭文神社があり倭文川が流れている。倭文は麻であり、源空の時代のもうひとつの諸物の価値基準であり、時国の経済的な支配下にあったかもしれない。

もしも、秦氏の集団を倭の国へもたらしたのが海人ならば、海人族と秦氏は運命共同体であり、船には材木と鉄が欠かせないのだから、この集団は山へ向かって当然だろうと思われる。今、ここで物語が展開している職能集団はこのような人々から成り立っていたのではないだろうか。出雲街道筋に久米歴史民族史料館がある。古墳時代から平安、鎌倉にかけての貴重な情報が展示してある。鏡野町の中谷には、別所の存在と製鉄のそれが確認されており、おそらく、先ほど述べた俘囚を酷使した鉄生産が行われていたのだろう。中谷もまた、筆者が呼ぶ「絹の道」に隣接している。

美咲町金堀

岡山県三大河川の吉井川、旭川の高瀬船は、踏鞴製鉄の原料を運んでいた。国際労働運動家の片山潜は、天台宗の寺院の生まれで、幼少の頃、美咲町の本山寺で勉強した。本山寺は、社会事業家行基の開山。美咲町に金堀なる地名があるが、これは古くの時代に金が取れたというところから由来していると言う。誕生寺の北東一二〇〇メートルの所にある。近くには、西山神社がある。「地名の由来は、ある伝説に基づくものです。かつてこの地には金が産出される金鉱山という山があったと言われています。そして、産出された金を仲哀天皇の皇后で、様々な武勇伝などで知られる神功皇后に献上したというのです。その事から、この辺りは金堀という地名になったそうです。……神功皇后という人物は、実在したのかどうかは疑問視されている人物です。その生前の事業も、神秘的な部分が多く見られます。三韓征伐と呼ばれる、朝鮮半島への出兵の伝説があり、その旅路で全国各地を訪れ、様々な伝説を残しています。その伝説が地名となっている例は少なくなく、神功皇后が倒した牛のエピソードからついた牛窓（瀬戸内市）、胸が晴れるようないい景色だと褒め称えたという伝説を由来とする胸上（玉野市）等があります」（「美咲町金堀の地名の由来・岡山の街角」から）所在地が誕生寺に近いところから、その地域一円を支配していた漆間時国の経済的支配圏に位置していたということができよう。

美咲町には、鋳造所として「芋井谷」（美咲町大戸下）が見える。「片山潜記念館だより創刊号（二〇一五年七月）」で、河原要氏が、片山潜が炭を牛に背負わせて、雪の中、大戸というところで、陽明学で有名な山田方谷が開いている塾まで行ったとされている。もしかしたら、この鋳造所が明治の初期まで残存して、そのために木炭を運んだのではないか。また、この塾は鋳造所の跡だったのではないだろうか。山田方谷は幕末の陽明学者で、新見市に記念館がある。大戸下は美咲町羽出木から西勝間田へ向かう県道五二号線が吉井川にかかる橋の手前にあるローソンの辺りである。筆者は、若き日の空爾がこの道を通って那岐山の菩提寺へ向かったと考えている。芋井谷は時国の息のかかった、蹈鞴の鍛冶場だったし、沿道から少し離れてはいるが、金掘も時国の支配地だった可能性があるからである。空爾を安全に那岐山の叔父・観覚の元に送り届けるには、備前道を北に取り、今の津山市の国府から東へ向かうよりも、金堀、芋井谷など時国の勢力圏を通って行ったほうが、安全に違いないのである。

働くものは皆平等往生

「源空殿の憂へるるとおり、備前の世の蹈鞴鉄に押されて、近頃は稼山の鉄も度量基準が下がりており、経営はわりなき*が現状なり。はやく我等の美作国は、備前の鉄を朝廷の独占とせんために、支配地域より切り離して作りしもの。備前の世の鉄が独占せられれば、美作国の鉄は重要性の薄るるかたになれるなり。こうならば、鋳造わざを向上させて、素材よりも、刀剣や農機具、美術品など、価値の高きものを育成する必要があると考へたるなり」

計雲は、顔に憂いをにじませて言った。

「鉄作りは、過酷なる労働ゆえ、農耕にも影響が出づと聞く。また、桑畑の管理や繭の生産、水田のこと、生糸の生産など、広き範囲の弊害の出でぬが肝心と考ふ。鉄の生産に大量の木材が伐採さるれば、山の水の維持が損なはれば元も子もなし。高級な絹や、油の生産、釜や農機具、刀剣類へ力を入るるほうが得策と考ふれど、いかがなるものならむや」

源空は、京の東西の市場で商いされている品物を念頭に、差し出がましい提案と知りつつ言った。

「源空殿の仰せのとおり、近頃、山の保水機能が損なはれきて、近くの倭文川でたびたび氾濫の驚く様になれり。木の切りすぎのゆゑなるは明らか。植林を進めたれど、木の成長が、伐採に追いつきゆかぬ。尚忠殿に聞くと、山に桑の木を植林して、山繭蛾の幼虫より萌黄の絹を生産し、高額な度量基準を得て潤へると聞く。また、山桑の木は大経木になりて、家具に使ふといふかな、山の保水力も増すと言ふかな。我われも、それをまねびて、川を汚し、魚を死に至らしむる製鉄を、暫時縮小せむと考へたるところなり」

計雲は、酔いが回って饒舌になった口調で答えた。源空もまたほろ酔いの心地よさから、心にわだかまっていた言葉を発した。男だけの会話になったことを察した夕月は、濡れ縁に座り篠笛を吹き始めた。源空がお気に入りの曲である。

「計雲様のご意見をいかにも伺ひたてまつらばや。比叡山で出づる話しなれど、されば、地方の寺院や郡衙は零細民、奴婢、俘囚たちを過酷なる労働に駆り立て、食ふものも十分にあたへず、こき使ひたらずや。飢饉ともならば、飢ゑ死にするは虐げられし農奴の子や老人、河原乞食のみならずや。彼らの犠牲の上に、寺社や貴族など権力者は生き延び、自らのひがごと*を、死に行くものへ擦り付けるすべを知れり。朝廷の権力者や成り上がり者の武士たちに媚を売れどごときけしきは仏教、修行僧にあるまじきわざならずや。かかる主張は極論と心得るも、しかしながら、よくよく考えてみると、あながち誤りではなひと想像す。われらの尊敬する釈尊ならば、かかる事態をいかに考へ、いかに思索し、行動すべきが、朝な夕なに考ふれど、ふつつかなる我には、一向に回答の見つからぬ。計雲様、我の思うことにひがことやあらむ」

源空は、篠笛がかもし出す幻想の世界に誘われて言った。源空は、かくも素直に発せられた言葉が、自分の言葉とは信じられず、不思議な気持ちになった。

計雲はしばらく考えてから言った。

「確かに、源空殿の言はるる通りかも知れぬ。来る年、来る年、過酷なる労働、流行り病、事故等で、また子どもの間引き、老人の遺棄で大勢の者が死に行く。我らのわざのひとつに、かかる屍を野山、河原に葬るために、聖を呼び、手当てを与へて、とぶらふがあり。さてもおくりて働くものも、いずれは土に埋めらるる宿命を背負ひて、生きゆくべき。源空殿、働くものは、さながら働くといふきはにおきて、さながら平等ならずや。人はみな、生まれこしちぎりはさながら、同じならずや。この世に生を受け、もの心つけば、父母のわざを助け、農耕であれ、木こりであれ、狩りであれ、鉄づくり、鍛冶であれ、賤しき河原芸人であれ、人はみな、さきの世からの契りをもちて、それぞれの職分を与へられ、生きゆくが許されたるではなひならむや」

源空には返す言葉がなかった。と言うよりも、完全に打ちのめされていた。源空は、万巻の経典の中に解答を求めて、これまで勉学に励んできた。教義や経典はそれとして教えの道しるべである。源空の懐にある教義も迷える心の道しるべに他ならない。源空の胸に、

「心の目を持って読んでいるか」

という、観覚の声が計雲の声と重なった。計雲は学者でもなければ修行を積んだ僧でもない。秦氏の職能集団を率いてきた年老いた一介の翁に過ぎない。

「鍛冶職人が振り下ろす鉄の斧の一撃も、実りの稲を鎌で刈り取る、貧民のひび割れし手のひらの労働も、冷たき海にかづきて貝を採取する漁夫の痩せこけし体も、年貢を京へ運ぶ、土の色と皮膚の色が区別のつかぬ人足の労働も、宿駅で男に一夜の夢を与うる遊女の生業も、皆それぞれに価値あるわざではなひならむや。源空殿の仰せのとおりなり。かかる虫けらのごとき貧民の労働より得らるる価値ある産物を、世の繁栄のために生かしてこそ、為政者の真に生きたる、価値ある営みではなひならむや。政治の乱れは、かかる価値を減じ、乱れたる政治、為政者に媚びへつらひ魂を売るは、世の理と契りを心得ぬくらきわざと言ふべきではなひならむや」

酔いが回ったせいか、計雲の言葉が、心地よい響きとなって、夕月の奏でる幻想的な篠笛の音色に乗って語りかけてくる。雲は月明かりに照らされて流れ行き、月は山の端を照らし、煌煌として源空の胸の中へと滲入してくる。源空は、長い間深い霧の中に朦朧《もうろう》として閉じ込められていた何かが、僅かながら姿を現してくるのを感じた。その夜、夕月は夜の深けるのを忘れ、源空に篠笛を吹いて聞かせた。夕月自ら作った曲で、夕月はその曲を「山鳩」と名づけた。調べは、深い情念の世界を彷徨い、小川の清く澄んだ水のように流れ、聞く者の心を酔わせ、死者を憐れみ、生きる者の喜びを喚起し、永遠の境地へと誘《いざな》っていく。源空は、己の体内に巣食っている、あらゆる災いの団塊が、引き潮のごとくに消えていくのを感じた。開け放たれた戸の外には、まるで奇跡のごとくに、雨がやみ、雲が晴れ、赤い絹の織物のような雲が棚引いていた。最近、京の北の空を染めるようになった「赤気」であった。夕月の笛の音が赤気を呼んだのだった。この、古事記にも出てくる赤色の雲は、後に物理学が解明した、北の空を染めたオーロラであった。

第六章——盗用論文

これまで収集された、殺人事件に関する犯人像と状況証拠に関する推理は行われるも、事件解明に進展をもたらす動きは、まるでなかった。梶谷助教の身辺は驚くほど清潔、几帳面であり、何らつけ込む余地のない、清廉潔白な生活と仕事ぶりを示すものばかりであった。それは、寺尾准教授との噂を疑わせるほどの、模範的な大学教員としてのイメージばかりであった。教員仲間、学生、職員、交友関係にあるもの、家族、親類縁者、誰に聞いても、まるで聖人のごとき人物像が浮かび上がるのみであった。出てくるものは、何者かによって殺害されねばならない事情があったことを否定するものばかりであった。寺尾准教授とて同じこと。研究一筋、教育にかける情熱もさることながら、人から恨みを買うような、一点の曇りもない存在であったことが、聞き込みを進めれば進めるほど明白になってきた。研究熱心なあまり、梶谷助教は同僚の寺尾准教授にアドバイスを惜しまなかったのであり、それを、周りがやっかみで勘違いをして「いい仲だ」などと、噂を立てたのではないかとさえ思えるようになってきた。

そのような模範的な大学教員が、なぜ人から恨みを買うようになったのか、考えれば考えるほど不思議なことであった。何も出てこない先行きの見込みのなくなった捜査に、多少辟易《へきえき》とし始めてきた夏警部は、港の見える一課の部屋でソファーに深々と体を埋めていた。社会部の新聞記者からの問い合わせも、このところまったくない。世間から、殺人事件のことが忘れられているようにさえ思われた。最後に仲村と会って、もう三か月が経過していた。時折、事件解明について尋ねる電話がかかるのだが、

「申し訳ありませんが、大した進展がないのです。先生の方はどうですか?」

と、お互いに繰り返して、だんだんと尻窄みになっていた。岡山県警と美作警察の捜査も同様であった。備前新聞社

の記者も、相変わらず調査はしているようだが、蜜柑を経由して入ってくる情報は、先細りであった。伊豆半島や静岡県の暖地で、梅の便りが聞かれるようになり、やがて桜前線も北上し、春の香りが漂ってきた。事件の捜査は膠着《こうちゃく》状態に乗り上げていた。仲村は、授業をしながら、ひたすら考え続けてはいた。今回の授業は、前資本主義的生産様式における、生産と労働の関係についてであったが、法然がその生まれ育った美作国の経済とそこでの労働の意義に関して、どのような考えを形成していったかを考える内容であった。

追憶の授業〈八〉　ともいきの経済

日本では、古代社会から川砂や花崗岩から鉄を作ったのですが、これを蹈鞴製鉄と言います。そのための労働は、平安時代には、鉄を貴族支配階級に貢ぐための労働となりました。労働は自然との関係で位置づけられていたのですが、資本主義社会では、労働は倫理・道徳的性格の活動ではなく、労働者の生存を維持するために止むを得ず行われる苦痛に満ちたもの、と考えられるようになりました。労働力は資本にとって利潤（剰余価値）を生むための商品になったのです。だから、資本主義的生産の時代の労働は労働力商品へ転化しました。マルクス主義においては、「生産手段を持たない多くの労働者階級は、自らの労働力を商品として売らざるを得ず、生産過程に投入されて剰余価値を生み出すために生産手段の所有者（資本家階級）に搾取されることになると言うのです。ここに、労使の階級対立が生じることになります。自動車メーカーの期（季）間工は、景気の良いときに低賃金で雇われて、不況になると首切りにされる。つまり景気の安全弁として利用されます。多様な期間工や派遣社員、建設繁忙期の建設労働者、シフト制度、忘年会時期の居酒屋アルバイト、収穫時期の児童労働、介護現場の外国人労働者など身分が不安定な労働者が増加します。大学スタッフにも、非常勤や年限を限った雇用形態が増えています。

資本論ではこのような工場労働者をプロレタリアートと呼び、無権利状態の極貧の労働者とされています。中でもルンペン・プロレタリアート（ルンプロ）と呼ばれる労働者が描かれ、彼らは「相対的過剰人口（不況・合理化による失業者）の最下層が巣食うのは、被救護貧民の世界。浮浪者、犯罪者、売春婦など…本来のルンペン・プロレタリアートを別にすれば……」（『資本論』Ⅰ八〇七頁、向坂逸郎訳、岩波書店）とされています。余談ですが、ルンペンは浮浪者のことで比喩的に失業者とされます。ドイツ語の Lumpen から取られていて「ぼろ、古着」を意味します。一九三〇年（世界大恐慌）の頃よく使われたとされます。これに対し「ロビンソンの経済学」では、自由な働き方として、家事労働（DIY）、フレックスタイム、在宅勤務を重要視します。（第三章）今の格差社会の中での貧困労働者は、ルンプロの再現と言えるでしょう。フリーター、ニート、ホームレス、児童労働、バングラディシュで飢えて死ぬ子どもなどの問題は、このような、資本主義での貧困化問題として考察されます。他方では、使いきれないカネを稼ぐ大金持ちがいますが、そうした現象は、資本主義の搾取機構の地球規模の展開と考えられ、「パナマ文書」や「パラダイス文書」に見る、大金持ちの現金洗浄（マネーロンダリング）はこの貧困問題の対極にある問題です。資本論が優れているところは、この格差社会が再生される仕組みを明らかにしたところにあります。ところで、派遣社員制度を作ったのは誰でしょうか。

アメリカンドリーム（資本主義の成功する夢）でのし上がった一握りの大金持ちとして、最近はトランプやその娘のイバンカがよく登場するのですが、彼らが決して悪人だと言っているわけではありません。アメリカ人が建国以来信奉してきた、このアメリカ的成功の夢は、具体的には、機会の平等を通じての経済的成功や物質的繁栄の夢であり、その達成の過程にピューリタニズムの伝統に基づく勤勉、節約概念が存在しています。ベトナム戦争での挫折後、アメリカン・ドリームを過去のものとして語る傾向が強まり、「強いアメリカ」を掲げたレーガン大統領の登場は、アメリカン・ドリームに対するアメリカ人の思いを如実に物語ると言われています。Reaganomics からトランプ大統領のAmerica first、日本のAbenomicsは、この露骨な資本主義の精神です。

　これに対し、未開社会の労働、農業活動は同時に宗教的行為であり、また共同体の規範が重層した倫理であったとされます。近代的な意味での「労働」ではなかったのです。法然上人の時代の労働も、アジア的生産様式から引き継がれてきた、基本的にはこのような労働だったのでしょう。「共に生き生かされる」労働、「須弥山」という宇宙観の中で自己の位置を確認し、またそれを他人から承認される営みであって、現代人が言うような「道具によって自然を征服する労働」ではなかったようです。マルクス経済学では、労働そのものと機械・道具など労働手段、労働対象（原材料）は、労働過程を構成する要因で資本家の所有になります。所有権の絶対不可侵は市民革命の基本原則でした。この労働過程は、人間と自然との間の物質代謝の一般的な条件で、自然を変化させて生活手段を作り、自分自身の潜在的な力を発展させせます。人間の労働は、「道具を作る動物a tool-making animal」とされ、労働手段の使用こそが人間の労働の本質であって、人間を動物から区別するメルクマールとされたのでした（マルクス「サルが人間になるにあたっての労働の役割」）。

　アジアとヨーロッパを同列に論じるのはよくないのですが、古代から中世にかけて生産力が発展した歴史段階で、労働の成果である生産物が商品として交換されるようになると、労働が社会的労働となり、社会的分業の一部となります。法然の時代で言うと、桑を育て葉を収穫し、蚕（繭）から糸を取る。糸を束ねて織布にする、染料で染め、裁断し衣服にして売るといった商品経済が芽生え、やがて資本が労働力を商品として購入し、資本の付属物にして商品生産のための労働になります。ここから、ラテン語のalienato（他人のものにする）に由来する疎外された労働が語られることになります。資本主義以前の労働は、過酷ではあったが、他人の資本のための労働ではなく、自分と自分たちの共同体のための労働だった。封建領主に年貢を搾取されたが、それは地域共同体の長に対する剰余生産物の提供と意識されたようです。「ロビンソンの経済学」はこの古くからある共同体の経済を、高次元（資本主義的生産の成果物を生かしながら）で再現しようとする試みです。

悪夢の日記帳

真佐子は、仲村からの連絡が途絶えがちになり、不安な毎日を送っていたが、勤務先の道の駅の仕事が忙しくなり、仕事にかまけて、ついつい、事件から意識が遠ざかる毎日を、もどかしく思いながらも、ある種の期待感を持って過ごしていた。時空ワープの予感がして、旅行の準備はしたものの、使わずじまいになった平安時代の鋳貨や、「土産物」の絹織物などを、恨めし気に眺めながら、仲村からの連絡を待っていた。真佐子は、何かまた時空の異変が起きる予感を感じるようになり、いつ空間移動をしてもよいように、持ち物と心の準備だけは怠らないようにしていた。島根県の馬路に住んでいる、姉の景子の具合がよくないという知らせを受けて、真佐子は山陰本線で馬路を目指した。景子は、すでに夫を亡くし、息子夫婦と孫の五人暮らしをしているが、このところ体調を崩していた。ＪＲ馬路駅から坂道を少し登ったところに、景子の古い造りの家があった。景子は気分が良いのか、布団の上に起き上がって、綻び始めた庭の梅を見ていた。真佐子は、景子に土産を渡して、庭の見える濡れ縁に腰を下ろした。そこは気分が和む、真佐子の大好きな場所だった。仲村が大学生の頃、真佐子の実家を訪ねてきて、ここで夕食を食べ向かいの浜辺で一緒に海水浴をしたのだが、それは仲村の記憶によるもので、真佐子には、その思い出はなかった。真佐子にとって、それはむなしい過去だった。

「元気そうなので安心したわ」

真佐子は、すっかり生気をなくした景子に言った。

「お前は、まだあの男性とつき合っているのかね？」

景子は、会えば口癖のように言う問いを重ねた。

「ええ、でも昔なじみのいい友だちとしてよ。私には、あの人とつき合っていたといっても、もう四〇年も近く前のことよ。それに、二十歳以前の記憶はないし、写真もない。あの人と再会したって、もう、愛だの恋だのという年じゃないわ。お姉さんに心配かけるようなことはしていませんから、安心してちょうだい」

真佐子は、中国山地でのバス爆破事件で傷ついた心と体を癒すため、退院後、景子の家で半年余りを過ごした。それ以前の記憶は、もちろん失っていた。そして再び働き、見合いで結婚し、湯玉の港の近くにある見合い相手の自宅へ嫁いだ。しかし、三年前夫と死に別れ、孫ができて手がかからなくなったのを機に、気晴らしに姉の家へ通うようになり、馬路駅の下の浜辺で偶然にも仲村と再会した。平家の琴の名手、琴姫伝説のある琴が浜での四〇数年ぶりの再会だった。その時から、妙な時空移動の体験をし始め、二人に共通の過去の、時空移動を繰り返すのだった。得体の知れない何かに操られるように、おそらく真佐子の記憶喪失の原因となった、バス爆破事件の真相に迫るような時空移動なのである。

バス爆破事件の直前に、真佐子は、母が父親と離婚をした後、再婚した大阪の岸和田へ母親を訪ねて行き、新左翼集団の読書会に母親と参加しており、しつこくつきまとわれた大学生を振り切って、着の身着のままで馬路へ逃げ帰ってきた。そして、その男は、横浜駅裏の繁華街で殺害され、二人組の犯人は、真佐子と仲村の協力で逮捕された。犯人で拘留中の飛田と行田は、岡山県と鳥取県に所縁の新左翼系の友人が、女と渋谷辺りを歩いていたのを見聞きしたと、横浜の拘置所で話してくれた。この目撃された男と、四〇年前のバス爆破事件とをつなぐ手がかりは、「新左翼系」ということだけで何もなかった。岡山や島根とかかわりのある人は、五万といる。しかし、気になる手がかりではある。そして、寺尾、梶谷という、横浜の二人の大学教員が殺害された。手がかりは、法然上人研究と「五つの朱色」だけであった。まるで、推理のしようのない雲を掴む話であった。数十年の時空をまたがって、何かがどこかで繋がっているに違いないのだが。

「箪笥の一番上の引き出しの中に、茶封筒があるから、持ってきておくれ」

景子が、咳き込みながら言った。

「お前が、岸和田から帰ってきた時に持っていてお前に渡すと思い出すといけないと思い、隠しておいた日記帳だ。何か思い出すかもしれない。読んでごらん」

と言って、景子は、茶封筒からハードカバーの日記帳を取り出して、真佐子に渡した。

「私の日記帳。どうして今まで隠していたの？」

真佐子は動揺を隠し切れない、上ずった声で聞いた。

「別に隠したわけじゃないが、お前の容態を気遣って、渡すことができなかった。そして、有耶無耶《うやむや》になった。でも、今のお前には仲村さんという協力者がいる。彼に相談して、失われた過去探しをするんだね」

景子は目を閉じた。真佐子は、すぐには日記を読む勇気がなかった。情け容赦なく、過去のベールが暴かれるからだ。失われた過去が、この日記の一頁一頁によって、白日のもとに曝け出されるからだ。日記を支える真佐子の手が震えた。岸和田から、深夜、雷雨の中を着の身着のままで帰ってきた。そして、まる三日間、死んだように眠っていた。その理由が、この日記帳に記されているのだろう。恵子が、真佐子にこの日記帳を返したということは、そう判断したからだろう。真佐子は、泣き出しそうになった。そして、仲村を思い出し、

「あなた、見つけたわ」

と叫んだ。景子は布団にもぐりこんだ。

景子が寝てしまってから、真佐子は、恐る恐る日記帳の頁をめくっていた。昭和四九年の日記帳だった。縦書きの日記帳で、万年筆で文章が綴られている。毎日毎日が、その日にあったこと、考えたこと、見たこと、天気などが断片的に綴られている。

「今日は、街を歩いていて、仲村さんのことを思い出した。元気かしら。なぜ、思い出すか分からないけど、もう一度だけ会ってみたい気がする。でも無理かしら……」「段々世の中が荒《すさ》んでくるような気がする。今日も殺人事件のニュースが流れていた」

地味で、淡々とした一日の出来事が書かれている。母との楽しい思い出や、読書会のことも書かれている。七月三〇日の頁にきたとき、真佐子は、次の文に目が釘付けになった。

「あの京都の大学生が、私に言い寄ってくるようになった。気をつけないといけない。決して隙を見せてはいけない」

そして、そのような文章が目立つようになった。翌日の頁に、

「あの大学生が、駅前の公衆電話のところで私を見張っている。……バイトの帰りにも待ち伏せして、アパートまでついてきた。大声を出したら逃げて行った。アパートの大家さんにも言っておいた。大家さんは気をつけるようにと言った」

予想していた通りではあったが、八月に入ると、

「殺されるかもしれない。大学生以外にも、労働組合の活動家たちが絡んでいるようだ。NK。私は、そのような団体には決して入らない。私は、プロレタリア文学の本を読むのが好きなだけだ。あんな殺人集団なんかには、決して入らない」

「あの男は、私を狙っているんだ。言いなりにしようとしているんだ。郷里へ帰った方がいいかもしれない。お母

さんに言うと、お母さんにも魔の手が伸びるわ、どうしよう。あの組合の活動家から、本を借りたのが良くなかった。仲村さんに会いたい。私たち、どうして別れなければならなかったのかしら。その訳が知りたい……」

真佐子は、気を失いそうになった。この頁が八月一〇日で、その後は記されていない。真佐子は、仲村にメールを送った。

「岸和田にいた時に書いていた日記帳が、景子姉さんのうちから出てきたわ。恐ろしいことが書いてあります。明日、出雲空港から羽田へ飛びます。会ってください。お願いします。日記帳を持っていきます。読んで、あなたの感想を聞かせてください。私、気が狂いそう」

真佐子は、まんじりともしないで返信を待った。そして三〇分後、返信が来た。

「分かりました。羽田で待っています。気をつけてきてください。僕がついています。安心して」

真佐子は、泣き出してしまった。仲村は、この件を、一応夏警部に連絡して、真佐子を待った。一連のことが、どこでどうつながっているか分からない。日記の内容は、真佐子からメールで受け取っていた。

「殺されるかもしれない、組合活動家、狙われている、言いなりにしようとしている、殺人集団。NK」

考えたくもないような言葉が、日記に書き込まれている。真佐子は、京都の大学生、長末芳郎に殺意を感じたのだ。長末芳郎は、すでに横浜で殺害されたが、真佐子にしつこくつきまとっていたことは、読書会の主催者の春日居玲子から聞いて知っていた。第三の男、「組合の活動家」がいたことは驚きだった。しかも、「言いなり」にしようとしていた。NKはなんだろう。仲村は、鳥肌が立つのを感じた。真佐子の乗ったJAL機が到着するまでの時間が、長く感じられた。日記は、八月一〇日を最後にその後は記されていない。そして、真佐子が姉の景子の元へ帰ってきたのが、八月一三日であった。これは、景子の記憶で間違いない。では、その間、真佐子はどうしていたのだろうか。二日間、眠っていなかったのだろうか。仲村の想像は、良くない方向へ傾いていた。仲村は、羽田空港で、神妙な顔つきの真佐子を迎えた。

時空のカーテン

仲村は、夏警部から、寺尾准教授と梶谷助教の共通の上司である暁海教授を研究室に訪問した際、四〇年前のバス爆破事件を話題にしたが、その時の暁海教授の表情が、微妙に変化したという報告を受けたことを思い出した。刑事は、捜査、特に聞き取りの際には、必ず二人組で行くことになっている。重要参考人の事情聴取の際には、心理学に長けた捜査官を同行させる場合がある。それは、表情から微妙な心理の変化を読み解くためである。青山刑事は、若いが、被疑者の微妙な心理状態を表情から読み解く名手だ。認知心理学に関する論文「会話の瞬間的変化の認知 Perceiving a momentary change in oral expression」も書いている。暁海教授は、バス爆破事件について何か特別な関心がある、それが青山刑事の見立てであった。真佐子からのメールにあった「組合活動家」としての経歴は、暁海教授の経歴だ。組合活動家が大学教授になったケースは、仲村もよく聞いた話だ。真佐子の日記に出てくる組合活動家が暁海教授だとしたら、彼の年は当時二十代の後半ということになる。長末や暁海の「殺人集団」としての秘密を知った真佐子は、狙われて当然だし、また組織に引き入れようとして、「言いなりに」されようとしたことも考えられる。真佐子は身の危険を感じて、郷里に逃げて帰ったのだろうか。長末や暁海は、真佐子の郷里が、島根県の仁摩だということを知らなかったのかもしれない。

しかし、読書会には真佐子の母親がいたし、主催者の春日居玲子は真佐子と同郷の同窓生だったので、調べれば居所が分かる。春日居玲子は、真佐子が郷里へ逃げ帰ったあと、仁摩の景子のところへ電話をかけている。また、毎年のように年賀状を真佐子へ送っている。春日居玲子は、つい最近、真佐子が事実を告げるまで、真佐子が、バス爆破事件で記憶を失ったことを知らなかったのだ。長末、暁海らのグループは、真佐子を亡き者にしようと、バス爆破を企てたのかもしれない。そんなことがあったのだろうか。仲村は、自分の推理が恐ろしくなった。しかし、ありえない話ではなかった。真佐子に、この推理を話そうか迷った。真佐子も、当然この推理を巡らせているに違いない。NKは何の略だろうか。人名のイニシャルだろうか。団体名だろうか。八月一〇日には、日記が記されている。一三日には夜遅く、JR馬路駅へ着いている。一三日は朝早く出ているから、空白は、一一日と一二日ということになる。この空白の二日間に、一体何があったのだろうか。

革労協内ゲバ事件

「ここは、われわれ警察に任せてください。バス爆破事件は時効が成立した事件ですし、下手に切り込むと、名誉毀損などで相手から返り討ちを食う恐れがあります。実は、今回の殺人事件に関しては、われわれの方へ、ある情報が寄せられてきたばかりなのです。つい今しがたのことなのですが、実名の名指しで、寺尾准教授の最新の論文の内容が盗用されているのではないかとの、電話による垂れ込みなのです。もちろん、名前は名乗っておりません。電話を受けた者の印象では、相手は、女性で落ち着いた言葉遣いの丁寧な、中年の感じの声だったということです。電話番号は、非通知になっていたようで不明です。昨日の午前中だったということです。要件を告げると、すぐに電話を切ったとのこと。もちろん録音はしていますが、肉声で判断する限り、静かな部屋の中のようで、物音は一切聞き取れません。蜜柑は、寺尾准教授の奥さんではないかと言っています。実は蜜柑は、寺尾宅を訪問した際に、声を録音していたのです。声紋の鑑定に出していますから、すぐに科捜研から結果が来るはずです。先生はどう思いますか」

と、夏警部は蜜柑と青山刑事を従えて、捜査一課の応接室で言った。

「その前に、警部、真佐子さんのお姉さんの家から出てきた、バス爆破事件の二年前の日記ですが、真佐子さんが岸和田から着の身着のままで、逃げるように仁摩へ帰郷した直前の日記の内容が、横浜駅の事件で殺害された、当時京都の大学生だった長末芳郎と、日記によると某組合活動家に狙われている、殺されるかもしれないという内容なのです。真佐子さんいいですか」

と断って、夏警部に該当箇所に付箋が貼ってある頁を開いて見せた。警部は、しばらくその頁を読んでいたが、

「昭和四九年八月と言えば、例のあの事件ではないでしょうか。革労協の襲撃による死亡事件ですが」

と言って、青山刑事に、事件のデータを持ってくるように告げた。

「確か、当時革労協を脱退したメンバーに対する報復事件があって、私たちも内々に調べていたところです。真佐子さんは、何かのきっかけで、例えばあの読書会の会合で、メンバーの長末芳郎から襲撃事件のことを聞いたとか、耳に挟んだとか、それで長末と組合活動家とされる者から狙われることになったのではないでしょうか」

真佐子は、夏警部から自分が取調べを受けているような気持ちになって言葉が出なかった。しかし、記憶がないのだ。そこへ青山がプリンタから出力した紙を持ってきて配った。新聞記事には、

「七月三〇日、大阪の岸和田市で新左翼過激派同士の内部抗争による襲撃事件があり、大阪清明大学の君川哲夫さんがゲバ棒のようなもので殴打され、病院へ運ばれるも死亡した。君川さんは、大学の研究室を深夜に出て、岸和田のアパートへ帰る途中、明かりのない田んぼのあぜ道を歩いていたところを襲われたもようです。目撃者はおらず、目下犯人の手がかりを得るため、岸和田署が交友関係などを捜査中」

と、書かれている。昭和四九年の大阪日報の新聞だ。

「この事件は、横浜での殺人事件の飛田、行田が絡んでいた事件ではなかったかと、公判でも検察から証拠提出と尋問が行われたのですが、結局、長末たちが襲った当時の嫌疑に関しては、黙秘され証拠にはならなかったのです。

しかし、私たちは、この襲撃事件のことを恨みにしていた飛田と行田が、二年前の横浜駅裏通りで報復した動機のひとつだと考えています。もう結審してしまいましたが」

と、夏警部は新聞の資料を見ながら言った。

「警部、真佐子さんの日記が出てきた以上、ここは、あの二人にもう一度白状させに行くべきです」

蜜柑が強い口調で言った。青山が、

「締め上げて、吐かせてやりましょう」

と、蜜柑を援護した。夏警部が、

「そうだな。あの二人、判決が出たところで、観念しているだろうな。警察に協力すると、情状酌量もあるかもしれないと考えるだろうな」

と言って、笑った。

「真佐子さんの日記にある、ＮＫというアルファベットは何でしょうか?」

青山刑事が残る疑問を付け加えた。この件に関しては、誰もが遠慮していた。仲村は、真佐子を見た。真佐子は、うんと肯いた。

「それはきっと人の名前だと思います。私の癖で、漢字が分からないと面倒で、今でもイニシャルで日記を書く癖があります」

と、真佐子が言った。仲村は、真佐子が今も日記をつける習慣があることを知って驚いた。

「この件は宿題ということにしましょうか」

と言って、夏警部は先を急いだ。しかし、夏の胸中にはある算段があった。

「ところで、寺尾准教授の論文が盗用されているとの情報ですが、考えてもみませんでした。普通は、だれだれの論文に盗用が見られるという通報なのですが、逆の通報なんです。ということは、通報者は、盗用が行われている論文を知っていることになります。当然盗用した人もです。通報者が誰かは分かりませんが、寺尾准教授の奥さんだとすると、盗用されたことが、今回の事件を引き起こしたのではないかと考えているのではないでしょうか。寺尾准教授の奥さんは、故人の遺品を整理していて、登用した人物の論文か著書を見つけたのではないでしょうか。これは、まだ誰にもお話していないのですが、寺尾准教授の例の二つの論文は、昨年の秋、確か九月に発行されているのですが、掲載可否のための査読は、その年の二月に行われ、書き直しがあって、パスし、九月に発行に至っています。査読というのは、その研究が発表に値するかどうかを検査するために、第三者に匿名で委託して行う、品質検査みたいなものです。そして、脚注には、一昨年の夏の学会で報告したものに、加筆修正を加えて執筆したとなっていますから、盗用したという指摘が真実であれば、盗用者は、今から二年前の夏の学会で知りえたということになります。そして、無断で自分の説であるかのごとくにまとめて発表した。今回の通報者は、その辺の事情を知っている人によるものでしょう」

仲村が、なかなか事情を飲み込めないといった表情で聞いている関係者に、わかり易く説明した。

「論文の盗用というのは、例の『五つの朱色』の着想ですね。『法然研究と色彩表現』は、今から五年前に出ているので、盗用者は、その頃から寺尾准教授の着想を知っていたことになりますね」

蜜柑が補足した。

「そういうことになりますね。盗用者は、おそらく、この着想が、研究水準のかなりの大きな知見になることが分かっていて、しかし、寺尾准教授ということになると思いますが、若くて精力的な調査と発表で、はるかに凌駕されているることに、焦りを覚えていたのではないでしょうか」

仲村が補足した。

「素朴な疑問ですが、なぜ、盗用者は断りなく自分のものにしたのでしょうか。これは寺尾准教授の知見で、自分としては、これに、かくかくしかじかの新たな知見を加えた、と正直に書けばいいのではないのですか。人の手柄を自分の手柄にするなど、刑事の世界ではもってのほかです」

と、夏警部が言った。

「色彩表現を取り入れた研究というのは、日本文学の梶谷助教と重鎮暁海教授が後ろ盾としてついている。そういう相敵対する学閥みたいなものが背景にあるかもしれません。昔は、何々派と何々派の血みどろの対立関係があって、一触即発の関係もありましたから。でも、現在の穏健な思想と静かな学会環境の中では、考えにくいことですが。何か、抜き差しならない事情があったのではないでしょうか。当時の思想対立の亡霊のようなものが、いまだに一人歩きしているような」

仲村が自分の授業のことを思い出して、感慨深げに答えた。

「青山君、早速暁海教授に、コンタクトを取ってくれないか。蜜柑と一緒に聞き込みをやってくれ」

警部の命令に、青山と蜜柑は顔を見合わせた。

「その前に盗用した論文を探しましょう。寺尾准教授の奥さんに会うのはあとにして、こちらで先回りしましょう。パソコンをお借りします。ｃｉｎｉｉという学術論文検索サイトがあり、もしかしたらヒットするかもしれません」

そう言って、仲村はグーグルからｃｉｎｉｉへ入り、「法然上人、色彩表現」で検索した。二件がヒットした。ひとつは、寺尾准教授の新書の著作で『法然研究と色彩表現』、もう一つは「法然上人の悟りを考える――色彩感覚と情緒形成」という論文で、著者は柴山健太郎（西教大学名誉教授）となっている。発行は五年前の一〇月となっている。どこかで聞いた名前だ。仲村が西教大学へ赴任した早々、紹介を受けた名誉教授だ。

「まさか」

と、仲村は叫んだ。一同が仲村を注視した。

「さっきのＮＫは、イニシャルならＫは健太郎のＫではないでしょうか」

夏警部が早速切り込んだ。仲村はさらに、柴山に著書がないか検索した。柴山の専門は教育学らしい。教育に関する教科書らしき著書がいくつかある。そして検索にヒットした著書は、論文と同名の『法然上人の悟りを考える――高等教育の一視座』で、書籍の概要を読むと、柴山の博士論文を書籍化したものと書かれている。発行は昨年の七月だ。寺尾准教授が殺害された菩提寺のイベントの少し前ということになる。

寺尾准教授が『法然研究と色彩表現』という新書の単行本を発行し、学会で発表した頃に柴山の論文が書かれ、殺人事件の時期の少し前に博士論文をまとめた書籍が出た。神奈川県警へ電話をかけてきた通報者は、この辺りの事情を知る誰かということになる。

実際に盗用があったかどうかの確認が先決になる。「法然上人の悟りを考える――色彩感覚と情緒形成」という論文は夏警部が、著書『法然上人の悟りを考える――高等教育の一視座』は仲村が読むことにし、早速、電子書店から購入手続きをした。論文の方は、ｃｉｎｉｉからＰＤＦをダウンロードできた。さらに、検索を続けていた仲村が驚きの声を上げた。

「中西健太郎名で『労働組合の社会的責任について』という論文が書かれています。一九八〇年で、西教大学に在任時代のものです。柴山は当時中西健太郎だったのですね。養子に入ったか何らかの理由で姓が変わったのでしょう。ＮＫは中西健太郎だったのです」

仲村が、真佐子を恐る恐る見たが、真佐子はじっと目を閉じている。青山刑事と蜜柑が、暁海教授に面会し、夏警部は裏を取るために、寺尾准教授の夫人宅を訪問することとなった。数日後に集まることとなった。柴山健太郎への対応は慎重を期することとした。彼は西教大学の名誉教授だ。場合によっては、大学を相手取って戦うことにもなる。真佐子は、それまで仕事を休むこととし、それとなく暁海教授の反応を見るために、青山と蜜柑に同行することとなった。真佐子は終始沈黙を保っていた。それは、日記に記された赤裸々な自分の過去の暴露の可能性に、動揺していることもあったが、例の時空移動の兆候である頭痛のせいでもあった。仲村は、真佐子を横浜の中華街へ誘った。

暁海教授の動揺

暁海教授は、約束の時間に指定した喫茶店にやってきた。横浜駅の地下街にある、カフェだった。彼は、ここをよく利用するという。所用で出かけるので、三〇分だけで切り上げてほしいということだった。緊張した面持ちで、事情聴取に応じる教授の視線は、真佐子に注がれた。いきなり、

「こちらは我われの協力者で、民間人の真佐子さんと言います。過日の横浜駅北口での殺人事件の件で、同行してもらっています」

と、青山が真佐子の名字は伏せて紹介した。暁海教授はいぶかしげな表情をしたが、

「今日はどういう用件でしょうか」

と、時計を気にした。

「実は、今回のお二人の先生が殺害された事件に関して、内々に調べているのですが、どうも、先生からいただいた寺尾准教授の論文などが、別の方に盗用されている形跡があると考えられまして。先生が、何かご存知ではないかと参上したところです」

と、青山刑事は通報があったことを伏せて言った。暁海教授は、驚きの表情を見せたが、

「私は、仏教社会学が専門ですが、実は、法然上人のことはあまり知りませんので、その辺のことは承知しておりません。でも、一体誰が盗用したと……」

と言って、首を斜めにした。

「法然研究を色彩表現するという寺尾准教授と梶谷助教のアイデア、そして、先生もそれを賞賛しておられるわけですが、このアイデアが、いったん学会発表や論文で発表されますと、断りなしには自分の説であるかのごとく使用することはできませんね」

蜜柑が切り込むと、

「おっしゃるとおりです、無断で使用すると著作権の侵害になり、罪に問われます。大学や学会には通報制度というものがあって、著作権の侵害等がある場合には、通報しなければならないことになっています」

暁海教授は、丁寧に説明した。

「実は、つい最近、警察に寺尾准教授の論文が盗用されたのではないかという連絡があり、内々に調べているのです。それでは、そういう事実があれば学会に通報が入るのですね？」

青山が聞いた。

「それは分かりません。学会という所は非常に閉鎖的な社会でして、いろいろな利害関係や思惑が絡んでいたりしますので、場合によっては、集団訴訟に発展しかねないような怖れもあります。警察に通報が入ったということは、事件との兼ね合いですね。でも、一体誰が盗用したと言うのでしょうか」

と、暁海教授は遠くを見る目つきをした。表情に変化は見られない。

「では、先生は論文の盗用に関してはご存じないと」

青山が念を押すと、

「はい、今、話をうかがって、驚いているところです。文学作品と色彩に関しては、色彩文学論というジャンルもあり、ごく普通に研究が行われていることは、過日お話したところですが、仏教研究の成果を色彩表現と関連づける試みは、非常に斬新で、文学研究からも期待がかかるというのが、梶谷先生の意見でした」

暁海は、過日の説明を繰り返した。

「それでは、教育学の分野ではどうでしょうか？」

蜜柑の問に、

「さあ、教育学となると、さっぱり分かりませんが、人間の情緒の発達に色彩が大きな役割を果たしていることは、一般的に言われていますし、関心をもたれる方もいると思います」

「柴山健太郎という先生をご存知ですか？」

蜜柑が不意をついた。時間の空白を微塵も作らず、相手に質の異なったことを聞くと、相手は頭の切り替えがついていかず、一瞬、その異なった話題に対して理解または防衛しようとして微妙な反応をする。心に乱れが生じると、表情に表出する。暁海教授の表情が、一瞬こわばったのを、青山は見逃さなかった。暁海教授は、この質問は否定した。

「先生は、昔、労働組合の研究所におられたということですが」

「はい、五年ほどいたことがあります。東アジア労働経済研究所というところです。当時大阪にいたものですから」

教授の表情が険しくなった。追求は続く。蜜柑が、思い切って攻めた。

「先生はこの前、中国山地のバス爆破事件のことを覚えていらっしゃるということでしたが、こちらの真佐子さんは、その時バスに乗っていらした方です」

当然のことながら、暁海教授の驚きは頂点に達したようだった。しかし、

「そうでしたか」

と、言ったきり、黙ってしまった。なおも、

「先生は、梶谷助教が殺害された、昨年の一〇月二一日は、どうされていましたでしょうか?」

追求が続く。暁海教授はスマホのスケジュールを見ていたが、一〇月二一日の日付を確認し、

「この日は、家内と旅行に行っていました。北海道です。二〇日の午前中を羽田から立って、二一日は、レンタカーで札幌市内を見学し、翌日は苫前へ足を伸ばし、二三日に帰ってきました。記録が残っていますので、お見せしてもいいです」

と、冷静を装って答えた。おそらく、嘘はついていないだろう。アリバイはある。では、殺人を依頼したのだろうか。しかし、動機がない。

「真佐子さんの若い頃の写真ですが、本当に見覚えはありませんか?」

蜜柑が、真佐子から預かった、結婚した頃の真佐子の写真を教授に見せた。この質問は、柴山健太郎に、改めてすることになるが、まずは暁海教授の反応を見たい。彼らは、同じ穴の狢《むじな》である可能性があるのだ。同世代の真佐子は、複雑な思いでこれを聞いていた。落ち着きを取り戻した教授は、

「存じ上げません」

と、真佐子の方を向いて答えた。蜜柑は、真佐子の日記に出てくる「組合活動家たち」が暁海教授であることを確信した。しかし、日記のイニシャルNKとは異なるし、何も証拠がない。本人から話してもらうしかない。真佐子はうつむいたまま黙っている。必死で何かを考えている。

「真佐子さんは、あの悲惨な事故で一命を取りとめたものの、それまでの記憶を一切なくされてしまったのです。美しい青春の記憶も、悲しかったことも、恐ろしかったことも、岸和田での読書会のことも。すべてを忘れたので

す」

蜜柑の言葉に、暁海教授は完全に沈黙してしまった。

「蜜柑さん。もういいです。私に記憶がないのですから。先生にも気の毒なことですから。もういいのです」

と、真佐子が思いつめたように言った。

「先生、何か思い出すことがあったら、ご連絡ください」

と、青山刑事が言って、教授の侘しさが漂う後姿を見送った。


「暁海教授が、寺尾准教授、梶谷助教の殺害に手を染めることは、まずないと思います」

青山刑事が、冷めたコーヒーをすすりながら言った。

「動機がないしね。でも、教授は組合の研究所にいたし、あの動揺の仕方から、確かに、真佐子さんが、岸和田から逃げ帰ったときに記した活動家に間違いないと思うわ。暁海らのグループが、大阪清明大学の君川哲夫殺害に関わっていて、真佐子さんは、何らかの理由でそのことを知ってしまい、脅かされたのだと思います。ごめんなさいね、真佐子さん。はっきり言って」

蜜柑は、真佐子の心情を気遣って言った。

「いいえ、いいのよ。蜜柑さん。私、仲村さんと約束したんです。バスに乗っていた、大勢の仲間の敵を討つまで、決して諦めないと。真実を明らかにして、失われた青春を取り戻したいのです」

真佐子は、思いつめたように言った。

「寺尾准教授の論文を盗用した誰かは、すぐに見つかりますよ。仲村先生が、もう問題の箇所を見つけているかもしれませんよ」

と、青山刑事が言った時に、真佐子の携帯が鳴った。

「はい、真佐子です。仲村さん。はい…そうですか。暁海先生は今回の盗用疑惑や、バス事件のことについて何か知っているようです。…そうですね、はい、渋谷ですね、ハチ公前。分かりました。蜜柑さんですか、はい」

と言って、携帯を蜜柑に渡した。

「はい、蜜柑です。ご苦労様です。パパからはまだ何も。そうですか、やはり……色彩表現の着想が、博士論文で述べられている。そうですか。明日ですね。分かりました」

蜜柑が電話を切った。

「まだ、博士論文が書籍化された書物は読んでないけど、柴山健太郎の博士論文の要約と、書籍の概要が閲覧できたので読んだら、やはり法然研究に色彩表現を導入したとの記述があり、先行研究にない新たな知見だと書かれているそうです。詳しいことは、書籍の到着を待って読むということでした。盗用したという通報の疑惑の柴山健太郎という人は、仲村先生と同じ、西教大学の名誉教授だそうです。退職後、郷里の高梁市へ帰り、集中講義で西教大学へ来ているそうです」

と、蜜柑が仲村の言葉を伝えた。

「暁海教授の言葉にあったように、論文の盗用は重大犯罪で、名誉教授号の剝奪、学会からの追放、場合によっては、それだけではすまないこともあるかもしれません。でも、なぜ盗用なんかしたのだろう」

青山刑事が首をかしげた。

「幾重にも屈折した、過去からの事情があるんだわ。捜査のポイントは絞られてきたわね」

と、蜜柑が伝票を掴んで言った。

真佐子は、慣れない京浜東北線、山手線と乗り継いで、渋谷のハチ公前で待つ仲村に手を振った。

「会いたかったわ。心細かったし、怖かった」

真佐子が、瞳を潤ませて言った。駅ビルにすし屋があったので、こじんまりとしたテーブルに座り、ビールで乾杯をした。

「ごめんなさい。一刻も早く論文を読みたかったので。あなたを待つ間に、あそこの大きな書店に、柴山健太郎氏の著書があったので、買って読んでいました。索引がついていたので、色彩表現と朱色の部分だけですけど、拾い読みをしてみました。電話で話したとおり、寺尾准教授の着想と同じことが、柴山の著書に何箇所にも分かれて書いてあります。脚注など、出典は一切つけられていません。明らかに無断借用です。以前に、理化学研究所の人が、実験データの改ざんをやった事件がありましたが、似たようなものです。このことを知った誰かが、神奈川県警に連絡したのでしょう。その人は寺尾准教授の奥さんか、もしかしたら、学会関係の別の人かもしれません」

仲村がタッチパネル式の端末から、すしを注文して言った。真佐子は、よほど空腹なのか、面白そうにパネルを叩いている。

「真佐子さん。あなたの日記に記された組合活動家の仲間が、暁海聡教授だとして、さっき彼と同席してよかったのでしょうか?」

と、仲村が心配した。

「蜜柑さんたちは、きっと暁海教授の動きを誘うために、私を同席させたのだと思います。暁海教授は、私が当時の記憶がないことを知っていますから、変なことはしないでしょうけど、仲村さん、私を守ってくださいね」

真佐子が、哀れを誘うように言った。

「もちろんですよ。あなたが山口県にいることは、僕らしか知らないことですから、安全ですよ」

「あら、あなた、私に湯玉に引っ込んでいろと言うおつもり？」

「そんなつもりじゃ。今日は、安全なビジネスホテルをこの渋谷にとってありますから」

「あなたは、ご自宅へお帰りに？」

「はい」

「私に、もしものことがあったらどうするの？」

「すぐに駆けつけます」

「もう、嫌い」

と言って、真佐子は箸で仲村の頭をたたいた。隣の席の客が二人を見て笑っている。ホテルは、青山通りを少し登ったところにあった。真佐子は湯船につかり、事件解明の進展を頭の中で整理しながら、これからのことを思案した。たぶん、時空移動が始まるのだろうと思いながら、ベッドにもぐりこんだが、なかなか眠りにつけない。仲村へ、意味のないお休みメールを送った。すぐに返事が返ってきたが、やはり眠れないということだった。真佐子は、服を着込んで時空移動に備えた。ホテルの浴衣で、平安時代に行くわけにはいかない。用意した上着も着た。寒いといけない。窓の外が、異様に赤いのに気づいた。真佐子は、窓の取っ手を引いて、窓を少し開けてみた。空が朱色に染まっていた。

「真夜中なのに、なんだろう。こんな時間に、夕焼けなんてありえないわ」

真佐子は、北の空に異変があるのに気づいた。仲村も同じ光景を見ていた。赤い景色は、空一面を覆い尽くし、赤い雲のような気体が、ホテルの上までやってきた。まるで生き物のように、ゆらゆら揺れるカーテンのように、眼前に近づいている。その赤いカーテンの中に、無数の銀の宝石のような道がついており、それは天高くへ伸びている。手を伸ばせば届きそうなその道の向うに、男性がいて手招きをしている。おいでおいでと呼んでいる。それが、仲村だと分かるまでには、そう時間がかからなかった。これまで、宇宙人は、いつも乱暴な時空移動を用意してきたので、今回は新開発の移動装置を作ったのかしらと、真佐子は思った。

最先端時空移動シミュレーター

「荷物を用意したらすぐに行きます。それにしてもタイミングがいいわ。解明が動き出したらこうだもの」

真佐子は、荷物を大きなバッグひとつにまとめて、銀の星ロードへ飛び移った。よく見ると、階段は沖縄の砂浜にある、星砂のようなものが撒き散らされ、まるでエスカレーターのように自動で上昇していく。仲村が段々近づいてくる。仲村が手を伸ばした。あと二メートル、一メートル、五〇センチ、一〇センチ、やっと真佐子は仲村の手を掴んだ。

「景徳通寶のお金をいっぱい持ってきたわ。ちょっと高かったけど、法然さんと夕月さんへのみやげ物もね」

真佐子は、よろけながら仲村にしがみついた。

「さあ、真佐子さん。一気に事件解明をやりましょう」

「あなたが、私を捨てたいきさつもね」

「違います」

「どう違うのよ」

「あなたが、僕に飽きた理由ですよ」

「そんなのないわ。私の日記には、『あなたに会いたい』と書いてあったわ。ばか」

「それは何かの誤解です。きっと、複雑な事情があったのだと思います」

あたりの空間は、縦側に変形して、カーテンのような形になった。色の配色が、赤を基調にして緑がかった縦縞が現れた。赤と薄緑の絹織物のカーテンのようになった。光りがいろいろに交錯して、グラデーションのカーテンのようだった。仲村は、超弦空間と三次元空間を隔てる幕は、バスカーテンのようだと説明してある本のことを思い出した。

「宇宙人さんのテクノロジーも進化して、予算がついたのね。それで、こんなに巧妙な仕掛けが。美作国へ行くのね」

「真佐子さん、違いますよ。美作国ではなくて、ほらバスが走っている。ちょっと古いけど、バスですよ。山道をバスが走っている。鼻のついたバス。昭和の時代のバスです」

「もしかしたら、私の二十歳の時のバス旅行かしら。山陰の島根県と広島県の境。いつか、あなたがレンタカーで連れて行ってくれた、事故現場のあの山道に似てるわ。もしかしたら、事故の現場へ行くのかしら。私怖いわ」

「どうも、そうみたいですね。真佐子さん、宇宙人は我われをバス爆破事件の現場へ連れて行こうとしているようです。悲惨な光景を見ることになりますが、いいのですか？」

「いいわ、真実が知りたいのよ。どこへでも行くわ。私の青春を奪った奴がいたら、とっちめてやるわ」

まるで、カーテン越しに映画を見ているようだ。カーテンは、徐々にバスの横に接近して行った。

「真佐子さんやっぱりそうだ。島根日興バスと書いてある。大勢乗っています。段々近づいてきました。あれが真佐子さんじゃないですか。ほら真ん中あたりの席で、窓際のところで外の景色を見てる。ショートカットの、よく日焼けした真佐子さんですよ」

「日焼けは余計よ。可愛いわね、私の若い頃」

「だから好きになったのですよ。もう夢中でしたよ」

「あら、あなた口がお上手ね。昔も今も変わらないのね」

「本当のことを言っているだけです。真佐子さん、ほら、バスの後ろをバイクが追いかけています」

「もしかしたら、あれが犯人かもしれないわ。何とか犯行を止めさせられないかしら」

「爆破は、時限爆弾だったと聞いています。悲しいかな、歴史を変えることはできません」

「そうね。でも、大勢の仲間が死んだけど、私は、こうやって生きているし、仕方ないわね。それが、歴史っていうものね。神様は、いえ宇宙人さんは、私とあなたを、こうして引き合わせるために、時空移動シミュレーターを開発したのだわ」

「カーテンが、バイクに近づいていきます。ほら、ヘルメットをかぶっていない長髪の若い男です。真佐子さん、見覚えはないですか」

「私は、記憶を失ったのよ」

「そうではなくて、バス爆破事件以降に知っている男性で、似ている人はいませんか?」

「さあ、心当たりはないわ。あなたはあるの?」

「いいえ、あのバイクの男が、今生きているとすると、相当の高齢ですね。暁海教授じゃないな。バイクの男は小柄です。暁海教授は長身です。そうか、バイクの男は、柴山健太郎かもしれない。当時は中西健太郎といった。真佐子さん、あの男を目によく焼き付けておいてください」

「ＮＫではないとすると、誰かしら」

「分かりません。人間、四〇年もたつと相当風貌が変わりますからね」

「そうね」

「真佐子さん、もうすぐバス爆破の現場です。左が深い谷、切り立った崖です。確か、あの辺りだったような気がします。真佐子さん目を閉じてください」

「いいえ、しっかり見届けるわ。私、何も怖くはない」

バスの運転席のあたりから、突然火花が吹き上げ、ガラスが吹き飛んだかと思うと、バスは進行方向左側の谷底を目指して転落して行った。それも、わずか数秒の出来事だった。時空を隔てるカーテンには、谷底へ転落してバスが完全に形を変え、燃え上がるさまが映っている。オートバイは、バスが谷底へ落ちたことを確認するかのように路肩へ停車し、若い男は、バスの炎上を見届けるように、急発進してその場を立ち去った。向う方向は、南の福山方面であった。バスが転落した場所から福山方面へは、ドライブインがまったくなく、事故を知らせるとすれば、来た道を引き返し、数分のところにあるドライブインの公衆電話を使うしかない。バイクに乗った若い男が、爆破事件の犯人か、関係者であることは間違いなかった。

梅の花の源空と夕月

二人の目の前には、衝立のような山を背景にした、大きなお屋敷が見えてきた。梅の花が咲いている。ついさっきまで、上空を覆っていた赤い雲はもう見えない。緑と赤のカーテンの向こうにある景色は、法然の時代の美作国だろう。時空シミュレーターは、一気に平安後期の時代へ二人を運んだ。カーテンのような幕は、三次元のわれわれの世界と超弦空間とを仕切る境の幕なのだろう。

後ろを振り返ると、渋谷のホテルが見える。仲村のマンションも見える。手の込んだ時空移動だ。時空移動シミュレーターは、どうやら法然上人の誕生からのタイムラインを、二人に見せようとしているようだ。とすれば、この場所は美作国の錦織集落だろう。絹屋敷は空爾の母親が住むところで、時国が通って来た屋敷だ。時国と古曾女は、ここで通い婚を始めて、長らく子宝に恵まれなかった古曾女に、待望の男の子が誕生した。屋敷には、よちよち歩きの空爾の手を引く古曾女の姿が見える。父親の秦豊永とその妻が空爾を見守る。梅の花は、春爛漫の到来を告げている。北に聳える脊梁山脈には、まだ雪が残っている。この脊梁山脈は、後の時代に中国山脈と呼ばれるようになった。時空シミュレーターは、なおも、真佐子と仲村を運んでいる。やがて、大きな屋敷が写り、大きく成長した空爾の元気な姿が、屋敷の庭に見える。屋敷の裏には小さな川が流れている。仲村は、この場所が後に法然が弟子に命じて両親を弔わせることになった、誕生寺だと直感した。地形が似ている。成長した空爾を立派な武士に育てるために、時国は自分の屋敷の近くに、空爾母子のための屋敷を構えたのだろう。カーテンの向うは、真っ暗な闇に変わり、大きな屋敷が火の手に包まれている。空爾の父時国の館が、龍が吐き出す大きな朱色の火の手の中に飲み込まれている。やがて、二人は別な場所へと運ばれていく。

「あなた、宇宙人はこんなすばらしいシミュレーターを作って、一体何をしようというのでしょう」

「さあ、私の友人は、宇宙人がわれわれを観察していると言うのですが、当たっているかもしれません。もしかしたら、録画されていて、上映されるのかもしれません。そうだとしたら、どうしますか?」

「私たち、映画俳優なのね。少し演技をしましょうか。もっといい服を着てくればよかった。あなた楽器を弾きなさいよ。私が唄を歌うから」

「あなたは、長生きしますよ。ほら見てください。あそこにいるのは、空爾さんとお母さんではないですか。大きなお寺のふもとの道で、お母さんが手を振っていますよ。空爾さんに同行しているのは観覚上人でしょうか。まだ会ったことがありませんが。あの背格好から、空爾さんは菩提寺へのぼるのですね。あの道は勝間田へ通じているはずです。季節は初夏ですね。新緑が綺麗です」

「夏が一気に噴出しているみたい。車も電線もビルもない。綺麗だわ」

やがて場面は変わり、朝霧の中に小舟が一艘浮かんでいる。船の中には、だいぶ成長して大きくなった少年と付き人が二人いる。一人のやつれた女性が頬に涙し、少年を見送り、手を振っている。付き人の一人は、川底に竿をさして舟を進める。水量は現代よりも豊かだ。空爾は一三歳、いよいよ京へ上るのだろう。朝霧は、別れのシーンを、限りない哀愁と悲哀で包み、流れに乗った舟を古會女から無常にも遠ざけていく。人には、それぞれが生まれながらに定められた、避けがたい別れというものがある。空爾は、今、その宿命の別れに耐えながら、自分の未来を見つめている。舟は、小一時間も下ると小さな船着場に着き、一行はここで舟を捨て陸路を行く。はるか北には、四年間勉学に勤《いそ》しんだ菩提寺を山懐に抱く那岐山が聳える。一行は、後の人が出雲街道と呼ぶようになった美作街道を東に取り、一路京を目指していく。

時空シミュレーターは、なおも二人を、異次元空間を彷徨《さまよ》わせる。カーテンの向うに、赤や青色の花、緑色の花畑が続いて現れ、少年と少女が手をつないで走っている。やがて二人の行く手に、黄色、赤紫、青緑の光りの帯が現れ、二人を包んでいく。神奈川県警で、蜜柑がパソコンに映し出した色の配合とは違った自然な色だった。

「あの二人は、きっと空爾さんと夕月だわ。幸せそう。羨ましいわ」

「待ってくださいよ。宇宙人たちは、われわれに、今度の事件の謎解きにヒントを与えようとしているのかもしれませんね。帰ったら、柴山健太郎の著書をもう一度しっかり読んでみます。僕たちは、どうも寺尾准教授が残した五つの朱色にこだわりすぎていたのかもしれない」

時空シミュレーターは、やがて大きなお屋敷へと画面を切り替えていった。見覚えのあるお屋敷だ。

「菅原尚忠さんのお屋敷だわ。周りに桑畑があるし、ほら阿只女さんや源空さんと夕月さんがいるわ。源空さんはまだ京へ戻ってはいなかったのよ」

時空シミュレーターのカーテンに丸いほころびができて、大きなシャボン玉の中から、ふたりは蓮華草のような花が咲く草むらへ出ることができた。

源空の再起

尚忠、阿只女、源空の三人がこちらを見ている。夕月も気がついたらしく、こちらへ駆けてきた。

「仲村様、いずこへ行きたまうか。急に姿が見えずなれば、みな憂へたりけり。来世へお帰りになりたまうか。源空様がいかにもゆかしきがあるといへり。今宵は、いかがすれども泊まりたまひて、源空様とおし話たまへ。我も、真佐子様とお話がせまほしく存ず」

夕月がせがんだ。真佐子と仲村は何を聞かれるか想像がついた。おそらく末世の世から来たことについてだろう。

末世とは、仏教に固有の歴史観でありで末法の世と同じ意味だが、釈迦入滅後に仏法の衰えた世のことを言う。ここから「道義のすたれた世の中」とか「人心の荒廃した末世」をいうとされる。釈迦の正しい教えが世で行われて、修行をして悟る人がいる時代を正法といい、正法時代が終わると、外見だけ修行者に似て、悟る人がいない時代がくる。これを像法の時代といい、次に最悪の時代が来る。これが末法である。仲村は、末世と言い換えたのである。日本では、平安時代の初期に、最澄や景戒が、末法の世を自覚していたとされ、伝教大師の『末法燈明記』の中で、末法が語られているとされる（本書では、『末法燈明記』の検証は行っていないが、一般的な理解では、一〇五二年、法然上人が生まれる八一年前が末法元年とされ、人々に恐れられ、盛んに経塚造営が行われた）。伯耆の国の倭文神社前の参道にも、塚があったとされる石碑が残っているし、美作国にも経塚の痕跡があるとされる。この時代は、貴族政治が衰え院政へと向かう時期で、武士が台頭しつつあり、治安の乱れも激しく、民衆の不安は増大していた。また、仏教界も天台を始めとする諸寺の腐敗や僧兵の出現によって、退廃していったとされる。この間の事情は、三国連太郎の『白い道』がよく伝えているところである。

源空は、このような歴史の狭間の中で、真の教義を求め、悪戦苦闘していたのである。歴史に連続性と非連続性があり、両者相一体となって流転するものであるとすれば、法然房源空こそ、その歴史の波に翻弄された人であったと言うべきだろう。法然を開祖とする浄土宗が、末法思想に立脚し、末法濁世の衆生は、阿弥陀仏の本願力によってのみ救済されるとし、称名念仏によってこそ救われるとする教えを広めたことは、かかる歴史の織り成す綾の中のいち事件であったといえよう。それは、法然の生まれ故郷に花開いた、錦織の美しい模様のごとくであった。宮廷で栄華を極め「平家にあらずんば人にあらず」と権力をほしいままにした平時忠の言葉を思い返すと良い。親鸞、日蓮も末法思想を真剣に受け止め、独自の解釈から教義を確立したと言われる。仲村は、仏教については素人であり、最初、播磨国と美作国の境あたりの峠で初めて源空に会った時、とっさに言った、

「末世の世より来たり」

は、言葉の定義の後段を意味していた。仲村にも、この人心の乱れた末世の救済方法を、源空に聞いてみたい気持ちも正直あったが、法然房源空に末世の世の乱れを根本から説明することは不可能に近かった。仲村も、また迷える修行僧であった。

「仲村殿、なんぢは九百年後の末世の代より来しと言はるれど、源空にその末世が、されば、いかなる世の中なのかを教へてたまへばや」

と、源空は問うた。仲村は、

「源空殿の想像も及ばぬきはの、新しき、便利な、様々なる品が作られ、様々なる新しき便利な道具が作られ、また遠くへ行くにすれども、馬の背に揺らるるよりも、なほとく本意の地に着くべき道具作られたり。また、薬草も新しく作られ、源空殿の世には、治すべからぬ病も、治すべきようになりき。しかしながら、源空殿の世よりも、なほ貨幣で買へる物の増えしために、貨幣に対する願望や欲望が増し、人の心を軽んじる風潮が増し、そのために富める者はいとど富み、民を虐げ、虐げらるる者は、いとど世に反抗し、暴力が横行し、世と世との諍いごとは極みに達し、戦ひのあとに戦ひを重ぬる世になれり。政ごとの形は、武士が台頭して久しく、武家政治が続けど、これも長くは及ばず、再び帝をいだき、政商を筆頭とする世が到来し、隣国との戦争を繰り返し、いよいよ我らの末世に至りしついで。源空殿は理解に及ばざることではあらねど、一面で豊かなる社会を築きたれども、人間の価値、富や財宝の価値よりあはさば、軽んぜらるる世の中になれり。てづから命を絶つ者が増え、また、先祖の供養だに軽んじる風潮も出でて参れり。稚児同士がいじめあい、子が親を殺し、親が子を殺す、げにおかたはらいたき*世に、相成り果てたり。下級の官吏が上級の官吏へ賄賂を贈り、特権の官吏が、近親のものに特別なる便宜供与を謀る、公我一体の腐敗進めり。末法の世は、依然として続きており、我どもは源空殿に、いかにすべきか教えを請ひに参りけり。自らを旅芸人と名乗りしかな、怪しまれぬために、つい口を滑らせてけり。お許しのきはを」

と、真摯に対応した。

「なほ我の想像せるとおり、なんぢ方は、ゆくすゑ世より参られしあてなるお方なりき。はづかしかりしついでなり。かく問はるれども、源空いまだ若輩の身ゆえ、何ら仲村殿の問にいらふるすべを持ち合わせたらず、なめき段許したまへ。ただ我は、比叡より特別なる許しを得て、こうして美作国にて様々なる事を見聞するついでを得、わが身のくらさを、涙を持ちて知らさるるついでを得るべかりき。我は、夕月殿の勧めに従って、因幡の世との境に、唐土伝来の馬桑を栽培し、火傷の薬として広く世の中に、普及するように聞こえしところ、馬桑の実があまた取るようになりて、なかなか毒薬としての利用が多くなり、尚忠ともども案じたるところなり。さて、仲村殿に教えを請はまほしき事がひとつあり」

と、源空は言った。真佐子と夕月は、この会話に興味を持ったらしく、濡れ縁での会話をやめ、源空と仲村の禅問答に加わった。

「何なりと聞きたまへ。我は、なんぢの想像すめる賢人でもなくば、また知恵者でもなし。身の際の範囲でいらへたてまつるとす」

「それでは、聞きたてまつる。今の世は、女は男よりもおくれし存在なり、ゆめゆめ往生せられぬとされ、女人禁制のかたも多し。女は不純なるものとされ、何かにつけ、女より男へ話しかけばならぬとも考へられたり。仲村殿の世におかば、女人はいかに扱はれているか、教へてたまへばや。次に、仲村殿には、峠で追ひはぎの集団より、命を救ひてもらへど、なんぢの世におかば、悪人はいかにして、その悪しき魂を救済されむや。そして最後に、伺ひたてまつれど、仲村殿の世におかば、貴族、武士、僧侶、百姓、職人、芸人、遊女など、人々の扱いはいかがなるようになるらむか、さはらぬ範囲でおいらへたまへばや」

「さすがは、音にきこえし源空殿。なんぢの名前は、われわれの世におけども、よく知られし存在なり、なんぢの弟子たちが受け継ぎし教えも健在なり。我も、なんぢの教えをしるしし書を読み、十分なる心得たらねど、その上で、なんぢの問に、いらへ*たてまつる失礼を許し願ふ。結論を言はば、男と女は絶えて平等なり、性的なる差異はあれども、かたみよく協力して暮らすを徳とせり。この道に外るるものは、法をもちて厳しく罰せらる。悪人はいかに扱はるやといふ問なれど、唐土の儒教の教えならばや、生まれつつに悪人なる人はあらず。なかなか世の乱れが、人を悪の道に進ます。犯しし罪は罪として、厳罰に処せらるれど、そは戒めではなく、極楽浄土へ至る配慮なり。最後に、ありとあらゆる人たちの扱ひなれど、こは、源空殿の信じおらるる、専修念仏、われわれの世におかば、基本の人権と言へど、皆、平等に扱われるを、世の基本原理とせり」

と、仲村は源空への多少のリップサービスで答えた。真佐子が、夕月と阿只女の方を見ながら付け加えた。

「世はうつろへども、男と女の間柄やうつろはずまじからむ。女は子をかしづき、男は妻子を守りかしづき、おかたみに慈しみあい、相協力しつつ世を築きゆく、わりなき時はわりなき時なりに、また楽しき時は楽しき時なりに、喜び合ひ、相手の足らざるを補ひ、相手の充足を分かち合ひて、この世は成り立てるなり。相思相愛こそが、男と女の心の糸と心得れ」

仲村は、不意を付かれた思いで真佐子を見たが、真佐子は続けた。

「源空様には、初めて会ひたてまつりて、二度目のお目通りで、なめきを聞けど、許したまへ。源空様は、ここにおはする夕月様をいかにお思ひになるらむや。夕月様の思ひを、押して謀《はか》るは我にはせられぬが、御覧たまへ、この恥じらひと、なんぢをまもる眼差し。女人往生など二の次、夕月様をないがしろにして、女人往生や悪人正機など、あるはずやなしまじき。まして、専修念仏など絵空ごと」

なにやら女三人で相談していたらしく、真佐子の発言に源空はうろたえ、

「そは、そは、我は、夕月のことを妹のごとく偲び、めで、そして、そして……」

と、言葉が繋がらなくなった。これを見て、阿只女が右の袖を口元に当て、くすくすと笑って言った。

「源空様、いかがたてまつりき。日ごろの勢いと、雄弁さと、聡明さがどこへやら。夕月が、ほら笑へるぞ」

夕月は、はにかんで背を向けてしまった。仲村は、源空の人間らしいところを見て心が和んだ。部屋の戸を開け放っていても、夜の帳《とばり》から冷気は侵入してこなくなった。春は美作国、勝田の郷を祝福しているかのようだ。いつしか北の空が、赤く染まり、真佐子と仲村が乗ってきた、時空シミュレーターのカーテンのように、ゆらゆらと揺れていた。

末法の世の兆候・赤気

法然房源空は、ここ美作国にも、頻繁に赤気が現れることに驚いた。『日本書紀』には、赤気が次のように記されている。「十二月庚寅朔、天有赤氣、長一丈餘、形似雉尾」。現代語に訳すと、一二月一日。天に赤い気《しるし》がありました。形が雉《まじ》の尾に似ている、となる。また、平安・鎌倉時代の歌人、藤原定家（一一六二〜一二四一年）が、日記『明月記』に書き残した「赤気」という気象現象は、太陽の異常な活発化によって、京都の夜空に連続して現れたオーロラだった可能性が高いと、国立極地研究所や、国文学研究資料館などのチームが、米地球物理学連合の学術誌に発表した。『明月記』には、一二〇四年の二〜三月にかけて、京都の北から北東の夜空に赤気が連続して現れ、「山の向こうに起きた火事のようで、重ね重ね恐ろしい」と書き残している。この年は、法然が七一歳の時であった。赤気の現象が何オーロラは、北極や南極などで観測され、京都で連続して発生することは考えにくいとされていた。赤気の現象が何を指しているかは、長年の謎であったが、片岡龍峰・極地研准教授らのチームが、過去二〇〇〇年の地磁気の軸の傾きを計算した結果、北米大陸方向に傾いている現在の軸が、一二〇〇年ごろには、日本列島側へ傾き、オーロラが出現しやすい時期だったことが分かった。宋史にも九〇〇～一二〇〇年代に赤いオーロラの観測例が、十数件記述されているという。『日本書紀』は七二〇年の作品であり、してみると、八世紀から一三世紀までの五〇〇年間、地軸が日本列島側へ傾いており、しばしば「赤気」が北の夜空を飾ったということになる。このオーロラが、源空たちの眼前に現れたのだろう。

「おお、今日も、北の空に赤き雲棚引けり。雲が、かしこく揺れたり。末法の世の印なり。赤気が、われわれの世を飲み込まむとせり。源空殿、京へ戻りこの末法の世よりわれわれを救ふため、決起したまへ。この世の救済は、源空殿、なんぢを置きてほかにははぬ」

尚忠が叫んだ。源空の心は晴れた。寺尾准教授は、彼の論文か著書のどこかで、この赤気と法然の悟りに触れているに違いない。この事実は、法然研究を色彩表現で記述するという意味を、遥かに凌駕した意味を持つ。おそらく、柴山健太郎は、この着想を無断盗用したのだろう。寺尾准教授のダイイング・メッセージは、このことを伝えたかったのだと仲村は確信した。「五つの朱色」ではなく「五つ目の朱色」といい残したのだろう。真佐子と仲村の時空移動シミュレーターは再起動し、赤気の中をかいくぐって、二人を現代へと運んだ。仲村は教壇へ立った。真佐子は、眠いと言い教室の片隅で眠っている。

追憶の授業〈九〉　商品

商品とは、経済活動において生産・流通で交換される物財のことで、食品や雑貨などのほかに、コンサルタントや郵便配達、教育などのサービス、証券などの権利、情報などを含みます。マルクス経済学における商品は、私的な交換を目的として生産された財・サービスが商品で、流通を経て小売段階で消費者に購入される。見方を変えて言うと、利潤を生むために生産された使用価値を持つ物が商品で、このような交換の対象ではなく、生産者自身によって消費される財・サービスは商品ではなく、使用価値のみを持つ自給自足品です。だから商品は交換関係の中で存在意味をもつのであって、長い時間をかけてW（商品）‐G（貨幣）‐W（商品）という消費を目的とした交換から、G—W—G（G＋Δg）という資本による価値増殖へと発展してきたのです。Δgは労働者の再生産費を超える剰余労働によって資本家によって獲得されます。ここに資本主義的生産の秘密が隠されています。

「ロビンソンの経済学」は、資本論が対象にしなかった、資本主義以前の使用価値のみの生産と自家消費、大量生産を前提とした「モジュール部品」の活用によるＤＩＹも対象にします。モジュール部品は「ロビンソンの経済学」第六章の自作パソコンの箇所を参照してください（一二〇頁）。モジュールとは、工学における設計上の概念で、システムを構成する要素となるものを言います。ここで、モジュールは「ロビンソンの経済学」にとって極めて重要なので、詳細にみていくこととします。いくつかの部品的機能を集め、まとまりのある機能を持った部品のことで、単体自体がある機能を持った部品です。パソコンに欠かせないＣＰＵ（中央演算装置）は、高速計算を行うモジュール部品です。モジュールに従っているものをモジュラー（modular）といい、それは、製品の機能単位（モジュール）それぞれを集約化し、正常にそれぞれが機能するように統一する基盤のことです。また、電話機やＦＡＸ、モデムなどを電話回線に接続するためのケーブルや端子のことを一般的にモジュラーと呼びます。モジュラーケーブルやモジュラージャックということもあります。入出力を絞り込み、標準化することで、システム開発を「すり合わせ」から「モジュールの組合わせ」にするなどと言われます。日本はこの「すり合わせ」が得意な国です。

パソコンを製作するとき、標準規格に合った部品であれば、どの会社のモノを使用してもパソコンとして使用できます。いや、自分の好みのパソコンを作ることができると言った方が正確です。したがって目的に合わせて、部品をとりかえて、ＤＩＹ式に必需品を作ることができます。パソコンの自給自足つまりパソコン組み立てが工場での搾取労働から解放されて、本来の人間労働に戻ることを「ロビンソンの経済学」は証明しようとしています。パソコンに必要な部品は、組み立て順に説明するとまずケース、マザーボード、音源、CPU、メモリ、HDD、キーボード、マウス、ディスプレイ、プリンタ、スピーカーなどです。速さが必要な人は、CPUに高速のCORE7を使用します。Intel Coreは、インテルによるx86マイクロプロセッサのブランド名です。筆者は、自作の曲を作りますが、最低でもCORE5が必要です。

資本主義的生産の商品に戻ります。商品は、人間のニーズを充足させる性質である「使用価値」と、あらゆる商品と交換可能性を持つ（お金で買える）性質である「（交換）価値」を持っています。たとえば衣服は寒さや暑さから身を守り、自分（女性）を美しく見せるという使用価値とお金で売買できるという交換価値を持っています。したがって商品は、使用価値と交換価値の結合体です。この分析視角が、資本論の優れたところで、交換価値は、社会一般的に必要な労働時間によって決まり、生産性が高まれば価値は低下し、社会的に必要とされる労働時間は下がるという性質を持っています。手作業の機織りでできる絹織物一反が一〇日かかるとして、手作業から機械に代わって生産性が上がり一日でできるようになったとすると、絹織物一反の価値は十分の一に減じます。これを価値（価格）で示すと、絹織物の生産にかかわる労働者の労働力の再生産費が一日千円とすると、手作業の絹織物一反の価値は一万円、機械製の絹織物は千円になります。

使用価値は、マルクス経済学に独特な価値概念の一つで、商品によって異なり、それぞれ異なる目的と手段を以って商品を作る労働を「具体的有用労働」と呼びます。他方、商品の交換価値は抽象的人間労働によって形成され、商品生産における人間の労働は具体的労働と抽象的労働が合成されたものです（労働の二重性）。次ページの図を参考にしてください。しかし、使用価値を持つ物が必ずしも「商品」であるとは限りません。例えば、川の水や空気などは重要な使用価値を持ちますが、労働生産物ではないので交換価値を持たず、「商品」ではありません。「ロビンソン

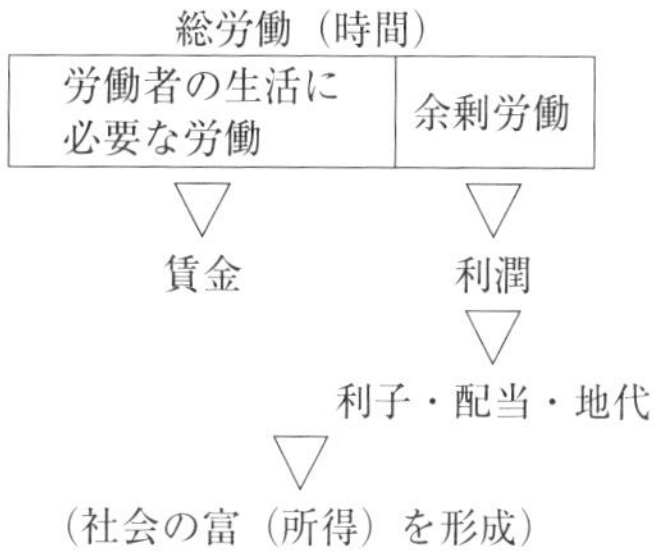

の経済学」の自給自足生産やロビンソン・クルーソーが無人島で作ったものは、使用価値のみ持ちますが、交換価値を持つ物との結合で交換価値を持つ可能性はあります。また、店で売られている卵は使用価値を持つし、交換価値を持つ「商品」でもありますが、その卵で家庭でスクランブルエッグを作って自分で食べた場合、スクランブルエッグは使用価値を持つけれども、交換されないため、「商品」ではありません。使用価値がない不要物には価値は生まれず、他の生産物との交換も成立しないことから「商品」とはなりえません。使用価値は交換価値の前提条件であるが、十分条件ではないということです。交換しないことを前提に、自分で生産した物（ＤＩＹ、自給自足製品）は、交換価値が実現されずに、使用価値のみが実現します。交換されて所得にはならないが、ＤＩＹｅｒに隠れた所得をもたらすことが重要です。しかし、ロビンソンの島のＤＩＹ製品は市場経済の本国とは隔離された無人島なので、隠れた所得がロビンソンに帰属しても意味がありません。

　剰余価値は、マルクス経済学における基本概念で、生活に必要な労働（先の女工の一日生活費千円）を超えた剰余労働（不払労働）が対象化された価値です。資本の一般的定式である「貨幣Ｇ―商品Ｗ―貨幣Ｇ（Ｇ＋Δｇ）」における「Δｇ」を指します。マルクス経済学は労働価値説に立脚しており、産業資本において資本が労働力を用いて商品を生産する過程（生産過程）での労働量は、労働者の生活に必要な労働（必要労働）と、それを超える剰余労働（不払労働）から構成され、この剰余労働によって生み出された価値が剰余価値（『資本論』第一部参照）です。利潤は剰余価値の現れであり、利子、地代は剰余価値が形を変えたものです。（『資本論』第三部参照）重要なことは、剰余価値は商品交換（流通過程）によっては生まれないということです。なぜなら、流通過程においてどんなに不等価交換（いわゆるぼったくり）が生じたとしても、社会全体の価値総額は常に等価だからです。バブルは弾けて元の実体経済に戻ります。それゆえ、利潤が商品売買の差益から生まれるという議論は誤りです。それでは剰余価値はどうして生まれるのか。労働力はその使用価値そのものが価値を生み出す独特な性質を持つ一商品であり、労働者の肉体に存在しているのです。労働力商品の価値額はその再生産（食べて、休んで、寝て、リフレッシュして……）に必要な労働時間によって規定されます。先の女工の場合、一時間当たりの再生産費用は千円。ところが資本の生産過程において現実に支出された労働量、したがってそれが商品に対象化されたものとしての価値量は、労働力商品の価値量を超過します。一時間千円をもらうために、実際は九〇分働いており、この超過分が剰余価値です。

労働者は、自己の労働力商品の価値額を超える価値を、彼の労働の支出によって生み出すが、資本が労働者に支払うのは労働力商品の価値額に相当する賃金（千円）のみであって、労働者が生み出した剰余価値の対価を支払わない。それゆえ、労働者による資本への不払労働の譲渡に他ならず、これを「搾取」といいます。剰余価値（価値）が生産される過程を、価値増殖過程と言い、これに対して使用価値が生産される過程を労働過程と言います。生産過程は価値増殖過程と労働過程の統合ですが、DIY生産の場合は、労働過程のみで、搾取はないことが分かりました。資本家に雇われているわけではないので当たり前のことですが、両過程の統一物として、われわれの目の前に現存しているのは、資本（自己増殖する価値の運動体）の生産過程です。

第七章——萌黄の女の死

仲村は、眠いと言ってふらつく真佐子を車に乗せ、神奈川県警へ向かった。真佐子の日記にあるNKが旧姓中西健太郎、改姓後の柴山健太郎であることは間違いなかった。しかし、このことが事実であったとしても、迷宮入りになったバス爆破事件の真犯人が、彼であることを立証する術はないに等しかった。彼の若い頃の写真は、捜査によって入手可能ではあり、時空シミュレーターで見た、バス爆破の犯人と思しき人物と似ていると言ってみても、証拠としてまた証人として、二人が警察の事情聴取に答えられるはずはなかった。まず、二人の正気を疑われることとなる。急ぐべきは、柴山健太郎が他人の論文を盗用したことが、寺尾、梶谷両人の殺害の動機になりえたかどうかである。この二人は、論文が盗用されていることを知っていただろうか。おそらく知っていただろう。そして、いかなるリアクションを取っただろうか。考えられることは、柴山健太郎が論文を発表した西教大学の査問委員会に通報すること、そして、博士論文の申請を受理し博士の称号を与えた、同じ西教大学へ通報し処分を促すことであろう。しかし、仲村が西教大学へ着任して以来、すでに一年が経過したが、そのような話は一切聞かない。仲村も一応、教授会のメンバーであり、月に一度の教授会に出席している。ということは、両人が柴山健太郎にアクションを起こしはしたものの、何らかの理由で通報には至らなかったということであろう。その理由とは一体何であろうか。そして、柴山健太郎は、両名の殺人事件とどのように関わっているのだろうか。

寺尾准教授が殺害された現場に居合わせた女性は、備前新聞社の女性記者の推理では、地元の人間ではないか、ということであった。では、その女性は柴山の殺害指示を実行しただけの手先だったのだろうか。柴山の愛人ということも考えられる。身辺に捜査が迫っていると考える柴山は、その愛人の口を封じるのだろうか。仲村は、ハンドルを握る手に力が入るのを感じた。真佐子は、気持ちよさそうに助手席で眠っている。口を封じられることが一番怖い。なぜなら、柴山が萌黄の女との関係を一切否定し、両人の関係を示すものが一切存在しないとしたら、この推理は崩壊するからだ。おそらく、真佐子も同じ推理をしているのだろう。この推理が正しければ、バス爆破事件の数年前、柴山、旧姓中西健太郎は組合関係の研究所にいて、おそらく京都の大学生・長末芳郎を通じて、真佐子に接近したのだろう。真佐子につきまとっていたとされる長末は、柴山に代わって、真佐子の監視を行っていたのだろう。しかし、その監視の目を逃れて郷里へ帰ってきた真佐子を、それ以上監視することはできなかった。それは、おそらく彼らには真佐子の郷里を知るすべがなかったか、唯一知っていた春日居玲子が事情を知っていて、それを拒んだからであろう。それでは、なぜ柴山健太郎はバスを爆破したのだろうか。それには何か別の理由があって、偶々《たまたま》、真佐子がそのバスに乗り合わせていただけなのだろうか。あるいは、柴山は真佐子を直撃したのだろうか。仲村の車は高速を降りて、最初の信号で停車した。真佐子が目を覚ました。

事件の急展開

「よく寝ましたね。時空トラベルをすると、いつもよく寝ますね。もうすぐ県警ですよ。夏警部たちが待っています」

と、仲村は言った。

「源空さん、答えに窮していたわね。面白かった。からかって悪かったかしら」

「そんなことはありません。女心を弄ぶのはよくありませんから。真佐子さんよく言ってくれました。夕月さんもすっきりしたのでしょうね」

「あら、それはあなたにも言えることじゃないかしら」

「僕は凡人で、源空さんのような偉人じゃありませんから」

「あら、あなた、はぐらかすのね。素直じゃないわ。素直に自分の罪を認めなさい」

「真佐子さん、寝起きがよくないですね。お腹がすいたのですか。今日は、築地の、おいしいすし屋さんへ案内しますから、機嫌を直してください」

「まあいいわ、許してあげる。神奈川県警は、早々に切り上げましょう」

真佐子の性格のドライな面が出た。


神奈川県警では、夏警部、蜜柑、青山刑事、それに刑事部長が、二人を待っていた。着任したばかりの糸川刑事部長は、ソファーに座ると次のように切り出した。

「お二人が見えなくなって心配していたのですが、実は、美作の例の女性が殺害されました。萌黄の女と言われていましたか。その件で夏と青山が美作警察へ出張してきました。詳細は、青山から報告させていただきます」

仲村と真佐子は、お互いに顔を見合わせた。仲村はやられたと思った。

「一昨日のことですが、岡山県警の美作署から連絡があり、向こうで萌黄の女と言っていた参考人が、本名を佐東清美といい、大雨で増水した吉井川で水死しているのが発見されました。死因は水死ですが、本人は実はがんの治療中でした。地元でスナックを経営していたようですが、治療に専念するために、最近はスナックは他人に任せていたようです。目下自殺、他殺の両面で操作中ですが、寺尾准教授と一緒だった女が死亡したことで、その線の捜査が困難になりました。捜査は、美作署に任せることにして帰ってきましたが、仲村さんはどう思いますか」

と、青山刑事はいったん報告を中断した。

「実にタイミングがいいですね。闘病中だったのですね。病気と闘っている時に、人は自ら死を選ぶものでしょうか。遺書は出てこなかったのでしょうか」

と、とりあえず感想を言ったが、

「ええ、それなんですが、遺書がありまして、しかし自分の遺産や子ども、墓のことなど、お決まりのことしか書かれていなくて、参考にはなりませんが、佐東清美の妹さんが言うには、柴山健太郎との仲は、兄弟の間では知られていて、スナックには時々来ていたようです。それから、申し遅れましたが、公安の古い資料によって調査した結果、柴山健太郎は、昭和五〇年頃に、婿養子に入るかたちで結婚しており、それで中西から柴山に姓が変わったということが分かりました。佐東清美とは、その頃からつき合いがあり、養子に入ってからも、付き合いは続いていたということです。横浜駅裏殺人事件の行田と飛田が、獄中で証言した、友だちからの又聞きで、鳥取と岡山に所縁の在る机上革命家が、渋谷あたりで一緒に手をつないで歩いていたという二人連れは、柴山健太郎と佐東清美ではないでしょうか。佐東清美の妹さんによれば、彼女は東京で働いていたことがあるそうです。結婚相手の奥さんはすでに死亡し、柴山は多額の遺産を相続し、西教大学を退職してからは悠々自適、仲村先生と同じ大学の名誉教授として、研究も続けているというのが簡単なプロフィールです」

と言って、青山は仲村を見た。

「そうですか、知りませんでした」

「事件は動き出すと、連動していろんなことが動いてくるものです」

と言って、夏が引き取った。

「実は、蜜柑がネット検索していたところ、インスタグラム上で横浜のエコインポートという貿易会社を退職したという男が、写真入で馬桑を投稿していたのです。ここからは蜜柑が」

「はい。そのインスタグラムにはご丁寧に電話番号が記されていて、私が巧に接近して、会って確かめたところ、会社での不祥事が原因で辞めさせられたのを逆恨みし、投稿したらしいのです。青山刑事が現れて共犯だぞと一喝すると、ペラペラ喋りだしました。写真は、エコインポート社が、三年前に台湾から輸入した品物に紛れさせて持ち込まれた麻薬ではないかと、その男は言うのです。写真から判断して真佐子さんが美作国で見たという、馬桑の実ではないかと思い、小石川植物園の写真と照合して、エコインポート社へ乗り込んだのです。ここからは青山刑事が」

「はい、エコインポート社に直行し、隠し立てをすると、免許取り消しだと脅してやりましたら、あっさりと白状しました」

真佐子と仲村は固唾《かたず》を飲んだ。

「結論から言うと、その馬桑らしき実は、柴山健太郎から頼まれて、台湾から取り寄せたものだというのです。会社と柴山は旧知の関係にあり、台湾からの雑貨の輸入品に紛れさせたとのことです。台湾の会社は、環境創造社といい、そこから届く荷物の中の一部に薬用の木の実があるので、それを柴山へ届けるようにとの指示だったそうです。実は、今回も同じ指示があって、一週間後に届く手筈になっているそうです」

「一週間後というのは、台湾発の一週後ですか?」

仲村が言葉を挟んだ。

「いえ昨日から一週後です。結論を急ぎますが、われわれのほうで緊急に柴山宅を張らせています。柴山は台湾へ出かけています」

一同からため息が漏れた。蜜柑が続けた。

「早速、国際刑事警察機構を通じて、台北の環境創造社を調べています。いま、メールを待っているところですが、おそらく、柴山が、台湾の馬桑を同じ手口で日本へ持ち込む手筈を整えているはずです。そうすると、殺人事件への関与は後にして、関税法違反で別件逮捕できます。逮捕状請求を行う準備をしており、連絡が来次第、逮捕に向かいます。台北からは岡山便があり、一四時一五分発一五時二〇分着です」

「いま、柴山がいつ日本へ戻るか航空会社のタイガーエアー社へ調査中です。真佐子さんと仲村さんにも、できれば、岡山空港へおいでいただいて、一気に事件の核心部分へ迫りたいと思いますが、いかがでしょうか」

夏警部が、バス爆破事件へも迫る意向を示した。真佐子は、何かを思いつめたように聞いている。

「真佐子さんには、しばらくホテルに滞在してもらって、連絡があり次第岡山へ向かうということでしたらいいと思います。私は、大学の授業を済ませてから移動します」

よし、と全員が声を発した。


「真佐子さん。これ少ないですけど、使ってください」

と言って、仲村は紙幣の入った封筒を真佐子に渡した。真佐子は、覚悟を決めたのか、

「ありがとう。気を遣っていただいて」

といって、封筒を受け取った。

「この前、バス事故現場へ空間移動した時と同じ渋谷のホテルです。築地で食事をしたら地下鉄で送ります。もう一度、空間移動があるかもしれませんね」

「私も、その予感がするわ。旅支度ができているから安心だわ。あなた逃げちゃだめよ」

と言って、真佐子は笑った。

翌日、真佐子は研究室へやってきた。大学へいったことのない真佐子にとって、大学のキャンパスというところは居心地がいいと言う。カフェがあり、食堂のご飯が安くておいしいし、仲村のカードで、図書館で本を読むのが時間

つぶしになっていいのだそうだ。女学生と知り合いになったとも言う。真佐子のこういう社交的なところを見て、仲村は不思議に思うところがある。つき合っていたころの真佐子は、無口ではにかみや、到底、今の真佐子を想像することはできない。これも、事故から立ち直り、必死で社会や環境と折り合いをつけるために、いや、寂しさや挫折感と戦うために、真佐子が築いてきた後天的な性格なのだろうか。しかし、この獲得した芯の強さと裏腹にある、茶目っ気と天真爛漫さは今も変わらない。季節が進むのと並行して、授業も回数を重ねてきた。臨時で土曜日を集中講義で進めることが了承されているので、県警から連絡があるまで、最終回近くまで授業を急ぐことにした。

追憶の経済学〈一〇〉 剰余価値の源泉

自動車工場（T）に勤める正社員A君について考察します。Tの利潤の源泉は、T本社の出荷段階でのメーカー希望小売価格二〇〇万の車に対して、総仕入れが一五〇万で、その差額から出るように見えるが、そうではなく、正社員A君の年間労働力年再生産費を四〇〇万（週四〇時間に相当とし、時間あたり一〇万とする）に対し、実際は五四時間労働（九時間勤務で六日）で、年間一四〇万円が不払いとなっている。これが、剰余価値の源泉であって、剰余価値は決して流通からは生じないことが重要です。A君の年収は四〇〇万円　会社の利潤が一四〇万円となります。ディーラーの利潤も、社員B君への不払い剰余労働で説明できます。これは、あとで例題として出します。

居酒屋チェーンBLACKのD店に勤めるAさんの場合について考えます。Aさんの毎月労働力の再生産費（食費）が五万円で五〇時間の労働に相当し、居酒屋との契約がシフトで七〇時間とします。前のA君の一年間にして説明文を完成するとどうなるでしょうか。

次に絶対的剰余価値について説明します。絶対的剰余価値は、資本家が労働者から搾取する剰余価値を更に増加させる追加的剰余価値のことです。資本家（雇い主）は、労働時間の延長によって剰余価値を増加させるが、この延長された時間内に生産された価値のことを絶対的剰余価値と言います。現代では、サービス残業、ただ働き、お持ち帰り残業といったものがこれにあたります。換言すると、資本家によってさらに搾取される生産で、これは定められた量の生産高を出すために要する時間が一定であり、作業密度や速度を増加（労働強化）することで雇い主が取得する次の相対的剰余価値生産にあたる効率性の向上が不可能な場合に、この時間延長という手段を用いることで資本家は絶対的剰余価値を手にしています。それは資本家が悪人だからではなく、資本家も経済法則に従うということを意味しています。

次に、相対的剰余価値生産です。資本家の搾取する分である剰余価値を増加させた増加分ですが、先の絶対的剰余価値とは異なったやり方です。労働者は定められた労働時間を働き、資本家が剰余価値を手にしますが、資本家は剰余価値を更に増やすために、定められた労働時間内に労働者に割り当てた業務を増加させ、この結果増加した生産高が、資本家が従来の剰余価値に加えて、さらに手にするのが相対的剰余価値です。「ロビンソンの経済学」は、資本の生産過程におけるこの搾取体系から働くものを守るために、地域の自給力を高めること、つまり資本の生産過程によらない経済行為を勧めます。また、再生可能エネルギーの自給自足はその戦略目標です（第一〇章）。これは、地域・地方自治体が参加したプロサンプション行為であり、図で説明すると、ＤＩＹセクターと市場セクターが重なった部分がプロサンプションセクターで、これに公共部門（国・地方自治体・地域・ＮＰＯ）が加わると、プロサンプションセクターは強力になります。

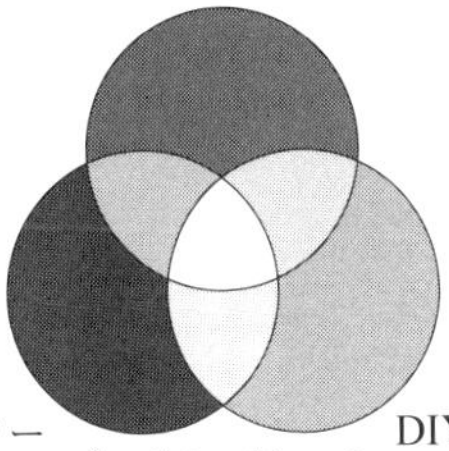

私は、地元で私が経営する農園の自給品（野菜、へちまたわし、お茶など）をＮＰＯ

が運営するオーガニック・マーケットに出品していますが、これは市場セクターでの行為ですが、不払い労働がない経済行為です。三つの円が重なった部分が、スープロサンプションセクターとでも言うべきセクターです。私は、このような仕組みを広めていけば、資本主義の市場セクターにプロサンプションセクターを三割作るのも無理ではないと考えています。

疎外と労働

哲学、経済学用語としての疎外は、人間が作ったもの（商品・貨幣・制度など）が、人間自身から離れていき、逆に人間を支配するような転倒した疎遠な力になること、また人間らしさのような人間があるべき本質を失う状態をいうとされます。現代人は、こうした状態に慣れっこになっているのでピンと来ないかもしれませんが、経済、社会、歴史的に形成された客体を操作する力を主体が失っている状態のことを指します。たとえば、自動車が普及する以前は、道路は子どもの遊び場や立ち話の場でもあったわけですが、車社会が到来すると、人々は横断歩道を渡るしか道路に出ることはできません。この疎外を克服することによって、人間はその本来の自己を取り戻し、その可能性を自己実現できるものとされます。マルクスは、この疎外という用語をヘーゲルの『精神現象学』（一八〇七年）から継承し、経済学に取り入れました。資本主義市場経済が形成されるにつれ、自然発生的共同体が分解し、人間は資本家・地主・賃金労働者などの経済階級に分化し、人間の主体的活動であり、社会生活の普遍的基礎をなす労働過程とその生産物は利潤追求の手段となっていきました。これまで説明してきたように、人間が労働力商品となって資本へ従属し、経済生活の主体ではなくなります。マルクスは、この関係を『資本論』に継承したのです。「ロビンソンの経済学」は人間を労働疎外から解放しようとします。

最近、企業や組織の行動原理として、法による支配つまりガバナンスやコンプライアンスが叫ばれます。法や組織はもともと人間が生みだしたものですが、時間が経過すると、逆に人間の頭の上に覆いかぶさり、人間を支配する関係に立ちます。この支配から逃れるためには、従順になるか、それに逆らうか、外部へ脱出するしか基本的解決方法はありません。ガバナンスは、その趣旨が構成員によく周知徹底されないと、またその改変にあたり構成員の意思が反映されないと人間疎外の究極の制度設計となります。「日本におけるコーポレート・ガバナンス論の批判的検討」(桃山学院大学) という論文がありますから参考にしてください。それでは、休憩を挟んで金融の問題に入りましょう。

追憶の授業〈一一〉　自由競争から独占資本主義へそして国家独占へ

資本主義経済では、経済主体が活動を行う際、競争の結果、資金が不足する者と資金が余る者とが生じますが、経済活動により生じる資金需要に対して融資するのが信用です。今までの説明から言うと、資本主義の搾取機構つまり剰余価値生産を資金面から支える機能ということになります。金融は、貸し手と借り手の両者を結び、資金が必要とされるところへ配分する機能を果たし、剰余価値生産、資本の自己増殖過程を支えます。これにより両者には金銭上の債権債務関係が生じます。具体的には、金融活動には、資本市場での資金の「調達」「配分」「投資・融資」の三機能があります。古くからある「金貸し業」から発展したのが銀行で、資本主義に欠かせないものとして定着します。

ここで、資本主義の発展段階について説明します。資本主義はまず産業資本主義の段階から始まり、これは産業革命により成立した個人企業主体の資本主義で、自由競争が支配的な段階です。国家は一般的に経済への干渉を嫌い、安価な政府を理想とします。アダム・スミスの『国富論』、マルクスの『資本論』が書かれたのもこの産業資本主義の段階です。しばらくして、二〇世紀末ドイツに典型的に現れるのが、独占資本が支配する対外膨張政策で、植民地獲得競争により、帝国主義戦争へと向かいます。これが独占資本主義の段階です。独占資本とは、一九世紀後半にイギリスやアメリカやドイツで、銀行資本と産業資本が融合して生まれた資本形態です。日本の財閥に相当しますが、日本の財閥は流通、軽工業などで利益を出した資本家が両替店を開設し、金融資本として台頭したことから起こったので、欧米の金融資本とは異なる性格です。日本では、二〇世紀初頭に三井などに代表される財閥が銀行と持株会社を軸にしたコンツェルン（多分野にわたる垂直型企業体）を形成。財閥は、自らの出資により産業資本を生み出して企業グループを形成していました。他方、一九世紀末から二〇世紀にかけ、資本蓄積が進行し、ヨーロッパの少数の巨大銀行が多額の貨幣資本を有する状態となり、個人企業に代わる株式会社制度の発展とも重なり、産業資本家の持つ産業資本は銀行資本と重なるところが多くなり、銀行資本も産業資本へと転化するようになりました。これが金融資本です。銀行資本と産業資本が合体したようなものです。ドイツでは、一九世紀後半に活発な金融資本を背景に、先進工業国イギリスを猛追しますが、投資銀行が集中した資本を産業資本に出資し、株式を得て産業資本の経営に参加していきます。こうして、いくつもの産業資本を支配することで独占資本体を形成していきました。投資銀行は、さまざまな産業資本を一手にすることで、優秀な経営者を適材適所に配置することが可能であり、ドイツ産業の急速な発展を支えました。

金融資本が経済の支配的機構となり、アメリカ一九三〇年代の世界恐慌以後、国家が経済に積極的に介入を始めます。ここに高価な政府が登場しますが、具体的には、銀行はその業務として企業の実態を把握し、産業に重役を送り込んで産業を支配するようになります。産業も銀行株を所有して銀行経営に携わるようになり株式の相互持合いが進行します。こうして銀行資本は産業資本に転化し、産業資本はその資本により銀行資本の担い手となります。このようにして、銀行資本と産業資本は合体し、金融資本を作り上げるのですが、ここに国家が経済に介入する度合いを強め、資本主義の搾取機構は国家活動に大きく依存するようになります。これを国家独占資本主義と言います。

このように経済における国家の役割が増すにつれて、「国家による資本制社会の総括」ということが重要な問題になってきます。国家は国境線で区切られた領土に成立する政治組織で、地域に居住する人々に対して統治機構を備え、領域と人民に対して排他的な統治権を有する政治団体もしくは政治的共同体です。政治機能により異なる利害を調整し、社会の秩序と安定を維持していくことを目的にし、社会を組織化し、その地域の住民は国家組織から国民あるいは公民とされ一定の自治権（地方自治）が保証されます。こうして、経済学においては、地方自治の機能も重要な分析課題になります。

終章——再び腰掛け石へ

授業をここまで進めてきて、仲村は、源空の時代と現代とが、政治、経済、社会とも隔世の感があることに改めて気づいた。源空から、九〇〇年後の末世について聞かれて、一応、源空にもわかるように答えはしたが、その教えを現代に敷衍《ふえん》するにはあまりにも時代が変わり、キー概念の大転換があって、源空がもしもこの時代へやってきたなら、景色の違いもさることながら、社会経済の仕組みの基本さえ理解しかねる状況に、目を回してしまうだろう。逆に、温故知新というのは容易だが、法然の思想を学び現代にいかに生かせばよいのか、源空の当惑と同じく、現代人の当惑も、引けを取らないのではないのか。これまでに見たように「ともいき」にしても、当時と今とでは根本から違う。幸いなことに、現代物理学は未来世界への時空移動は禁じられている。仲村は、源空がこの物理学の掟を破って現代に現れるのではないかという予感がした。

源空の旅立ち

「四十にして迷わず」とは、孔子の『論語』の中の人生訓のくだりである。意味の解釈はいろいろあるようだが、悟りを開いたという意味ではなく、自分の人生の方向が定まったということのようである。人は誰も人生の半ばで、途中のわき道、寄り道、迷い道から決別して、人生の方向を確定しなければならない時がある。源空にもその時が来たのだろう。自分の求める教義の確立への道を大海原の中に見つけなければならない。そのために、払わなければならない犠牲もあるのかもしれない。そのことが、また道の先に壁となって立ちはだかるのかもしれない。それでも進まなければならない。この旅立ちを覚悟させたのは、ほかでもない、師の極楽浄土への旅立ちであった。京への帰還を決めた日の夕刻、叔父で師でもある観覚得業が浄土へ旅立った。源空が錦織の郷へ滞在中、急に容態が悪化し胸に手を合わせ、南無阿弥陀仏を唱えながら眠りに着くように昇天したと言う。息を引き取る際に、

「源空よ、我は先に行く。わたりのために尽くせよ」
と、ひと言かすかな言葉を発したと、尚忠が言った。源空が菩提寺に駆けつけた時には、観覚はすでに冷たくなっていた。銀杏の木の葉が青々として天に向って伸びている。空爾が九歳の時に植えた木が、もう空を仰ぐほどに大きくなっていた。観覚は、空爾が山を去り、比叡に上ってからも、ひと時たりともこの銀杏の木を忘れたことはなかった。師がこの世を去った以上、源空は独り立ちしなければならなかった。いつまでも、他人頼みの中途半端な状態とは絶縁しなければならなかった。それが、一体どういう道なのかは分からずとも、とにかく前進しなければならなかった。西の方には、まっ赤な夕焼けが空一面にひろがっていた。観覚の旅立ちを見送りにきていた夕月が、別れの篠笛を吹いた。あの哀愁を帯びた、悲しく物憂げな、それでいて人恋しげな思いが漂う曲であった。夕月は何を思っているのだろうか。夕月は亡き恩人の旅立ちを悲しみ、また来世での成仏と再会を祈っているのだろう。それは、源空に対する思いと重なっていた。源空は京へ帰ってしまう。もう二度と会えないかもしれない。笛の音は、源空に呪いの縛りをかけ、あの脊梁山脈に繋ぎ止めておこうという、女の執念であった。

源空はその夜、尚忠に別れの言葉を告げ、七七日《なななぬか》には帰ってくることを約束した。早朝暗いうちからの出立になるので、源空は夕月を呼び寄せて思いを告げた。

「夕月、我はもう行くべし。許してくれ。我の胸の中には、なんぢを京へぐしゆかまほしき心地が、溢れたり。我は、かの、末世より来しといふ、真佐子殿より言はれて、はじめて気がつきき。なんぢのことをめでたりつつ、仏道のために、さらぬと言ひ張る。おのれを偽り、愛を注ぎてくるる夕月殿の意に背ける、さるなあなたに心得など得らるまじきと、真佐子様はのたまひき。我の胸が、張り裂けぬばかりに、震え戦きき。我は、末世より来し仲村殿がともし。自在に手に手を取りて旅のせらるる、かのお二人がともし。末世がさるところならば、我は、夕月と来世で再び会へるを待ち望む。夕月殿、我の宿命を分からなむ。なんぢならば、さだめて分かりてくるると信ぜばや。我をゆくすゑに駆り立つる宿命を。我も、なんぢのゆくすゑを分かる努力をせむ。はなはだ、一方的に、わがままなる源空の願ひを分からなむ」

源空は、真佐子からもらった絹のショルダーバッグに「往生要集」をしまいながら言った。

「源空様、もう何もなのたまひそ。我はなんぢの志をよく存じたり。なんぢは、なんぢのお父様、お母様の遺志を、御おのれの進む道に生かさむとなされて、比叡へ上られき。それがなんぢ様の宿命に候ふ。我は、なんぢ様の宿命をよく承知せり。我は、この子をめざましくかしづき上げ、なんぢ様におくれぬめざましき侍にかしづく。それが我の宿命に候ふ。ただ、なんぢ様にお願ひ候ふ。年に一度は、この地へ戻りきたまへ。そして、この子の顔を見やりたまへ。さだめて喜ばむ。真佐子様よりたまへし、なんぢの物と色違ひの、絹の小物入れをなんぢ様と思ひて大事にたてまつる」

夕月は言葉を残して、子どもを寝かしつけるために、女人部屋へ戻った。後には、北の空に広がる赤気が残った。

以下の一首は、法然が詠んだとされる和歌である。

「仏法に逢いて身命を捨つる、といえることを
仮初の　色の由縁の　恋にだに　逢うには身をも　惜しみやわする」(『新千載和歌集』)

法然房源空は、仏法は人生のまさに命がけの目標であったし、仮初の恋もまた命がけであることをよく知っていた。

キャンパスのカフェ

真佐子は、キャンパスで知り合った女子学生をメールで呼び出し、カフェで話をしている。テーブルにはショートケーキが乗っている。

「これ私のおごりよ。どうぞ召し上がってください」

真佐子は女子学生に勧めた。

「へー、いいんですか。すみません、じゃいただきます」

と言って、女子学生はショートケーキをほおばった。

「素敵な大学ね」

「ええ、でも私この大学、滑り止めだったから、あんまり好きじゃないんです」

女子学生ははっきりと言う。

「おばさんは、仲村先生とどういう関係なんですか。みんな噂していますよ」

まったく、屈託がない。

「どんな噂。テレビみたいな噂?」

「ええ、ピンからキリまで。でも男子は、仲村先生はぱっとしないし、親戚か妹じゃないかって」

「あなたはどう思う?」

「私は、おばさんは素敵だし、仲村先生はああ見えても優しそうだから、いい関係じゃないかと」

言葉に遠慮がない。真佐子は、こういうあけっぴろげな若い子が好きだ。

「じゃあ、またね」

と言って、真佐子は女学生と別れ、図書館で仲村の授業が終わるのを待った。真佐子の目の前を、中年の修行僧らしき男性と、和服の女性が通り過ぎていった。真佐子は、

「源空様」

と呼びかけたが、二人は振り向かず校舎の中へ消えていった。

追憶の授業〈一二〉 国家独占資本主義

資本論では触れていませんが、マルクス経済学の重要な概念に、先に話した国家独占資本主義があります。私が大学生のころは、ほとんどすべての経済分析が、近代経済学は別として、この国家独占資本主義をベースに行われました。たびたび話題にする法然上人の素朴な経済の時代からすると、気が遠くなるような高度で発達した経済機構です。飛躍になりますが、仏教による万人の救済は、このような超巨大な経済機構の分析なくしてはできないと思います。法然上人が、もしも現代に生まれたならば、必ずこうした分析をすると思います。先に話したように、巨大独占資本が現れて経済を支配するようになると、大恐慌、帝国主義戦争、公害、地球温暖化など資本主義経済の矛盾が顕在化します。その矛盾を解消するために、持続的成長を目指そうと、国家・政府が積極的に経済に介入するようになる資本主義の現在の発展段階が国家独占資本主義段階です。独占資本主義がさらに一歩進んだ状態とでも言いますか。

元来は「帝国主義論」におけるレーニンの用語で、ケインズ経済学やその経済政策としての一九三〇年代アメリカのニューディール政策を、マルクス経済学の立場から批判する用語として用いられたものです。私がみなさんくらい

の年の大学生の頃に、ゼミ生だけで自主的に合宿を計画して、「帝国主義論」を勉強したことを思い出します。法然上人より少し後の時代ですが、後醍醐天皇が政争から隠岐に島流しに遭いましたが、その隠岐で合宿をやりました。国家の経済への積極的な介入がその特徴になります。独占資本主義では、巨大金融資本の登場によって、慢性的に過剰な資本、逆に言うと過小な消費力と貧困を抱えた経済になります。過剰な資本を抱えたままでは経済は停滞するので、資本投下先を探す必要があります。その資本投下先を入手するため、イギリス、日本などの帝国主義諸国が植民地政策に走り国際的緊張を高めます。現代の北朝鮮危機も基本的には同じ構図でもたらされています。日本の戦前の満州国、朝鮮半島、台湾、東アジア進出と植民地化がそれです。日本の場合、この対外進出に対して激しい抗日運動が起きます。台湾の霧社《むしゃ》抗日事件もその一例で、この過程において、巨大な力を持つ独占資本（三井、三菱、住友、安田の四大財閥）は、巨大な力を持つ国家と手を結び、さらなる利潤を求める行動をするようになり、このことが太平洋戦争へ繋がっていくのです。このように、帝国主義的膨張政策が、日本の場合泥沼の戦争へとつき進んでいくのですが、野口悠紀雄は、この戦時体制を一九四〇年体制と位置づけて分析していますから、関心のある人は著書を読んでください。私も、野口の二番煎じになりますが、『昭和平成史研究序説』という本で述べています。

その後、国家独占資本主義は、第二次大戦後、国内の労働者を懐柔《かいじゅう》するため、社会保障政策を行ったり、財政政策による高雇用政策、持続的成長を目指す方向へと転換していきます。ところが、過剰資本、換言すると一般大衆の貧困の解消が進まずに、経済が再び停滞します。一九八〇年代前半のバブル崩壊後の、「失われた二〇年」と言われる長期停滞の時期がそれです。こうした方針を再度転換し、再び帝国主義時代のような対外膨張政策（アメリカを中心としたグローバリゼーション）が行われ、一部のマネタリストによる「新自由主義政策」が時代を席巻するようになりました。M・フリードマンの『選択の自由』が、金融政策と規制緩和による経済政策を積極展開することを主張して、世界中に拝金主義が蔓延することとなりました。横道にそれますが、日本の家電メーカーの東芝は、家電製品の販売不振（半導体は堅調）を打開するために、アメリカに原発の子会社を設立し、これが失敗して、第三者割り当て増資で危機を乗り切るという危機に直面しています。これに対しては、「生産の社会的性格と取得の資本主義的形態の矛盾」を恐慌理論として展開する必要がありますが、難解なので授業ではやりません。

追憶の授業〈一三〉 国家の形態でのブルジョワ社会の総括

さて、授業も最終段階に入ってきました。この内容は三年次の財政学で扱うので、「経済学」の授業では詳しくは解説できません。趣旨は、経済学でどのように国家を取り扱うかという問題です。そこで、予備知識として国家とは何かについて説明します。産業革命に先立つ封建社会の末期に、お金を貯めて経済力を増し、政治に発言権を得て、新しい近代国家の推進力になった人たちをブルジョワジー（仏語で政商・豪商）と呼びました。現代の中間的富裕層に近い階級概念で、来るべき資本主義社会の担い手になる人々の登場です。ヨーロッパ、特にアングロサクソン諸国で、彼等の議会での発言権が増し、市民革命へと繋がったのです。議会運営の基本方針が議会制民主主義に基づくように徐々に改革されました。アングロサクソンとは、一五世紀頃民族大移動でドイツの北西部からブリテン島に移住したアングル人とサクソン人の総称です。現在の英国民の根幹をなす民族です。英国系の人という意味で、現在のアメリカ合衆国、カナダ、オーストラリア、ニュージーランドがそれに当たります。

マルクス主義では、議会制民主主義を資本主義の搾取機構を擁護するブルジョア的制度と考え、労働者の革命政権による一党独裁を目指してきたことはこの授業の冒頭でも述べました。そこで、生産手段を国有化（労働者人民の所有による国有企業）し、搾取のない共産主義を目指すという革命運動が起こり、ロシアの社会主義革命によって社会主義国が誕生したのが一九一七年でした。しかし、資本主義が発展し、国家による社会福祉や所得・資源の再分配が進み、労働者の権利を守る政策が確立され、多様性に満ちた社会が登場すると、多元主義的な政治形態が好まれるようになり、立憲主義が政治の一般的な形態になります。「国家による所得・資源の再分配」は財政の主要機能とされ、財政学で学ぶことになります。

そういうわけで、現代の政治機能にも触れておいた方がよいでしょう。現代の資本主義国の政治形態は、アメリカの二大政党制（大統領制）、イギリスの立憲君主制、フランスの共和制、日本の衆参両院制（議院内閣制）などと分類できるでしょう。このほか、古典的な形態として直接民主政（アテナイのアクロポリス）があり、国民全員が参加して会議するもので、古代ギリシャのポリスや、植民地時代以降のアメリカのタウンミーティングにおいて行われた形態があります。日本の地方政治はこの直接民主制原理が取り入れられています。いずれの国も、憲法上は議会制民主主義が基本原理となっていますが、日本は外圧（黒船）で開国し、中途半端な市民革命（明治維新）で明治政府が誕生、官主導の経済（官営八幡製鉄所）がスタートした関係で、この議会制民主主義がいびつな形で形成されたという弱点を持っています。アダム・スミスのレッセ・フェール型資本主義でなく、国家介入型資本主義が特徴で、この基本理念型は今も継続していると言えます。私が学生だったころは、こうした理解を『講座日本資本主義発達史』によって得たものです。皆さんに紹介した、那岐山麓の殺人事件は、実はこうした根深い過去の政治経済社会的な利害対立に根差していると考えて、神奈川県警に協力しています。法然上人をめぐる研究もあらぬ方向へ展開し、法然上人も極楽浄土できっと困惑されているでしょう。

さて授業も最終局面です。国家による資本主義の経済マネジメントのおもな内容は、これまで、国家の経済機能を扱う経済政策論や財政学が検証してきたところです。国家による巨大独占体の機能維持と再編・グローバル化のための租税国家の運営（租税の調達と支出・赤字国債の発行）、経済政策・地域開発政策、大企業の資金調達や債務処理のための金融政策、不況のたびに溢れる失業者への対策（失業対策事業）などが、その主要な内容です。財政学が扱う課題としては、総需要喚起のための景気対策（産業・生活基盤関係公共事業）の展開で、これに理論づけを与えたのが、J・M・ケインズの『雇用・利子および貨幣の一般理論』（一九三六年）です。さらに、中小企業対策（アセンブリーメーカーと下請け系列の二重構造問題）、国民大衆の貧困に対する社会保障政策・失業対策、独占体制を担う従順な高学歴労働者の育成（中・高等教育）とキャリア教育、独占体制・大都市のためのエネルギー政策（中東の石油確保や水・火・化石・原発から再エネ発電まで）、財源確保のための法人税、所得税、消費税、住民税、事業税、固定資産税などの大衆課税と租税政策、消費税の税率（現行八％）引き上げ（一〇％）と使い道問題、国債の償還・教育の無償化などの財政政策、高齢者等社会福祉問題、など、資本制生産過程が円滑に進行するための国家の膨大な経済管理機能を扱います。

そしていよいよ最後になりますが、国際機関による資本主義の総括（マネジメント）という気の遠くなるような課題があります。もしもマルクスが現代に生き返ったら、「世界資本主義のマネジメント」という課題を未完結の『資本論』に加えて分析するでしょう。「超国家機関（国連UN等）によるグローバル・キャピタリズムのマネジメント」と言い換えてもいいと思います。これがマルクス経済学の新しい課題です。第二次大戦後、それまでの国際化とは比べ物にならないグローバル化が進み、一国を前提にした経済分析には限界が生じています。生産・販売拠点の移動、貿易、物流、知的財産権、排出権取引など国際間連携が進み、経済協力の枠組み（FTA：国際自由貿易協定）が変化し大規模化しています。こうした問題は、マルクス経済学においても、南北問題、持続可能な成長などの開発問題として行われてきたのですが、今後はCOP、パリ協定、国際排出権取引など地球環境問題、食糧問題、エボラ出血熱などの感染症対策、貧困問題、国際テロ対策、国際宇宙開発など、一国主権による対応では困難な課題が噴出している現状に、経済学の展開が進んできます。これで授業を終わることになりますが、皆さんの中から進んでこうした問題に取り組み、私のつたない授業から、さらに知見を深める人が出ることを期待しています。

馬桑の故郷

仲村が最後の授業をしているちょうどその頃、柴山健太郎は台湾環境創造社の社員と、台湾中央部の亜利山近くの森林地帯を歩いていた。ホテルは近くの観光地で取っていた。大学を定年で辞めてから、柴山は、国内外を趣味で歩き回っていた。それは、大学の在職中は控えていた組織的活動のためでもあった。柴山は、定年後つくづく自分の人生を振り返るのだった。大学在職中にできなかったこと、それはあの燃える炎に包まれた、一九六九年の安田講堂事件に代表される大学紛争の残り香だった。学生の自発的組織である全学共闘会議（全共闘）および新左翼の学生が、東京大学本郷キャンパス安田講堂を占拠し、大学から依頼を受けた警視庁が一月、激突し封鎖解除を行った事件である。全国放送で流されたこの事件も、もはや記憶にとどめる人も少なくなった。まして若い世代には、この事件を知る人もいない。その後の新左翼運動の退潮と平和、高度成長による繁栄とが、まるで資本主義の邪悪な瘡蓋《かさぶた》のように蔓延《はびこ》っていくにつれて、自分自身もまた、資本主義の搾取機構のおこぼれで豊かになり、闘争心を失っていくのが歯がゆかった。自分の魂が次第に骨抜きにされていくのに伴い、柴山はある仏教家の思想に触れ、生命力をかろうじて維持してきた。その仏教家はほかならぬ法然上人であった。

柴山は、数十年前にも環境創造社の社員と一緒にこの地を訪れていたが、その時も、日本での内ゲバ事件に馬桑を使っていた。ただし、当時は馬桑の毒などということは薬学の世界でもだれも知る人はおらず、うやむやのうちに社会の関心から消え去ってしまった。馬桑は台北植物園の資料によれば、学名 Coriaria japonica A の品種が、台湾全土に自生していると言われ、一九三〇年の台湾抗日運動事件の霧社事件の際、現地住民が現地総統の辱めを受けないために、馬桑で自害したとされている。柴山は反体制運動の理論構築のために、この戦前の日本軍の台湾支配の現実を知り、馬桑に遭遇したのであろう。そして大阪清明大学の君川哲夫殺害にこの毒薬を使用したのであった。しかし、この事実は、歴史の闇の中に消えてしまった。柴山は、日本の支配権力に抗し、非業の死を遂げていった台湾人民の無念さを、対立する過激派集団に使用したのであった。このような理屈にならない理屈が、理屈として通る社会状況であった。法然研究にのめり込んで行けば行くほど、彼のサディスティックな性癖は満たされ、刺激されてエスカレートしていくのだった。大学を退職し、自由なる精神を自ら解放した柴山は、安田講堂の燃え盛る炎を、内なる永続革命という自らの闘争心に点火してしまった。

馬桑の実がなって赤く熟すのは秋である。青い実の状態で日本へ持ち込んでも、馬桑は涼しいところに安置しておけば、やがて赤く変色する。かつての仲間の暁海教授が、いつ反旗を翻さないとも限らない。暁海は現役教授であり、過去の秘密が公になると、その地位を失いかねない。自分の博士論文に関しては、決して盗用などしてはおらず、色彩理論の発想は、寺尾准教授が著書や学会で発表する以前から、自分の脳裏にあり、何かの機会に人目に触れるようなかたちで意見を述べたのを、梶谷助教が無断借用したと考えている。しかも、自分の古くからの愛人である佐東晴美に近づき、力ずくで我が物にしようとしたことは決して許すことのできない侮辱であった。おまけに、きわめて女癖が悪く、運悪くその筋の女に手を出し、莫大な慰謝料を請求され、一生涯ゆすられ続ける羽目になった寺尾は、これまた妻の死によって莫大な遺産を手にした柴山から、大金をゆすり取ろうとしたのだった。寺尾准教授は「美人局《つつもたせ》」に嵌《は》められてしまった。柴山に同情した愛人の佐東晴美は末期がんによる幾ばくもない残りの人生を、柴山の窮地を救うことで全うしようと、馬桑の実を寺尾に飲ませたのだった。梶谷助教は柴山からすれば、自分に対して寺尾と共同謀議を図った人物であり、消さないと寺尾殺害の調査の手が柴山にも回ってくる。梶谷を鉄パイプで殴打し、黒塗りのセダンで逃走した車に乗っていたのは、同じ仲間の運転手と柴山であった。

柴山は、馬桑の手配が終わり、台北のホテルに一泊し、翌日のタイガーエアー便で岡山へ帰る予定であった。その足で、佐東晴美の初七日に出る予定であった。彼女が自宅近くの小川に誤って転落し、そのまま吉井川に流され、川の中の木にひっかかって発見されたのは、柴山にとって悲しい出来事であった。彼女も、かつては戦う女戦士ゲバルト・ローザであった。暁海の口を封じないことには、己の身が危ない。暁海は、かつての活動家の仲間であり、柴山が大阪清明大学の君川哲夫殺害の首謀者であったことを、いつ喋られるかわからない。馬桑で暁海を殺害することは、柴山の頭の中で、燃え盛る炎となって合理化されている。柴山の昭和四〇年代の闘争は終わっていないのだ。

決死の逃走

それから三日後、国際刑事警察機構から連絡を受けた、神奈川県警の夏、青山、蜜柑、それに美作署の瀬長と山下刑事は、岡山空港到着出口を固めた。柴山は一人で荷物を抱えて出てきた。夏警部が、警察手帳と逮捕状をかざして、

「柴山健太郎さんですね。関税法違反でご同行願います。寺尾准教授と、梶谷助教殺害についても任意でお伺いします。岡山警察署まで御同行願います」

と言った。柴山は予期せぬ出迎えに狼狽しはしたが、

「柴山ですが、そのようなことは私に覚えがありません」

と言ったが、すでに腕を掴まれており、

「事実を話し、嫌疑を晴らしますから、腕を離してください」

と言って歩き始めた。小柄な体躯ながら筋肉質な体型と白髪交じりの豊かな頭髪、スポーツジャケットにジーンズと

いう出で立ちは、定年後の名誉教授とはまるで見えない。一見、ロックバンドの往年のミュージシャンとでもいう雰囲気を持っている。真佐子は、遠目に彼を見ていたが、時空移動シミュレーターのカーテン越しに見た、バス爆破事件の現場に居合わせた若い男であることを確信した。表情は変わるが、骨格や動作は年をとっても変化しない。

「ちょっとトイレに行かせてください」

という柴山を、美作署の二人の刑事が付き添い、荷物を確保してトイレに導いた。しばらくして柴山は出てきて、刑事たちに取り囲まれて駐車場の方向へ歩き出した。その時、一台の黒塗りのセダンが、タクシー乗り場の先に停車し、柴山が刑事たちを振り切って、全力で走り出した。青山がこれを制止しようとしたが、タッチの差でセダンの助手席に乗り込まれてしまった。内側からロックされ、セダンは猛烈な勢いで走り出した。一瞬の隙を突かれた。待機の岡山署のパトカーが、サイレンを鳴らしながら追跡した。夏警部らが続いた。仲村と真佐子も最後尾についた。どこからか、備前新聞社の車が現れ追っている。黒のセダンの運転手は黒いサングラスをかけ、後部座席にはもう一人が乗っている。セダンは、空港の敷地を出ると、岡山方面ではなく、国道五三号線へと向う。信号のない十字路に進入して来たトラックが衝突を回避しようとして、急ブレーキをかけた瞬間、横転して道路をふさいでしまった。ヘリ出動の要請が行われ、岡山署から二機が飛び立った。

「迂回路はあるか」

夏警部が叫んだ。

「すぐ後ろにありますが、見失います。どうしますか？」

「迂回路を走れ。ナンバーは分かっている。非常線を張れ。ヘリを急がせろ」

「了解」

やがて岡山県警のヘリが、上空からセダンを捉えたと連絡して来た。

「そのまま追跡しろ。位置情報で追いかける」

「了解しました」

ヘリは上空を旋回した。セダンは、岡山方面へは向かわず、国道五三号線を北上した。このまま北上すれば美咲町、津山市へ至る。セダンは五三号線を離れて進行方向を東へとった。農道と林道を走り、追っ手をまくつもりだ。

「柴山は菩提寺へ向かうのではないでしょうか。あるいは、アジトのようなところがあるのではないでしょうか」

美作署の瀬長刑事が、夏へ連絡した。

「奈義町へ向うすべての道路の要所へ非常線を張ってください」

「了解。われわれも三方向から奈義町へ向ったらどうでしょうか」

「そうしましょう。ＧＰＳを使ってください」

「では、夏警部は国道五三号線へ戻り、北上してください。われわれは、このまま北上します。岡山署は東のルートを取ってください。ヘリが見失う可能性もあります」

セダンは、林道へ入り鬱蒼《うっそう》とした山道を走った。案の定、ヘリの視界からセダンが消えてしまった。日はとっぷりと暮れて、黒のセダンは漆黒の闇の中に溶け込んでいった。追跡車は美作署へ集結し、二機のヘリも署の駐車場へ緊急着陸した。一同は署の会議室へ集まった。仲村ら民間人は応接室で待機した。捕り物劇は、まだ察知されていないが、報道関係が押しかけてくるのは時間の問題だった。今のところ、なす術がない。津山市内を中心に、空き室のあるホテルで夜明けを待つことになった。

別れの腰掛石

勝田郡衙の親戚筋や要人関係者が見送る中、源空は東を目指した。まだ夜も明けやらぬ漆黒の闇に包まれた古里から、二人連れが、旅支度の衣に身を包んで歩き出した。見送りの黒い影の中には、夕月の姿もあった。急げば、日の高いうちには、作用郡衙まで達することができるだろう。従者は、尚忠の屋敷の侍で、作用郡衙まで所用で源空に従う。美作街道の一番の難所は、播磨の国と美作の国の堺で、源空が追いはぎに襲われた場所である。鬱蒼とした森林に覆われた場所で、最も危険な峠であった。源空はいつものように銀杏のまっすぐな太目の枝から作った杖を突きながら道を進んだ。源空の心は、晴れ晴れとしていた。すでに真上から照りつけるようになった太陽に汗をかきながらも、軽快な足取りに予定より早く峠を越え、佐用の平地に降りてきた。美作への往復の際にいつも休憩する、後の世の人々が「法然上人の腰掛け石」と呼ぶようになった、休憩用の石までやってきた。どこでどう連絡が入ったのか、村人たちが待ち構えていた。子どもを背中にしょった盲目の女も、にこやかな笑みを浮かべて待ち構えていた。

「おお、源空様、よくぞ来たまひし。待ちたてまつれり。いで、お茶など、賎しきものなれどお召し上がりたまへ」

長老格の村人が勧めた。源空が驚いたことには、あの末世からやってきた、二人の高貴なお方が笑みを浮かべて立っている。消えては現れ、現れては消えるこの奇妙な神出鬼没な人間に、源空は仏にも似た存在感を懐《いだ》いていた。源空は、真佐子に対し恭しく礼節の念を込めて、胸の前に両の手を合わせた。真佐子も源空と同じ仕草をしている。法話を請われて源空は一時、村人の前で仏と往生の話をした。仲村と真佐子も道野辺に村人と座り、ありがたく法話を聞いた。真佐子も何か思うところがあるらしく、肯きながら聞いている。青い空には白い雲がぽっかりと浮かび、小鳥がにぎやかに囀《さえず》っている。山のうち懐を流れる谷川が、心地よい流れのメロディーを奏でる。色とりどりの花が、法話に色を添える。この場所は、源空が、たびたび地元農民のために法話を行った場所として後世に伝えられ、明治の初年には、地元の寺院関係者によって、美作道の拡幅に伴い山側に移動され、今日に至っている。腰掛け石には、寺院関係者が寄進した和歌が刻まれた石碑が今も佇み、法然上人の在りし日を偲ばせる遺跡として、県道脇にある。和歌には、

「吉水と聞き々は　昔そ偲ばるる　御影をうつす　道野辺の石　私僧　妙善寺殿　詠歌」とあり、建立の石碑には

「明治二九年一一月三日」

と刻まれている（この遺跡がどういうものであるかは、訪れてみれば分かると思うので、浄土宗関係者のみならず、多くの方がこの地を訪れることを希望する）。

「源空様、かたじけなきお話を聞かせてたまへて、我、げに心晴れき。私たちは、末世であからさまにせる事件を抱えており、大急ぎで戻らねばならぬ。源空さまの教えは、さだめて後々の世を救はばや、言ひ伝へられむ。これにて失礼たてまつる」

真佐子はそういい残して、仲村を促しその場を去った。二人の後姿は、やがて、朱色の絹の布に似た幕の向こうへと、ふっと消えた。

那岐山にて

大捕り物劇が失敗に終わった翌朝、夏警部の携帯に連絡が入った。

「夏警部。柴山が検問にひっかかりました。町立美術館に張っていた署員が柴山を確認しました。セダンは山の駅に向っています。今、追跡しています。急行願います」

美作署の山下刑事からの連絡だ。夏は仲村にも連絡した。仲村と真佐子は平安時代から戻ってきたばかりだった。セダンは柴山が運転している。昨日の同行者の姿はない。セダンは、山の駅のレストランを通り過ぎ、さらに坂道を登っていく。この道を進むと、空爾が九歳で登った菩提寺がある。菩提寺へは道を右に取り、険しい林道を登っていく。しかし、セダンはその分岐点で車を捨て、徒歩で那岐登山道を登り始める。頂上には、はるか因幡の国を見下ろし、伊邪那岐の命、伊邪那美の命の文字が刻まれた石がある。因幡国の極楽寺からも、往年は大勢の修験道の僧たちが上ってきた。空爾もまたこの道を美作国側から登ってきたのかもしれない。その指の先には幼い夕月の手があったのかもしれない。そして、柴山もまたこの登山道を登ったことがあるのかもしれない。俄《にわ》かごしらえの登山姿で追っ手が続いた。平地では雲ひとつない早朝の天候も、那岐山では天候は変わりやすく急変する。一行は曲がりくねった登山道の頂上を目指す。

「夏警部。山頂には日本創建の天照大海の神の石碑があるはずです」

繰り返しになるが、那岐山は古くは那岐の仙と呼ばれ、神話のイザナギ、イザナミがこの峰に君臨した伝説に由来するとされ、山頂と三角点の間の三穂太郎屋敷と呼ばれている平地に避難小屋があり、その小屋の西側に「伊邪那岐命」「天照大御神」「奈義神」と刻まれた文字岩がある。女性たちは遅れてついて来る。いつの間にか、ガスが下から立ち上がって来る。地元、美作署の瀬長と山下が先頭に立ち、柴山との距離を縮めていく。いつしかガスが行く手を遮るまでに濃くなり、先を行く柴山を見失いかけるようになる。道に迷うと遭難の危険性もある。最後尾の真佐子を待って、隊列を組んで柴山を追う。

「石碑へいくのでしょう」

仲村が同じことを繰り返した。

「でも、なぜ新左翼の残党が神代の創建の神様なんかに」

夏警部があえぎながら言った。

「さあ、本人に聞いてみないと。でも、何か共通するものがあるのではないでしょうか。美的で感覚的な世界では右翼と左翼の両者を隔てるものはないのかもしれませんね」

仲村は、空気が薄くなったせいか、意味不明なことを言っていると思った。案の定、柴山は石碑の前に佇み、背を向けていた。視線ははるか因幡の国の方へある。立ち上がる雲は、頂上では途絶え、鳥取県側の平野が透けて見える。柴山は何かをつぶやいている。

「柴山さん、もうおやめください。逃げたということは、あなたの事件への関与を認めたことになる。さあ山を降りましょう」

夏警部が、背後から呼びかけた。柴山は振り返らない。

「君たちに、俺の人生のことは分からない」

柴山が口を開いた。

「先生、仲村です。研究室で御紹介いただいた仲村です」

仲村が言った。

「ああ、仲村先生。御無沙汰しました。こんな哀れな姿をお見せして驚かれたでしょう。私はもうおいぼれです」

柴山は、なおも北の景色を見たままだ。

「柴山先生、恐縮ですが、われわれの時代は終わったのです。潔《いさぎよ》く現実を直視しましょう。私たちは、十分歴史を作りましたよ」

仲村は、柴山のプライドを傷つけないように誘ってみた。

「現実を直視……私はそんな気にはなれないね」

「柴山先生。ここにいる女性はバス爆破事件で谷底に転落したバスの中にいた方です。ほらこうして元気でいますよ」

仲村が真佐子の方を向いて言うと、柴山は、半身ながら振り返って真佐子を見た。真佐子は初めて見る柴山から眼をそらさなかった。

「昔の話だ。もう過ぎ去った過去のことだ」

柴山は、うなだれていった。

「あなたにとっては遠い過去のことかもしれませんが、事故の記憶は、亡くなった犠牲者の家族や知り合いの胸に今も深い傷跡を残している。勝手なことを言わないでください。真佐子さんが、事故でどれだけ傷ついたことか」

夏が、大声を上げげた。

「あなた方警察は、昔も今も権力を擁護する手先だ。私の価値観とは相容れない」

と、柴山は睨み返した。

「そうかもしれない。あなたの言い分が、同じ時代を生きてきたわれわれにも、わからないではない。しかし、たかが論文の盗用くらいで、人の命を奪う権利はない。真佐子さんが受けた心の痛手に比べれば、そんなものはただの紙くずだ」

仲村が、叫んだ。

「たかが論文の盗用だと。論文は、私の人生そのもの、悲喜こもごも人生の悲哀が詰め込まれている。盗用をしたのは、寺尾と梶谷の二人だ。それを弁護した暁海も同罪だ」

柴山が言い返した。

「もういいんです。もう。私には過去の記憶がありません。本当に事故があったのかどうかすら、脳裏に残っていないのです。醜い火傷のあとはあっても心の傷はもうありません。源空さんと夕月さんに会って、心の傷は跡形もなく消えました。もう四〇年近くたっています。私には犯人を憎む気持ちは、もうありません。もういいんです、許してあげてください。もういいんです。本当に……」

薄い霧の中に佇む真佐子が言った。柴山の腕に、鈍く輝く銀色の手錠が掛けられた。

事故現場に吹く緑の風

「真佐子さんよく言ってくれました。僕は言葉が出ませんでした」

仲村は、試験の成績をつけ終わって、真佐子をバス爆破事件の現場へ連れて行った。事件現場には、いつしか慰霊碑が建っている。真佐子は慰霊碑の傍に花束を置き、手を合わせた。

「今まで、忌わしい事故の記憶と、犯人への憎悪の気持ちで、こうして失われた命を弔うことなんて考えてもみなかったわ」

「それにしても誰が慰霊碑を」

「もしかしたら、柴山先生の意を介したどなたかかもしれませんね」

「そんなことあるでしょうか」

「あって欲しいと思うわ。世の中には、根っから悪い人はいません」

「真佐子さん変わりましたね」

「どんな風に?」

「いえ、源空さんの後ろに輝く後光が差しているみたいです」

「もう、人をからかわないで、ばか、ばか…。われわれの時代は終わった……あなたの言葉も素敵だったわ。でも終わっていないことがあるわ」

「あれですか。もういいじゃありませんか」

「よくないわ。あなたが私を捨てたか、私の気が変わったか、決着がつくまで宇宙人さんの協力を期待しましょう」

「でも、宇宙人さんは本当に時空シミュレーターなんか使って娯楽映画を作っているのでしょうか?」

「そうね、古きよき時代の地球のラブストーリー。あなた、逃げようなんて思っていないでしょうね」

「思ってません。逃げたら壇ノ浦へ沈められるのでしょう?」

「そうよ。よく心して私を見守ってくださいね」

本格的な夏が近づくこの麗しい谷に、優しい一陣の風が通り抜けていった。それは、淡い萌黄色をした風であった。真佐子と仲村は、慰霊碑の前で手を合わせている修行僧と女人の姿には気がつかなかった。

完

あとがき

　筆者は、法然研究の分野では門外漢であり素人である。まして、自身が日蓮宗の寺院の出身であり、生まれ育った寺院が、太平洋戦争前期から報恩養老院という社会事業を行っており、戦後は児童養護施設を運営していたという事実から、仏教社会事業に関心があって、大学在学中から「社会政策」に関しては専門の経済学と並行して関心を持ち続けてきたことが、共通項として背景にあるだけである。本書に、「真佐子」なる女性が登場するが、これは実体験を創作化したものであり、フィクションであるので了解願うしかない。仏教社会事業の原点は、キリスト教も含めて慈悲、共生き、福田《ふくでん》の思想である。社会事業家でもあった椎尾弁匡の「共生」に先立つ一〇数年前に、同じ東京帝国大学の生物学者三好学が「共生」概念で論文を発表したことを知り、わが国における「共生」の源流にたどり着いたのであるが、何かもどかしさを感じていたところへ、法然上人の幼少・青年期の美作国の経済・社会・政治的状況を調べているうちに、法然上人が法話を行ったとされる、播磨国と美作国境から東、佐用郡に腰掛石なる石碑があることが分かったことが、本書を書く直接的動機になった。法然上人は、上京後もたびたび美作国へ帰っていたのだ。本書では、法然が美作国へ向う旅をしたのを、黒谷を出て称名を行うことを決意した四三歳の時とした。法然上人が生まれ育ち、教義を確立するまでの間に、上人の情緒を形成し専修念仏に基づく平等往生思想を築くに至る鍵が、美作国の地域共同体にあったのではないかという設定とした。前著『法然上人生誕の地美作国に関する研究』は、このような経緯で成り立った。

　法然の研究者からは、「上人や後継者が残していない事実や言い伝えられていない史実から法然上人の思想形成の端緒を論じることは不可能」との批判が出ることは承知している。また、研究の方法論としても無理があることも重々承知している。しかしながら、あえてこのような方法で、上人の思想形成の端緒に迫ろうという意図は、筆者が法然上人の誕生の地から、わずか十数キロの位置にある美作国府近く（現津山市）の出身であり、美作国の気候風土、人々の気質を含めて土地勘があることから、九〇〇年前の時代とはいえ、法然の悩みを共有し得る共通項を持っていることにいづるものである。アクターたちが平安後期へ時空移動し、法然上人との会話を通じて、現代の世相を比較しつつ心が癒されていくさまは、まさに上人の教えによって癒されていく凡夫の上人への帰依そのものである。

那岐山頂での犯人逮捕に際し、真佐子が叫んだ言葉、

「もういいんです。もう。私には過去の記憶がありません。本当に事故があったのかどうかすら、脳裏に残っていないのです。醜い火傷のあとはあっても心の傷はもうありません。源空さんと夕月さんに会って、心の傷は跡形もなく消えました。もう四〇年近くたっています。私には犯人を憎む気持ちは、もうありません。もういいんです、許してあげてください。もういいんです。本当に……」

がそれを物語っている。アクター仲村輝彦の授業は、末世の汚辱の現実の描写である。仲村もまた何かを学んだようである。法然は、赤い西の空に極楽浄土を見た。現代人は、赤気の果てに何を求め、何をなさなければならないのだろうか。

なお、本書は平成三〇年度東海学園大学出版助成を受けて出版したものであり、記して感謝する次第である。

二〇一八年四月　筆者

古語解説

あじきなき　思うようにならない。
あたらし　惜しい。勿体ない。
あてなる　高貴だ。身分・家柄が高い。
あなかしこ　ああ恐ろしいことだ。
あまづら　つる草の一種。
いで　さあ。
いづら　どこ。どの辺り。
いとど　ますます。いよいよ。その上さらに。
いはけなし　幼い。
いらふ　答える。
いらへる　答える。
うたてし　嫌いだ。いやだ。
おとなし　思慮分別がある。
かしづく　子を大切に育てる。
かたはらいたし　腹立たしい。苦々しい。
心ばせ　心がけ。教養。
こしかた　過ぎ去ってきた方向。過去。
ごなめき　ご無礼。
しどけなし　無造作だ。乱れている。だらしない。
てづから　自分の手で。みずから。
とぶらふ　訪ねる。訪問する。
なづむ　行き悩む。こだわる。執着する。
にも　であろうとも。
ひがごと　道理に合わないこと。悪事。
ふつに　全く。全然。ことごとく。
わたり　辺り。近所。人。人々。
わりなき　道理に合わない。筋が通らない。

参考文献・論文・資料

1　田中祥雄、袖山榮眞編『美作誕生寺古記録集成』山喜房佛書林、二〇一七年
2　小沢富夫『末法と末世の思想』雄山閣、一九七四年
3　大熊利夫『色彩文学論』五月書房、一九九五年
4　法然『選択本願念仏集』岩波文庫、一九九七年
5　三国連太郎『白い道　法然・親鸞とその時代（上・下）』講談社、一九八六年
6　梅原猛『法然　一五歳の闇（上・下）』角川ソフィア文庫、平成一八年
7　源信『往生要集（上下）』岩波文庫
8　浄土宗総合研究所『現代語訳　法然上人行状絵図』浄土宗出版、平成二五年
9　瀬川久志『青空が輝くとき』ブイツーソリューション、二〇一三年
10　瀬川久志『法然上人　生誕の地美作国に関する研究』ＫＤＰ出版、二〇一七年
11　瀬戸内寂聴訳『平家物語　巻一』講談社
12　山田繁夫『法然と秦氏』学習研究社、二〇〇九年
13　増谷文雄『釈尊の悟り』講談社学術文庫、一九七九年
14　瀬川久志『超紘空間の旅人』パレード、二〇一五年
15　佐々木仁美『色の心理学』エイ出版社、二〇一四年
16　小牧聖徳「価値尺度機能と価格の度量基準機能」『立命館経済学』（第九巻・第五号）
17　池享『銭貨―前近代日本の貨幣と国家〈もの〉から見る日本史〉』青木書店、二〇〇六年
18　高橋良和「佐用の腰掛け石」『浄土』一九八八年六月号所収
19　佐用郡地域史研究会『播磨古道を探る　作用郡編』

20 合原弘子「現代社会における自己と関係の形成」『ソシオロゴス』一九八九年、No.13
21 井川 定慶『法然上人伝全集　法然上人絵伝の研究』法然上人伝全集刊行会、一九六一年
22 「源空聖人私日記」（新井 俊一『親鸞　西方指南抄　現代語訳』春秋社、二〇一六年に所収の中末）。なお「西方指南抄・中末」はネット検索で閲覧できる。（二〇一七年一二月二四日アクセス）
23 竹内理三『日本上代寺院経済史の研究』大岡山書店、一九三四年
24 大阪府立中央図書館「レファレンス共同データベース」〈http://crd.ndl.go.jp/reference/modules/d3ndlcrdentry/index.php?page=ref_view&id=1000083228〉二〇一七年一二月二六日アクセス
25 真言宗醍醐三宝院「醍醐本法然上人伝記」

追憶の授業・参考文献

L・H・モルガン、青山道夫訳『古代社会 上下巻』岩波文庫、一九六一年
エンゲルス、村井康男、村田陽一訳『家族、私有財産および国家の起源』国民文庫、一九五四年
向坂逸郎訳『資本論（全三巻）』岩波書店、一九五六年
レーニン『帝国主義―資本主義の最高の段階としての』岩波文庫
見田石介・宇佐美清次郎・横山正彦監修『マルクス主義経済学講座　上下』新日本出版社、一九七一年
大島雄一ほか『国家独占資本主義〈上・下〉―マルクス主義政治経済学概論』新日本出版社、一九七四年
V・パーロ、浅尾孝訳『最高の金融帝国―アメリカ独占資本の構造と機能』合同出版社、一九五八年

■著者紹介

瀬川　久志（せがわ・ひさし）

一九四八年岡山県津山市生まれ
法政大学経営学部、國學院大學大学院博士前期課程単位取得修了
静岡大学法経短期大学部を経て、現在東海学園大学経営学部教授
二〇一〇年名古屋産業大学大学院博士後期課程で環境マネジメント博士号を取得
主要所属学会　日本企業経営学会
主著『ロビンソンクルーソーの経済学』（新水社）ほか多数

法然上人 赤気の果てに

—誕生の地に吹く朱色の風—

二〇一八年八月二〇日　初版第一刷発行

■著　者——瀬川久志
■発行者——佐藤　守
■発行所——株式会社大学教育出版
〒七〇〇-〇九五三　岡山市南区西市八五五-四
電　話（〇八六）二四四-一二六八㈹
FAX（〇八六）二四六-〇二九四
■印刷製本——モリモト印刷㈱
■D T P——林　雅子

ISBN978-4-86429-528-4